붉은
옷의
어둠

AKAGOROMO NO YAMI

by MITSUDA Shinzo

Copyright ⓒ 2021 MITSUDA Shinzo
All rights reserved.
Original Japanese edition published by Bungeishunju Ltd., in 2021.
Korean translation rights reserved by Viche, an imprint of Gimm-Young Publishers, Inc.,
under the license granted by MITSUDA Shinzo, Japan arranged with Bungeishunju Ltd,
through JM Contents Agency Co.

Korean translation copyright ⓒ 2024 Viche, an imprint of Gimm-Young Publishers, Inc.

이 책의 한국어판 저작권은 JMCA를 통한 저작권자와의 독점 계약으로 비채에 있습니다.
저작권법에 의해 한국 내에서 보호를 받는 저작물이므로 무단전재와 무단복제를 금합니다.

붉은 옷의 어둠

미쓰다 신조 장편소설 ㅣ 민경욱 옮김

비채

1장

암시장

1945년 여름, 제2차 세계대전(태평양전쟁)에 패배한 일본의 주요 도시 대다수는 거의 다 불타 황량한 들판으로 변해버렸다. 특히 지독했던 곳 가운데 하나가 도쿄 대공습을 받은 과거의 도쿄시(현재의 23구 안쪽)였다.

도쿄역에서 후지산이 훤히 보일 정도였다.

전쟁 전에는 상상도 못 한 초현실적인 광경이 나타난 것이다. 간신히 목숨만 건져 전쟁터에서 귀환한 일본군 병사들이 전차 창문을 통해, 혹은 내려선 역 앞에서 실제로 바라본 광경은 그야말로 비일상적인 풍경이었다.

여기에 더 기괴한 광경이 더해졌다. 전쟁 전 일본 어디에서도 보지 못했던 너무나도 기이한 '거리'가 펼쳐져 있는 것이었다…….

암시장이었다.

패전으로 기아에 시달리고 삶의 밑바닥까지 떨어진 일본인 대다수가 그래도 목숨을 이어갈 수 있었던 건 이 암시장 덕분이었다.

모토로이 하야타는 전쟁 중 히로시마 우지나에 있는 육군 선박포병교도대에 소속되어 있었다. 하지만 그가 승선한 무장선이 부산해협 대한해협 중 부산과 쓰시마 사이의 바다에서 침몰한 뒤 우지나로 돌아왔을 때는 이미 탈 배가 한 척도 남아 있지 않았다. 남은 연료조차 없었다.

한없이 초조해하며 하릴없이 자리를 지키고 있던 어느 날, 그는 만주 건국대학에서 함께 공부한 동기 몇 명과 함께 대학 은사를 만나려고 노우미섬으로 건너갔다.

건국대학은 일본계와 만주계중국인과 만주인, 조선계, 몽골계까지 아우르는 민족 자결을 이념으로 내세운, 당시로서는 파격적인 배움터였으나 이들이 찾아간 교수는 군부가 점차 대학에까지 간섭하자 실망해 바로 일본으로 돌아갔다.

그런데 은사의 집을 찾아간 이 일이 하야타 일행의 목숨을 구했다. 그들이 노우미섬에 체류해 있는 동안 히로시마에 원자폭탄이 떨어진 것이다. 하지만 운명은 여기서 가혹한 갈림길에 선다. 이들은 서둘러 우지나로 돌아와 곧바로 폭탄 투하 지역의 구호 활동에 파견되었는데 하야타만 상관의 명령으로 타지로 보내졌다. 방사선 피폭이라는 사실조차 모른 채 피해 지역으로 들어간 학우들은 차례로 쓰러져 죽어갔다. 원자폭탄은 폭격이 이루어졌을 때의 대량 살상만이 아니라 이후로도 수많은 희생자를 만들어내는 악마의 무기였다.

……나만 살아남았어.

하야타는 미국에 강력한 분노를 느꼈고 그다음에는 바로 강력한 허무감에 사로잡혔다. 이 두 가지 상반된 감정이 그의 내부에 공존했다. 고대 중국과 일본에서는 인간이 육체와 영혼으로 이루어졌다고 여겼다. 즉 죽음이란 영혼이 신체에서 빠져나간 상태이다. 나아가 중국에서는 정신적 충격을 받아도 영혼의 이탈이 일어난다고 믿었다.

하야타가 분노의 감정에 들끓었을 때 영혼은 그의 육체 안에 있었다. 그러나 걷잡을 수 없는 허무함에 휩싸였을 때 영혼은 신체를 떠나 있었다. 그렇게 생각하면 그의 영혼이 스스로 숙주의 정신적 균형을 유지하고 있었다고 볼 수 있다.

하지만 그 균형도 일본이 무조건 항복하며 패전하자 맥없이 무너져 내렸다. 영혼이 이탈된 상황이 단숨에 우위를 차지하고 만 것이다. 패전과 함께 육군 선박포병교도대는 해산되었고 실의의 구렁텅이에 처박힌 상태로 고향으로 돌아온 하야타를 기다린 것은 대공습으로 시가지 중심부가 대부분 파괴된 와카야마의 모습이었다. 그러나 그는 뒤늦게나마 히로시마의 참상을 목격해서인지 고향의 잔혹한 모습에 의외로 큰 충격을 받지 않았다.

이게 전쟁이란 거구나…….

어느새 허무함은 압도적인 현실감으로 바뀌어 있었다. 그렇다고 실생활까지 바로 현실감을 찾은 것은 아니었다. 건국대학의 어설픈 이념에 공명했던 만큼 오족협화라는 이념을 짓밟은 전쟁 경험이 그에게 가져온 악영향은 좀처럼 헤아릴 수 없어 우울함과 무위로 지내는 날들이 한동안 이어졌다.

그런 가운데서도 하야타가 가장 꺼린 게 있다면 실은 자기 연민이었다. 성격상 한없이 우물쭈물하고 우울하게 고민하는 일이 맞지 않는 하야타를 그토록 궁지에 몰아넣은 것은 다름이 아니라 전쟁이었다. 전쟁에는 너무나 쉽게 한 인간의 본질적인 부분을 바꿔버리는 공포가 널려 있었다. 영화 〈채플린의 살인광 시대〉(1947)에 나오는 "한 사람을 죽이면 살인자이지만 백만 명을 죽이면 영웅이 된다"라는 유명한 대사는 실로 어리석고도 무시무시한 전쟁의 공포를 예리하게 지적하고 있다.

하야타가 숙고하는 날들을 보낼 때 건국대학에서 친하게 지냈던 동기 구마가이 신이치가 편지를 보냈다.

당연히 너는 앞날을 진지하게 생각하며 고민하고 있을 테지만 그런 일은 혼자 고민해봤자 제대로 된 결론을 내릴 수 없으니까 일단 이리로 놀러 와라.

하야타는 지극히 신이치다운 편지 내용을 보자마자 가슴이 뜨거워졌으나 이미 앞으로 갈 길은 결정을 내린 상태였다. 상대가 아무리 친구라 해도 새삼 상의할 마음은 없었지만, 하야타는 너무나 신이치가 보고 싶었다.

하야타는 힘들게 차표를 구해 여러 번 전차를 갈아타며 상경해 우에노역에 도착할 수 있었는데 역 건물을 나선 순간 자신의 눈을 의심했다.

아니, 눈앞에 거대한 암시장이 펼쳐져 있는 게 아닌가.

거듭된 공습으로 초토화되었을 거리에 완전히 다른 '거리'가 생겨나 있었다. 와카야마에는 패전 후 4개월 뒤부터 암시장이 생겼다. 그러나 신주쿠에서는 '종전 기념일'로 표현되는 8월 15일 다음 날에 이미 암시장이 섰다고 한다. 우에노와 시부야, 이케부쿠로로 같은 주요 역 앞도 거의 비슷한 상태였다고 한다.

전쟁 전이나 전쟁 중에 신문과 라디오는 국민의 전의戰意를 대대적으로 선동했다. 물론 그에 편승한 국민에게도 책임이 있겠으나 그 청구서는 전쟁 중과 전쟁 후의 비참한 삶을 살아야 하는 형태로 날아왔다. 그래서 더욱 '전쟁은 두 번 다시 하고 싶지 않아'라며 모두가 진심으로 후회했다. 그러나 국민을 선동한 언론은 그 어리석은 행위를 반성하기는커녕 마땅히 '패전 기념일'이라고 불러야 할 날을 '종전 기념일'이라는 기만뿐인 이름으로 바꿔 부르는 영악함을 발휘했다. '점령군'을 '주둔군'으로 바꾼 것도 마찬가지 행태였다.

이에 국민이 격노했느냐 하면 유감스럽게도 그렇지 않았다. 하지만 무리도 아니다. 화나 내고 있을 처지가 아니었기 때문이다. 일단 살고 봐야 했다. 그래서 암시장이 생겨났다.

그렇다면 패전 후 일본에는 정말 조금의 자산도, 약간의 식량도 남아 있지 않았다는 말인가.

GHQ 연합군 최고사령관 총사령부의 통칭가 점령군으로 일본에 도착하기 전에 실시한 조사에서는 일본 경제를 2년 동안 지탱할 물자가 있다고

봤는데 거기에는 비축된 식량도 포함되어 있었다. 그런데 그들이 상륙해보니 그 물자의 70퍼센트가 사라지고 없었다. 특권을 누리는 정치가, 자본가, 육·해군 장교라는 놈들이 패전의 혼란을 틈타 착복한 것이다.

이들 물자가 국민에게 배분되었다면 그토록 많은 아사자는 생기지 않았을 것이다. 그러나 실제로 그 물자는 분배 대신 암시장으로 흘러 들어가 말도 안 되게 비싼 가격으로 국민에게 팔렸다. 암시장의 긍정적인 부분에 드리운 진정한 시커먼 어둠이 있다면 바로 이 부분이다.

사실 처음에는 이름만 '시장'이었을 뿐 대다수는 땅바닥에 신문지나 돗자리를 깔고 그 위에, 혹은 가방을 열고 그 안에 팔 물건을 진열한 일종의 소꿉장난 같은 '가게'였다. 일단 가게의 형태를 갖춘 사람이라도 어디선가 주위온 목재를 세우고 함석, 갈대발 등을 걸쳐 간신히 가게 같은 내부를 연출한 데 불과했기에 그 모습은 아이들이 만든 비밀기지보다 한심했다.

사실 그들 대부분이 어제까지 장사라고는 생각도 해보지 못한 완벽한 아마추어였기 때문이다. 공습으로 모든 게 잿더미가 되어 쫓겨난 사람부터 장사를 할 수 없게 된 중소 상인, 군수공장의 실업자, 귀환병과 식민지에서 돌아온 일본인, 구 점령지나 식민지 사람 등이 대부분이었다. 어떤 데키야시장이나 축제에서 상행위를 하는 가게나 상인 혹은 그것을 관리, 운영하는 사람의 두목은 "한 귀족 부인을 위해 장사 자리를 봐줬다"라고 증언하기도 했다. 그리고 다음과 같은 실례를 봐도 이 암시장이라는 '자리'가 자연발생적으로 탄생했음은 틀림없을 것이다.

한 남자가 패전 다음 날, 도쿄 근교에서 말린 감자를 짊어지고 나왔다. 도쿄도 안에 사는 친척의 안부를 확인하기 위해서였고 말린 감자는 선물이었다. 하지만 친척을 찾기 전에 배가 고파 남자는 불타버린 들판 바닥에 앉아 보자기를 풀어 감자를 먹기 시작했다. 그러자 그의 앞을 지나가던 사람들이 차례차례 같은 질문을 던졌다.

"그 보자기 속 감자는 파는 거요?"

남자도 처음에는 아니라고 부정했는데 하도 많이 물어보니까 기어이 욕심이 생겨 "그렇다"라고 대답했다. 그랬더니 순식간에 보자기에 있던 감자가 다 팔려버렸다. 게다가 다들 믿을 수 없을 만큼 비싼 가격으로 사 갔다. 남자는 너무 놀랐다. 하지만 곧 고향에서 파는 것보다 훨씬 돈을 많이 벌겠다 싶어서 다음 날부터 말린 감자를 짊어지고 도쿄로 나와 팔기 시작했다고 한다.

이 남자는 스스로 장사 기회를 발견한 셈이지만 대다수는 자신의 오늘 먹을거리를 찾기 위해, 또는 굶고 있는 가족을 먹이기 위해 '가게'를 열었다. 다 타버린 터에서 찾아낸 냄비나 솥 등을 일단 신문지나 돗자리 위에 늘어놓고 판다. 출처가 수상한 만두나 건더기 없는 수제비를 만들어 일단 배고픔에 허덕이는 사람들에게 판다. 만약 '원시적인 암시장'이 있었다면 이런 혼돈된 양상이었을 것이다.

그런데 이 '원시'적인 기간은 놀라울 정도로 짧았다. 며칠 지나지 않아 암시장에 가면 뭐든 있다고 할 정도로 상품이 많아졌으니까. 실로 인간의 능력은 헤아릴 수 없다.

이 암시장의 급속한 성장 배경에는 데키야라는 존재가 크게 관련 되어 있다. 데키야를 쉽게 설명하면 신사 축제일 등에 다양한 노점 을 내어 축제 공간을 만드는 등 자신들의 장사와 출점하는 자리의 연출을 담당하는 노점상 조직이다.

신주쿠를 예로 들자면 패전 다음 날부터 무질서한 암시장이 서자, 나흘 뒤에 전쟁 전부터 이 지역을 자기 구역으로 관리해온 네 개의 큰 데키야 조직 두목들이 그 운영에 나섰다. 여기에서 그냥 지나쳐 서는 안 되는 부분이 당시 관할 경찰서장이 물자 궁핍을 완화하는 응급조치로 암시장의 존재를 인정했다는 소문이다. 즉 경찰이 나서 서 데키야에게 암시장의 점포 관리를 의뢰했다는 얘기다. 그 증거로 패전한 해 10월에는 경시청 지도에 따라 '도쿄 노점상 동업조합'이 결성되었다. 이 조합의 목적은 행정 기관이 불법 상태의 데키야들을 단속하는 게 아니라 시장의 조직화와 질서 유지를 위해 그들의 활동 을 적극적으로 인정하는 데 있다. 조합 본부 아래에 경찰 관할별로 지부를 설치하고 그 지부 아래에 데키야의 각 조직을 배치한 조직 구조만 봐도 도쿄도와 경시청의 의도가 훤히 드러난다.

하야타가 이런 뒷이야기를 알게 된 것도 구마가이 신이치 덕분이 다. 왜냐하면 그의 아버지는 전쟁 전부터 이케부쿠로 데키야의 두목 이었기 때문이다.

만주에 창설된 건국대학에는 동아시아 민족의 우수한 자제를 한 자리에 모아 교육받게 해 새로운 국가에 어울리는 인재를 육성한다 는 사명이 있었다. 재학 중의 학비는 모두 국가가 냈고 학생들이 공동생활하도록 전원 기숙사에서 살았다. 방값도 식대도 전혀 들지 않았고 교복이나 교과서도 무료였으며 매달 용돈까지 나왔다. 하야타 같은 고학생에게는 그야말로 꿈만 같은 학교였다. 그런 까닭에 정말 가기 힘든 학교이기도 했다. 개교 이래 일본만 따져도 매년 합격자는 한 현에 한두 명 정도였다. 그래서 더욱 전국의 인재가 모여들었다. 수험에는 본인의 출신도, 부모의 사회적 신분이나 경제 상태도 전혀 고려되지 않았다. 공부만 잘한다고 붙는 게 아니라 다른 뛰어난 재능이 있어도 합격할 수 있었다. 여러모로 파격적인 대학이었다.

그래도 학생들 모두 중고등학교 성적은 우수했다. 이는 본인 능력과 노력에 따른 것이었겠으나 어릴 때부터 면학에 힘쓸 수 있는 유복한 환경에 있어서 그렇게 된 사람도 적지 않았다. 유복하고 가문이 좋은 자제들 말이다.

모토로이 하야타와 구마가이 신이치는 그들과 달랐다. 하야타의 집안은 화물 운반 거룻배 운항 일을 했고 신이치의 아버지 구마가이 조고로는 데키야의 두목이었다. 게다가 하야타의 아버지가 할아버지에게 가업을 물려받았을 무렵부터 동력으로 달리는 프로펠러 배가 등장해 거룻배의 수요가 점차 줄기 시작했다. 그러므로 장남 하야타의 성장에 비례하듯 모토로이 집안의 형편은 어려워졌다. 사실 대학 진학 따위 꿈에도 생각하지 못할 일이었는데 아마도 신이치 또한 비슷한 상황이었을 것이다.

비슷한 가정 형편이 둘을 가깝게 했느냐고 묻는다면 사실은 아니다. 서로의 집안 사정을 알게 된 건 친해지고 꽤 시간이 흐른 뒤였다. 애당초 개인적인 이야기를 나눌 여유 따위는 당시 그들에게 조금도 없었다. 둘만 모이면 바로 토론이 벌어졌고 셋이 모이면 기탄없는 탐구가 시작되었다. 주제는 무엇이든 상관없었다.

하야타는 우에노역에서 목격한 암시장의 충격을 잊지 못한 채 헌책방 거리로 유명한 진보초 옆에 해당하는 가미시로초로 이동했다. 그에게 상경을 재촉한 편지를 보낸 구마가이 신이치를 만나기 위해서였다. 진보초는 도쿄 대공습 속에서도 다행히 화를 면한 몇 안 되는 지역이었다. 그 옆 마을이라는 입지 덕분인지 구마가이의 집도 기적적으로 건재했다. 패전 후 불타버린 들판 속에서 자기 집만 고스란히 남은 행운에 마음을 쓸어내린 사람이 얼마나 적은지 하야타 역시 피부로 뼈저리게 느낀 만큼 순수하게 친구의 행운을 기뻐했다.

둘이 재회한 감격에 서로 울음을 터뜨릴 지경이었는데 신이치의 어머니는 어디서 구했는지 눈이 부릅떠질 정도로 호화로운 요리와 술을 내왔다.

"훌쩍이기 전에 모토로이 씨의 무사를 축하하며 건배나 해라."

신이치는 어머니의 말을 듣고 쑥스러운 표정을 지었는데, 상에 올라온 엄청난 요리에 눈이 휘둥그레진 하야타를 발견하고는 환하게 웃었다.

"있는 데는 다 있는 법이야."

"……암시장?"

하야타는 그렇게 묻고는, 신이치가 깜짝 놀랄 정도로 이곳에 오며 본 각 역 앞의 암시장에 대해 잔뜩 흥분해 떠들었다.

"상당히 놀란 모양이네."

"와카야마역 앞에는 그런 광경이 없었으니까."

"지방에는 좀 있어야 암시장이 서겠지. 도쿄역 앞에 암시장이 단숨에 선 데는 배경이 될 만한 이유가 있어."

"몇 가지 조건이 겹친 결과……라는 말이야?"

"정말 이해가 빠르군."

신이치는 이렇게 하야타와 이야기를 나누는 게 너무나 기쁜 모양이었다.

"암시장은 공습으로 타버린 터에 세워진 듯 보이지만 사실은 강제 소개疏開된 터가 많아."

"아! 그래서 역 앞이었나?"

강제 소개란 '건물 소개'와 '가옥 소개'라고도 불린, 전쟁 중에 벌어진 건축물 철거를 가리킨다. 그 목적은 공습 화재에 따른 중요 시설의 연소 방지였다. 철도역은 두말할 필요 없이 육군의 주요 시설이었기 때문에 그 주변은 전부 강제 소개 지역에 해당했다. 그러니까 아직 타지 않은 가옥을 미리 철거해 더 이상 불이 번지지 못하도록 막는다는 에도 시대에나 썼을 소화 방식이 전쟁 중에도 이루어졌다는 것이다.

"우에노에는 전차 변전소가 있잖아? 그래서 아주 꼼꼼하게 소개되었지."

"그렇구나. 군 시설, 무기 공장, 탄약 창고, 민간 군수공장 등과 제일 가까운 역은 거의 강제 소개 지역이 조성되었다고 봐도 돼?"

"그렇게 생긴 공터 이용법을 누구보다 잘 아는 사람이 누구겠어?"

"데키야겠지."

두 사람은 웃으면서 이야기를 계속했다.

"그래도 제일 먼저 장사를 시작한 사람은 평범한 일반 시민이었어. 데키야 세계에서는 옛날부터 전문적인 장사꾼이 아닌 사람을 초짜라고 부르며 깔보는 경향이 있었어. 그러니까 그런 문외한들을 모아 운영하는 역할을 당연히 자신들이 담당해야 한다고 생각했지."

"하지만 아무리 강제 소개 지역이라고 해도 원래 땅 주인이 있을 거 아냐? 불법 점거잖아?"

"아마 앞으로 그 문제가 불거질 거야." 신이치가 집안사람들의 귀를 신경 쓰듯 목소리를 낮췄다. "하지만 말이야, 데키야가 암시장을 운영하는 데 강제 소개 지역의 사용은 수도 부흥을 위해서이고 암시장은 물자 궁핍을 완화하는 응급조치라는 점을 행정 기관도 경찰도 묵인했다고 해."

하야타는 이 말을 듣고 적잖이 놀랐으나 곧 있을 법한 일이라 이해했다.

암시장의 '암闇'은 암 가격, 즉 밀거래 가격이라는 의미도 있고 동시에 어둠의 경로를 통한 물자라는 의미도 있다. 암 가격의 반대말은 공정 가격이고 정부 허가를 받은 통제 상품을 '공정 상품'이라고 부르고, 그 이외에 비합법적으로 거래되는 밀거래 상품에 이 암闇자를 붙인다. 정부는 공정 가격을 내세우며 식료품의 통제와 배급을 실행하려 했는데 애당초 패전 후에는 행정 기관조차 제대로 기능하지 않았다. 배급 제도라고 해도 명목뿐이라 한 달 이상 배급을 거르는 일이 일반적이었다. 게다가 가끔 배급되더라도 부족한 양의 주식과 신선도가 떨어지는 생선과 채소가 나눠질 뿐이라 도무지 생활할수 있는 양이 아니었다. 아니, 그래도 주식과 생선, 채소를 받을 수있다면 그나마 괜찮았다. 어떨 때는 설탕과 분유 캔만 배급되어 그걸 받은 사람들은 어떻게 처리해야 할지 몰랐다.

통제 경제를 위해 공정 가격이 존재하는 것인데 그걸로는 일상의가장 기본적인 식재료를 전혀 구할 수 없다. 아이러니하게도 공정가격이란 '공식적인 경로로는 절대 살 수 없을 만큼 낮게 설정된 가격'이 되는 셈이다.

한편 '밀거래'는 전쟁 중에도 분명 존재했다. 전황이 나빠짐에 따라 배급이 오래 정체된 탓인데 패전 후만큼 두드러지지는 않았다. 정부도 군도 경찰도 눈을 번뜩이며 무시무시하게 단속했기 때문이다. 따라서 서민이 손에 넣을 수 있는 '밀거래' 물품은 한정되었고유통도 활발하지 않았다.

그래서 다들 개인적으로 움직였다. 옷장에 넣어둔 옷들을 꺼내 들고 시골 농가를 몰래 방문해 물물교환으로 쌀과 바꾸었다. 원래는군대 관련 업무나 공무 혹은 특별한 증명서가 없는 한 일반인은 전차표를 쉽게 살 수 없다. 즉 은밀히 표를 구할 필요가 있다. 그렇게고생해서 물자를 사러 나가도 파는 농가에도 똑같이 통제 위반 단속명령이 내려져 있다. 시골에서의 농산물 밀매는 관할 주재소에 발각될 우려가 더 커서 농가도 신경질적이 된다. 고로 교섭 상대가 까다

로우면 노골적으로 굴욕을 당했다. 하지만 굶어 죽지 않으려면 상대가 원하는 대로 할 수밖에 없었다.

이렇게 온갖 고난 끝에 어렵게 손에 넣은 쌀도 돌아오다가 단속에 걸리면 그대로 몰수였다. 국가의 형식적이고 어리석은 '결정'이 필사적으로 살려고 하는 국민을 아무렇지 않게 죽음으로 몰아갔다. 그게 바로 전쟁이다.

그런데 이 국가의 '결정'을 완고하게 지킨 결과 '밀거래'를 거부해 굶어 죽은 사람이 패전 후에 나오고 만다. 1945년 10월 11일에 도쿄고등학교 독일어 교수 가메오 에이시로가, 이상하게도 2년 뒤 같은 달 같은 날에 판사 야마구치 요시타다가 모두 '밀거래'를 거부하고 죽었다. 야마구치는 도쿄구 법원의 경제사범 전임 판사로 밀거래 물자를 소지해 식량관리법 위반으로 검거 및 기소된 피고인 사안을 직접 담당하는 위치에 있었다. '식량통제법은 악법이다. 그러나 법률인 이상 국민은 절대 이에 복종해야 한다. 나는 아무리 괴롭더라도 밀거래 상품 매매는 절대 하지 않겠다.' 그는 이 신념을 관철하다 굶어 죽었다. 특히 야마구치 요시타다의 죽음은 큰 반향을 일으켰다. 다만 찬반양론이 거셌다. 판사라는 자리에 어울리는 고결한 행위라고 칭송하는 사람과 죽으면 아무것도 아니라고 조롱하는 사람으로.

한편 패전 다음 해, 경시청과 도쿄도청이 경찰관과 공무원의 결근 사유를 조사한 결과 경찰은 식량 보충을 위한 결근, 식량이 없기 때문에, 집안일 또는 일신상의 이유라는 이유가 많았고 공무원은 밀거래를 위한 매일의 평균 결근율이 직원은 15에서 18퍼센트, 비정규 고용인은 30퍼센트라는 결과가 나왔다.

농림성은 마침내 '한 달에 열흘간의 유급 식량 휴가'를 인정하는 지경에 이른다. 경시청도 '근무에 지장을 주지 않는 범위에서 식량 휴가를 인정한다'라는 공문을 내린다. 식량 통제와 배급의 총책을 맡은 농림성도, 밀거래를 단속해야 하는 경시청도 그곳에서 일하는 게 살아 있는 사람인 이상 어쩔 수 없는 상태였다.

"이토록 대놓고 명분과 현실이 따로 도는 시대도 없을 거야."

그의 말에 신이치도 공감했는데 하야타는 바로 정정했다.

"……아니, 있나?"

"언제, 뭔데?"

신이치가 깜짝 놀라서 되물었고, 하야타는 씁쓸한 표정으로 대답했다.

"이 전쟁의 배후에 있던 대동아공영권이지."

"……아아, 정말 그랬지."

하야타는 진저리를 치는 신이치를 바라보며 담담하게 말했다. "서양 여러 나라의 식민지 지배를 철폐하고 아시아의 독립을 찾아 여러 민족과의 공존공영을 도모하자고 외치면서 실제로 한 짓은 다른 민족과의 융화가 아니라 동화 정책이었지."

"건국대학의 동기들과 그토록 오래 논의한 문제였는데 완전히 까먹고 잊었네."

하야타는 그가 잊고 있었을 리 없다고 생각했다. 신이치가 시선을 피하는 게 더없이 분명한 증거이겠으나 그 부분은 더 이상 언급하지 않았다.

"사토 하루오가 《중앙공론》 1933년 9월호와 10월호에 발표한 대만 여행기 〈식민지의 여행〉에서 현지 청년의 말을 빌려서 '부임한 총독 각하가 내지인과 이 섬사람은 평등하다고 했는데 다음 총독 각하는 친화라고 하고 그다음 총독 각하는 동화라고 하셨다'라는 문장을 썼지."

"그러고 보니 너는 어엿한 문학청년이었지."

"결국 이 나라는 예전부터 하나도 변하지 않았어."

"이토록 비참한 전쟁을 겪었는데 배운 게 하나도 없다면 그야말로 끝이야."

두 사람은 말없이 한참 동안 술잔만 기울였다.

"아이고, 미안하네." 이윽고 하야타가 분위기를 바꾸려는 듯 이야기를 암시장으로 돌렸다. "그래도 행정과 경찰, 두 기관의 묵인은 상당히 든든했겠어?"

"그야 암시장은 필요악이라고 국가가 인정한 셈이니까." 신이치가 씁쓸하게 웃으면서 말했다. "암시장에서 시市는 장이 선다는 의미와 수요와 공급이 이루어지는 장이라는 두 가지 뜻이 있어. 게다가 그곳에서는 위법적인 경제 유통이 버젓이 행해진다는 사실이 분명히 규정되어 있지. 이렇게 말하면 아버지에게 두들겨 맞겠지만 데키야에게 아주 어울리는 공간이지 않겠어?"

"세상 사람들이 그렇게 보고 있다?" 하야타는 처음에는 조금 조심스럽게 표현했으나 그답게 바로 솔직하게 물었다. "그래서, 데키야는 야쿠자야?"

신이치는 눈을 동그랗게 뜨더니 갑자기 크게 웃음을 터뜨렸다. "데키야 집 아들에게 대놓고 묻다니 정말 너답다."

"기분이 상했다면 사과할게. 하지만 사실은 뭔데?" 하야타는 신이치에게 사과하면서도 날 선 질문을 거두지 않았다.

신이치는 정겨운 표정을 짓고 말했다. "하기야 너는 건국대학에 있을 때부터 자주 이상한 데 관심을 가지고 조사했지. 괴짜였어."

"그랬나? 정작 나는 무엇에 제일 끌리는지 여전히 잘 모르겠어."

"그래서 대학에 다시 들어가는 거겠지."

신이치는 하야타가 고향 집에서 혼자 내린 결심 정도는 일찌감치 간파한 모양이다.

"전쟁으로 중단된 학문을 처음부터 다시 시작하면 패전 후 일본에서 어떻게 살아야 하느냐는 방향성을 찾을지 몰라. 그렇게 생각한 결과야."

"내가 보기에는 괜히 돌아가는 느낌이지만 너랑은 잘 맞을지 모르겠다."

하야타는 진지하게 대답하는 신이치를 보고 눈앞의 친구가 자신의 미래를 심히 걱정하고 있음이 뼈저리게 느껴져 마음이 아팠다.

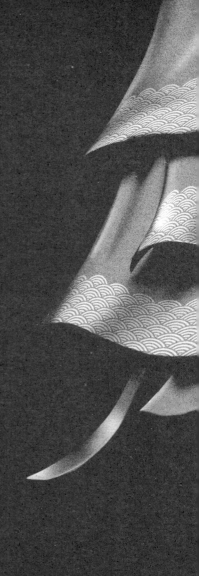

2장

데키야

그러나 하야타는 그런 감정을 조금도 드러내지 않고 다시 물었다.

"그래서 데키야와 야쿠자의 관계는 실제로 어떤데?"

"다 설명할 테니까 너무 재촉하지 마."

신이치는 다시 쓴웃음을 지었다.

"데키야의 장사에는 '유희'라고 불리는 놀이 가게가 있어. 그 대다수는 손님의 사행심을 노리지. 도박과 마찬가지로 판을 까는 사람이 손해 보는 일은 당연히 없고. 그러니까 맞히면 엄청나게 번다는 의미에서 활쏘기射的에서 따와 '데키야的屋'라고 부르게 되었다는 설이 있어. 어디까지가 사실인지는 모르겠고."

"도박은 야쿠자의 중요한 자금원이야."

하야타가 바로 지적하자 신이치는 고개를 저었다.

"나는 둘이 다르다고 생각해. 데키야 세계에서는 자신들과 다른 장사를 '가업이 다르다'라고 하며 구별해. 예를 들어 '나무'는 식목 상인이고 '가짜'라고 하면 도박 쪽 상인을 가리켜. 가짜는 속임수의 은어로 경멸의 분위기를 다분히 품고 있지."

"그렇군."

"좀 더 근거 없는 속설도 괜찮다면 '야쿠자적'이라는 말을 줄여 '야적야테키'이라고 부르다가 그걸 뒤집어 '데키야'라고 불렀다는 설도 있어."

"그거 재미있네."

"아버지 말로는 데키야는 직업을 가진 한량이고 야쿠자는 무직한량이래."

"오호!"

"데키야라는 존재는 그 70퍼센트가 상인이고 나머지 30퍼센트는 야쿠자라고, 취하면 자주 말해."

"데키야 전체의 30퍼센트가……."

"그런 의미도 있겠지만, 데키야의 개인적인 자질이 70퍼센트가 상인이고 30퍼센트가 야쿠자로 이루어졌다, 아버지는 그런 뜻으로 말한 건지도 몰라."

"데키야인 아버지가 실제로 느끼는 부분인가?"

이로써 하야타의 호기심도 어느 정도 채워졌다.

"강제 소개 지역이라는 넓은 공간이 있고 일반 시민이라고 해도 많은 상인이 있고 행정 기관과 경찰의 묵인도 받았다. 다음은 밀거래 물자를 끊임없이 공급할 수 있는지가 문제겠군."

"너는 정말 머리가 좋다니까." 신이치는 기쁜 표정을 지으며 말했다. "그 부분도 이미 준비되어 있잖아."

"역이구나."

"정답! 역 앞에 암시장이 펼쳐지는 데는 확실히 강제 소개 지역이 있었던 점도 크지만, 그와 비슷한 이유로 사람의 이동이 있지."

신이치는 의도하지도 않았는데 말린 감자를 팔게 된 남자의 예를 들며 말했다.

"철도역에서 뻗어 나간 선로 끝에는 곡물과 농산물, 어패류가 나오는 땅이 있어. 즉 역은 식량을 공급하는 배후지와 이어져 있다는 소리야. 운송에 걸리는 시간을 고려하면 역 앞 암시장만큼 적당한 자리는 없겠지. 역 자체가 암시장의 공급기지라고 할 수 있어. 그 증거로 짐꾼이 이제 막 들어온 전차 플랫폼에서 일찌감치 밀거래를 해 치우기도 하니까."

"기가 막힐 정도로 온갖 여건이 다 갖춰져 있다는 말이구나."

하야타는 다시금 감탄했다. 암시장 발생에는 우연성이 있었을지 모르나 그 성립은 완벽한 필연이었다.

"시부야는 또 어떻고. 그 역은 농어업 생산지와 조금도 연결되어 있지 않아. 그래서 식량 공급 거점은 될 수 없었어. 그곳 암시장이 헌 옷 같은 일상용품이나 과자와 말린 감자 같은 간단한 음식밖에 취급하지 않는 이유도 바로 그것 때문이야. 그렇게 역마다 그곳 암시장에서 팔리는 물품에 특징이 있으니까 목적에 맞게 갈 곳을 선택해야 해."

신이치는 그렇게 말하고 어디까지나 만약을 위해 충고하겠다는 듯이 말을 덧붙였다.

"손님으로 가면 아무 문제 없을 거야. 하지만 성가신 문제를 가지고 있는 암시장도 있어. 그러니까 그건 조심해야 해."

"예를 들어 어디가 그런데?"

"제삼국인이 운영하는 암시장이 존재해."

그건 다툼의 빌미가 되겠다고 하야타는 바로 이해했다.

전쟁 중에 일본의 지배를 받은 탓에 일본군 징용으로 끌려온 중국과 조선, 대만 사람들이 패전 뒤에는 아무런 보장 없이 버려졌다. 물론 귀국한 사람도 있었으나 다양한 사정으로 일본에 남은 사람도 많았다.

미국을 비롯한 점령군은 그런 그들을 연합국에 들어가지는 않는다고 생각하면서도 최대한 '해방 국민'으로 처우하려고 자신들과 동등한 취급을 받아야 하는 존재라는 뜻으로 '제삼국인'이라고 불렀다. 그러므로 그들은 점령군과 같이 일본의 법 규제를 전혀 받지 않는 위치를 인정받은 것이다.

"신주쿠는 전쟁 전부터 네 개의 데키야가 담당하고 있었고 이케부쿠로도 마찬가지야. 둘 다 통제된 조직 아래에서 운영되었다고 할 수 있지."

"그런데 그러지 않은 암시장이 있다는 말이야?"

"신바시와 시부야에서는 대만계, 우에노에서는 중국 화교와 조선계 상인과 영역 다툼이 있었어. 하라주쿠의 아오야마 방면은 신흥 주택지라 오래된 데키야 조직이 원래 없어. 그래서 그곳은 대만인과 조선인이 관여하고 있지. 나카노 북쪽 출입구에 일본인은 손대지 못하는 고급품 전문 암시장이 존재하는 이유도 조선인이 운영하고 있기 때문이야. 기치조지는 근처에 무사시노 군수공장이 있어서 그곳에 징용된 중국인이 암시장을 운영해. 당장은 기억나지 않는데 이밖에도 또 있을 거야."

"혹시……." 잠자코 신이치의 설명을 듣고 있던 하야타는 문득 입을 열었다. "행정 기관과 경찰이 데키야의 존재를 묵인한 이유에 일본인 노점상들을 하나로 묶어 일본의 법 규제를 전혀 받지 않는 제삼국인들의, 견제 세력으로 세우겠다는 의도도 있지 않아?"

"여전히 예리하군." 신이치는 신나게 웃고는 조금 놀란 표정으로 말했다. "나 역시 같은 결론에 도달했는데 그 결론에 이르기까지 조금 시간이 걸렸어. 그런데 너는 지금 설명만으로도 바로 알아차리는 구나."

하야타는 친구의 칭찬에 특별히 쑥스러워하는 기색 없이 오히려 심각한 표정으로 말했다. "배경이 더 있을지도 모르겠군."

"무슨 뜻이야?"

"일본 정부와 경찰이, 그보다는 GHQ가 우려하는 일은 암시장이라는 혼돈의 장을 매개로 패전으로 궁핍해진 일본인과 제삼국인이 뭉쳐 혁명을 일으키지나 않을지 걱정하지 않았을까? 문득 그런 생각이 들었어."

"그야 충분히 있을 수 있지." 신이치의 표정도 심각해졌다. "즉 유통 구조가 본격적으로 정비되기 시작하면 곧바로 데키야가 운영하는 암시장은 필요 없다며 없앨 가능성이 높다는 말이야?"

"응. 아마 틀림없이 그럴 거야."

"이용할 만큼 이용하고 그다음은 나는 모르겠다고 내버리다니. 패전 뒤 제삼국인에게 한 짓과 똑같잖아. 이 나라 윗분들이 옛날부터 써먹던 수단이지."

이 두 사람의 예상은 기가 막히게 적중하나 그것 또한 미래의 일이다.

하야타는 신이치와의 오랜 우정을 굳건히 다진 후 간사이로 돌아왔다. 그리고 구마가이 조고로가 소개한 오사카 데키야의 간판 얼굴 오사코 다이고를 찾아가 그 사람 소개로 하숙집을 찾아 자리를 잡고 한 국립대학에 편입했다.

하지만 본가에서 돈을 부칠 수 없는 형편이라 생활비와 학비를 벌어야 했다. 그 때문에 하야타는 매일 열심히 가정교사와 신문사, 출판사 아르바이트 일을 했다. 요컨대 고학생이었는데 그런 처지에 있는 사람이 그리 드물지 않아 처음부터 고생이라고 느끼지 않았다. 면학과 관련된 내용으로 돈을 벌었기 때문일지도 모르겠다.

그보다 하야타는 당시 사람들을 괴롭혔던 것과 똑같은 문제에 시달렸다. 배고픔이었다.

일단 '제대로 된 식사'를 하려면 농림성이 발행하고 배포하는 '주요 식량 선택 구입권'이 필요했다. 통칭 '외식권'이라 불리는 것으로, 한 장마다 '일식권'이라고 인쇄된 표가 회수권처럼 붙어 있었다.

이 표를 외식권 사용 등록 식당인 '외식권 식당'에 가져가지 않는 한 전쟁 중부터 전쟁 후 한동안은 외식을 할 수 없었다. 그렇다면 외식권 식당에서 일식권을 내면 문자 그대로 1인분 분량의 식사를 할 수 있는가 하면 전혀 그렇지 않았다.

하야타는 인쇄된 종이 자체가 너무 얇아 팔랑이는 일식권을 창구에 내고 자주 수제비를 먹었다. 수제비라는 건 이름뿐이고 소금물에 간장을 조금 타서 색을 낸 국물에 밀가루 수제비가 두세 개 떠 있는 게 전부였다. 그 수제비의 크기도 엄지 정도밖에 되지 않는다. 이게 1인분 양이었다. 너무 부족해서 언제나 한번에 식권 세 개를 써야 했다. 당시 일본인은 하루에 식권 두 개가 배포되는 게 보통이었다. 그렇다면 나머지 한 끼는 어쩔 수 없이 암시장에 의지할 수밖에 없다. 그렇지만 암시장 가격은 말도 안 되게 비쌌다. 막 쓰다가는 학비에까지 손댈 수밖에 없는 상황이었다.

배고픔에 당혹해 있던 하야타에게 구원의 손길을 내민 사람이 바로 데키야의 두목인 오사코 다이고였다. 그러나 그 뒤에는 물론 구마가이 조고로가 있었다.

"더 이상 신세를 질 수는 없습니다."

조고로는 완고하게 사양하는 편지를 보낸 하야타에게 조금의 가식도 없는 내용의 편지를 곧장 보냈다.

"나는 우리 한심한 아들이 무슨 일인지 건국대학에 합격해 입학한 일을 정말 기쁘게 생각했다네. 분명 머리는 좋은 녀석인데 학교 성적은 그리 좋지 않았거든. 하지만 머리가 좋다고 다 학문을 할 필요가 없다는 사실을 녀석은 알려주었네. 그런 아들이 대학 동창 가운데 가장 좋아하는 사람이 바로 모토로이, 자네야. 신이치는 늘 말한다네. 앞으로 일본에 필요한 사람은 모토로이 하야타 같은 남자라고. 그래서 나는 자네를 배불리 먹여주기로 했네."

하야타는 너무나 큰 후의를 얻었다. 그러나 공짜로 받기에는 마음이 불편해 뭐든 보상하고 싶다고 편지에 썼다.

"그렇다면 앞으로 내게 곤란한 일이 생기면 자네의 지혜를 빌려주게."

조고로의 답장 내용은 이른바 '출세해 갚아'라는 소리였다.

그리하여 하야타는 오사코 다이고가 운영하는 오사카 암시장의, 두목이 미리 지정한 '가게'에 출입함으로써 일반적인 밀거래 가격보다 훨씬 싸게 식사할 수 있었다. 그런 편의 덕분에 그가 얼마나 큰 도움을 받았는지. 오사카 암시장 대부분을 운영하는 게 조선인을 비롯한 제삼국인이고 여기에 불량한 일본인도 섞여 있다는 사실을 고려하면 그 도움이 얼마나 큰 것인지는 너무나 잘 알 수 있었다.

오사카에서도 패전한 해 9월에는 이미 암시장이 서기 시작했다. 그 가운데서도 오사카역과 아베노바시, 쓰루바시까지 세 군데가 가장 번성했다. 물론 토지 소유자의 승낙 같은 건 얻지 않고 멋대로 연자유시장이라는 이름의 블랙마켓이었는데 그곳에서는 주로 고구마, 빵, 카레 등을 팔았다. 하야타는 정말 감사했으나 핵심인 식사의 질이 외식권 식당보다 나아졌느냐 하면 좀처럼 판단을 내리기 어려웠다.

밀거래한 쌀에 무와 인삼을 잘게 썰어 넣어 큰 솥에 지은 잡곡밥.

간장 몇 방울을 떨어뜨리고 잘게 다진 파를 넣은 게 전부인 국. 잘게 썬 우동과 정어리 토막이라기보다 거의 대가리만 넣고 구운 철판구이…… 등이 그의 위장에서 사라졌다.

패전 뒤 일본인은 가축의 내장 요리에 가장 놀랐다. 일본인은 메이지1867~1912 문명개화로 육식을 처음 배웠는데 그래도 전쟁 전 식탁에 육류가 나오는 일은 매우 드물었다. 특히 내장은 끔찍하게 여겨 먹지 않았다. 반대로 다이쇼1912~1926 시기부터 전쟁이 시작되기 전까지 중노동에 종사한 조선 사람들이 체력 보충 요리로 내장을 아주 좋아했다.

그런데 시나가와에서는 태평양전쟁 말기부터 일본인도 소 내장 요리를 먹었다고 한다. 이곳에 조선인 마을이 있었고 그곳에서 만든 탁주 '막걸리'를 일본인도 사러 갔다가 곱창 맛을 알게 되었다고 한다. 게다가 막걸리를 마시면서 먹으면 맛있고 덤으로 힘도 불끈 솟는다. 무엇보다 가격이 싸다. 그런 소문이 일본인 사이에 퍼졌고 식량난까지 겹쳐 순식간에 평판을 얻었다.

이 곱창과 함께 당시 일본 식탁에 엄청난 영향을 끼친 '요리'가 또 있다. 점령군 식당에서 나온 잔반 잡탕이다. 요코하마 암시장에서 이 잔반을 드럼통에 모아 끓여 '영양 수프'로 팔았는데 같은 일이 도쿄에서도 벌어졌다.

점령군이 '가비지'garbage, 쓰레기라고 부르는 것들은 폐기되는 단계에서 이미 반쯤 건조된 덩어리 상태가 된다. 이것을 신주쿠 암시장이 큰 자루에 넣어 회수해 그 내용물을 커다란 솥에 몽땅 넣고 물을 부어 중불로 뭉근히 끓인 후 소금을 넣고 섞으면 일단 완성이다.

하야타도 상경하다가 먹었는데 딱 뭐라 표현할 수 없는 맛이었다. 의외로 맛이 없지도 않았으나 그렇다고 맛있지도 않았다. 다만 아주 오랜만에 영양가 높은 음식을 실컷 먹었다는 실감은 틀림없이 들었다.

시시 분로쿠 일본 근대의 소설가이자 연출가가 패전 후 도쿄를 무대로 한 부부의 소동극을 그린 《자유학교》(1950)에서는 이 요리에 대해 이렇게 쓰고 있다. "진득하고 달고 기름지고 동물성 죽 같은, 한없이 배를 불리는 맛이다. (……) 전쟁 전에는 결단코 없었던 실질적이고 형식을 갖추지 않은 요리임은 분명했다."

신이치는 수없이 먹어 이 특별한 스튜의 깊은 맛을 음미하게 되었다. 그곳에는 콘비프, 인삼, 닭 뼈, 완두콩, 감자, 셀러리, 돼지고기 살점, 옥수수 알갱이, 버섯 등이 들어 있는데 은박지가 붙어 있는 치즈 조각도 있었다고 한다.

또한 신이치의 말로는 담배꽁초와 남성 피임 기구가 나온 적도 있었다고 한다. 애당초 쓰레기였음을 고려해도 패전국 서민에 대한 승전국 점령군 관계자의 악질적인 장난이 틀림없다. 하지만 그에 대해 눈을 붉히며 화를 낼 일본인이 과연 있었을까. 그들에게 화를 내봤자 배만 고파질 뿐이다.

패전 후 일본의 식탁이 점차 서양화된 이유 중 하나가 이 잔반 스튜였다는 점은 아이러니하다. 역사를 돌이켜보면 식문화의 '침략'만큼 어려운 게 없다. 승전국의 요리가 패전국에 자연스럽게 들어왔을 때만 가능할 것이다.

일식권으로 얻을 수 있는 외식권 식당의 '요리'보다 확실히 암시장의 '요리'가 더 많았다. 그래서 더 당연한 듯 믿을 수 없이 비싼 암시장 가격이 청구되었다.

패전하고 2, 3년 뒤의 국가 공무원 월급을 3000엔이라고 했을 때 암시장에서의 컵 술 한 잔은 50엔이고, 초밥 하나가 20엔이 된다. 합계 70엔을 현재 가격으로 치면 무려 7000엔이다. 그저 배를 채우는 데만 한 끼에 지금 돈 수천 엔이 들었다.

비슷한 시기에 전과 12범인 남자가 후추형무소에서 나왔을 때 닷새 분량의 주먹밥과 95엔이 주어졌다. 형기 만료자에게 돈만이 아니라 주먹밥까지 줬다는 것으로 미루어봐도 당시 식량 사정이 얼마나 나빴는지 알 수 있다. 참고로 95엔은 전쟁 중 대학 졸업 신입사원의 월급에 해당했다. 아까 예로 든 국가 공무원의 월급과 비교하면 전쟁 중과 전쟁 후에 걸쳐 얼마나 비이상적으로 물가가 치솟았는지를 이해할 수 있다.

출소한 남자는 고향으로 돌아가려고 도쿄역까지 걸었다. 전차에 타려고 해도 역 창구는 장사진을 이루고 있었다. 그중에는 차표를 사는 장소를 선점하는 '자리꾼'도 있었다. 나이 든 여성이나 아이가 많았는데 물론 암시장 가격을 내야만 했다.

열심히 걷고 또 걸어 남자는 드디어 도쿄역에 도착했다. 그러나 차표가 매진되어 사흘이나 기다려야 했다. 목이 말라 암시장을 살펴보니 귤이 눈에 들어왔다. 세 개를 10엔에 샀다. 땅콩도 10엔이었다. 그리고 냄새에 이끌려 어묵 가게에 들어갔다. 25엔에 술 한 잔을 마시고 50엔짜리 어묵을 먹으니 이미 무일푼 신세가 되었다.

"이래서는 도무지 바깥세상에서는 살 수 없겠어."

남자는 긴자로 이동해 판잣집 음식점에서 일부러 70엔어치 음식을 무전취식해 형무소로 돌아가길 원했다.

하야타는 오사코 다이고의 지시로 싼값에 물건을 사서 큰 도움을 받았는데 일반 서민은 그럴 수 없었다. 조금 전에 얘기한 출소한 남자보다 더 비참한 존재가 부모를 잃은 데다 몸 기댈 친척 하나 없는 전쟁고아들이었다.

그중에서도 다부진 아이들은 암시장에서 일을 구했다. 암시장에 가면 무엇이든 있다는 얘기가 있듯 그곳에는 다양한 물건을 취급하는 '가게'가 즐비했는데 음식점이 가장 많았다. 인간이 무엇보다 제일 먼저 바라는 게 배고픔의 극복일 것이다. 배고픔을 해결하지 못하는 한 어떤 물건을 사든 소용없는 것이었다. 그런 식료품으로는 식자재 말고 물이 있다. 하지만 각 '가게'에 당연히 상수도는 없다. 그러므로 가장 가까운 우물 등에서 대량의 물을 길어와야 하는데 그런 일은 거의 아이들 몫이었고 바로 그 일에 전쟁고아들이 달려들었다.

하지만 누구나 일을 얻고 숙련되는 건 아니다. 탈락한 사람이 반드시 있게 마련이다. 아니, 사실은 전쟁고아 대부분이 그런 처지였다고 해야 할까. 그들은 밤이면 지하도에서 자며 암시장에서 나오는 잔반을 찾아 헤맸다. 그러나 점령군의 가비지와는 달리 암시장에서 버리는 잔반은 부패한 게 많았다. 그것 때문에 복통을 앓고 열이 나는 아이가 많았으나 다른 아이들이 그들을 도울 방법은 없었다. 그저 그 아이가 죽어가는 모습을 지켜보는 수밖에……

그들이 가장 두려워한 게 '부랑아 사냥'이었다. 공무원들은 거리를 방황하는 전쟁고아들을 발견하면 강제로 손수레나 삼륜 오토바이에 태워 부랑아 수용소로 보냈다. 그들에 대한 대우는 들개나 거리의 쓰레기와 같았다. 그러나 그들은 아무리 굶주려도 사람을 습격하지 않았으나 세타가야에서는 식당의 여자 종업원이 들개에게 물려 살해되는 사건이 벌어졌다.

전쟁고아들은 수용소에 도착하면 한겨울이라도 발가벗겨져 그 자리에서 바로 냉수를 뒤집어썼다. 그리고 알몸으로 쇠창살 우리에 넣어진다. 패전한 일본에서 그들은 그저 그런 존재에 불과했다. 그런데 하야타는 이후에 부랑아 수용소에 버려지는 게 더 나았다고 생각될 만큼 믿을 수 없이 참혹한 경험을 듣게 된다.

그는 편입한 대학에서 '민속학'을 만나 다시금 학문할 의욕을 느꼈다. 일본인의 역사와 문화를 탐구하기 위해 채집한 전승을 분석하고 연구하는 게 민속학이다. 패전으로 모든 걸 잃은 듯 보이는 지금이야말로 민속학이 필요하지 않을까. 그 생각이 틀리지 않았다고 생각했는데 암시장에 드나들 때마다 엄혹한 현실을 마주하니 학문 자체가 무력하게 느껴졌다.

대학에서 1년 가까이 민속학에 푹 빠져 있던 하야타의 마음에 고민이 생기기 시작했다. 미래의 일본을 위해 자신이 더 할 수 있는 뭔가가 있지 않을까.

"너는 여전하구나."

신이치는 편지 왕래만으로 그의 고민을 민감하게 알아차리고 다시금 그에게 상경을 권했다. 그리고 신주쿠의 암시장 안에 있는 술집으로 불렀다.

술집이라고 해도 판잣집 안에 놓인 카운터와 조악한 의자 몇 개가 전부인 한 평 반 정도의 '가게'였다. 가게 여주인과 손님은 어쨌든 카운터로 나뉘어 있으나 가게 안팎의 구별은 매우 모호했다. 손님의 등은 바로 길이었고 때로 어떤 손님은 아예 길에 나가 먹는 일도 많았다. 게다가 가게 여주인이 안으로 들어가려면 카운터 밑으로 몸을 웅크려 지나가야 했다. 마침 카운터에 손님이 있으면 일부러 일어나 자리를 양보해야 출입이 가능한 '가게'였다.

암시장의 '가게'도 점점 진화하고 있었다. 처음에는 신문지나 돗자리를 깐 게 전부였는데 함석이나 갈대발을 세우고 걸어 일단 형식을 갖추게 되었다. 그것이 곧 노점을 이용하는 것으로 바뀌고, 다시 판잣집이라는 형태로 나타났다. 게다가 장소에 따라 '마켓'이라 불리는 목조 2층짜리 집합 점포까지 만들어졌다. 곧 '암시장'에도 아주 일반적인 형태의 가게가 탄생했다. 그래도 '암시장'이라는 호칭이 사라지지 않은 이유는 여전히 취급하는 물건이 불법이었기 때문이다.

"여기는 괜찮은데, 다른 데서는 조심해야 해."

신이치는 하야타를 술집에 데려갈 때마다 늘 귀에 대고 속삭였다. 하지만 그는 실제 경험으로 뼈아픈 일을 당하기 전에 작가들의 문장을 읽어 지식을 받아들였다.

"사카구치 안고 일본 근대 소설가이자 평론가가 시부야 우다가와초에서 맥주를 세 병밖에 안 마셨는데 계산할 때 보니 스무 병이 되어 있었지. 항의하니 발밑을 보라는 말을 들었어. 정말 아래를 보니 이게 웬일! 빈 맥주병 스무 개가 바닥에 구르고 있었다더라."

"덫에 걸렸네."

질 나쁜 술집에서는 자주 하는 수법인지 신이치는 피식 웃고 말았다.

"하지만 맥주는 더 속일 게 없으니까 그나마 다행이지."

"메틸?"

"아아, 그건 조심해야 해."

나날의 일상이 비참하면 비참할수록 많은 사람은 술로 도망치려 한다. 아무리 가난해도 일단 마시려고 한다. 그런 수요는 언제나 있었으나 패전 후이니 더욱 술이 필요한 시대였을지 모른다. 다만 진짜 술은 압도적으로 적었다. 하지만 돈을 벌 수 있는 장사임을 알기에 불법적인 수단에 손을 대는 사람이 나타났다.

암시장 술로 유명한 게 가스토리와 바쿠탄이다. '가스토리粕取リ'는 그 이름 그대로 사케가스酒粕. 청주 재료를 압착하고 남은 재료를 원료로 한 증류주이다. 하지만 패전 후 청주는 버려야 하는 쌀이나 고구마 등의 재료를 닥치는 대로 사용했고 게다가 아마추어가 만든 솥에 속성으로 증류한 제품이었다. 냄새가 고약하고 알코올 도수가 40도로 높아 석 잔 이상 마시지 못한다고 알려졌다. 창간하고 3호 사이에

폐간한 잡지를 '가스토리 잡지'라고 부른 것도 이 술의 석 잔에서 비롯된 것이다.

한편 '바쿠탄' 또한 마시면 위가 타올라 찢어지는 게 아닌가 싶을 정도로 폭탄이라는 문자 그대로 강렬한 술이었다. 연료용 알코올을 물에 희석해 가솔린용 드럼통에 담아 팔았다. 무엇보다 싸고 단시간에 취해 인기가 많았는데 가스토리도 바쿠탄도 절대 방심할 수 없는 무서운 술이었다.

이들 밀조주에 공업용 메틸알코올을 섞는 악덕 업자가 끊이지 않았다. 그래서 실명하는 사람과 사망자가 속출했다. 전쟁 전 프롤레타리아 작가였던 다케다 린타로가 오랫동안 과음하다가 패전 다음 해에 사망했는데 메틸이 들어간 술을 마신 탓이라는 소문이 돌았다.

도쿄도는 도내 62개소에 '음식물 간이 검사소'를 설치했으나 효과는 없었다. 주둔군은 "메틸로 병사를 죽음에 이르게 하는 자는 사형"이라는 공문까지 냈다고 하는데 후자의 진위는 밝혀진 바 없다.

하야타와 신이치는 비교적 안전한 술을 마시면서 여러 주제로 대화를 나눴다.

"내 생각에 너는 학문의 길을 걷는 게 어울릴 것 같은데."

"그래?"

"응, 틀림없어." 신이치는 확언하듯이 대답하고 조금 망설이는 표정을 지었다. "하지만 말이야, 그렇다고 해서 실내에서 얌전히 책 앞에 앉아 있을 인물이 아닌 것도 분명해. 그런 면에서 민속 채집이라는 활동을 펼치는 민속학은 너와 잘 어울리는 학문 아닐까?"

"응. 나도 그리 느끼고는 있는데……."

"그렇다면 대학을 그만둘 생각보다 더 정진해야지."

신이치의 조언이 머릿속에서 수없이 재생된 탓인가, 그날 밤 하야타는 몹시 취했다. 그런데도 암시장 안을 걷다가 던진 친구의 중얼거림이 귓가에 남은 이유는 여전히 모르겠다.

"……저 녀석."

신이치의 시선 끝을 보니 마침 간판에 '곱창 이李'라고 적힌 가게에 한 청년이 들어가고 있었다. 홀쭉하니 마르고 작은 몸집의 외모만이 아니라 왠지 사람은 좋지만 기가 약해 보이는 얼굴이라 이런 암시장을 걸어 다니면 바로 봉이 될 듯한 성인 직전의 남자였다.

"아는 사람이야?"

"아, 응." 신이치는 그 한마디로 넘어가려다가 마음을 고쳐먹었는지 입을 열었다. "아버지의 부하 중에 전쟁 전 간사이에서 흘러 들어온 형님이 있어. 실은 네게 오사카의 오사코 다이고 형님을 소개했을 때 이 사람에게도 적지 않은 신세를 졌지."

"그랬어?"

"일인칭 나를 나타내는 한자 '사私'에 시장의 '시市'를 써서 '기사이치'라는 이름의 형님인데 방금 본 녀석이 그 형님의 부하처럼 보였거든. 저 녀석 이름이 귀족 할 때 '귀貴'와 시장의 '시'를 써서 '기시'라고 해."

"기사이치 씨는 한자와 읽는 방법이, 그리고 기시 씨는 한자가 특이하네."

"삼촌…… 나는 어릴 때부터 그렇게 부르는데 저 녀석 성에 시장의 '시'가 들어간다며 아주 좋아해."

"장사의 성격상 미신을 믿는 거겠지, 당연해." 하야타는 대답하고는 말을 이었다. "너도 이름에 시장의 시가 들어가니까 어릴 때부터 기사이치 씨의 마음에 들었겠는데?"

"형님의 아들이라는 점도 있을 테지만 이름 덕도 봤을 거야. 가장 큰 이유는 내가 사랑스러운 꼬마라는 점이었지만."

"주정은 하지 마라."

둘이 한바탕 실컷 웃어댔는데 이후 신이치는 조금 씁쓸한 표정을 짓고 말했다.

"어쨌든 아무래도 기시 녀석은 삼촌 눈에 든 것 같은데……."

"본인 실력이 부족한가?"

신이치는 부정도 긍정도 하지 않았다.

"어엿한 데키야가 되려면 '가세기코미'형님 밑에서 생활을 의탁하며 수습하는 생활에서 '잇폰동료' 그리고 '짓시붕실질적인 부하', 나아가 '잇카나토리일가를 거느리는 조직의 두목'에서 '다이메후계자'까지 순서대로 출세해야 해. 가세기코미와 잇폰은 '젊은이'라고 부르고 아직 어엿한 데키야로 대접받지는 못해. 이 단계에 있는 사람은 나이와 상관없이 젊은이라고 불러. 잇카나토리와 다이메가 되면 형님으로 인정받지. 짓시붕은 젊은이와 형님 사이에 해당하는데 그때그때 지위가 바뀌니까 지금은 이야기에서 제외하지."

"기시 씨는 수습에 해당하는 아직 가세기코미라는 거지?"

"잇폰이 되고도 남아야 하는데 저 모양이야. 그런데도 작은아버지는 놈을 특별 취급해. 그렇게 되면 다른 젊은이들에게 종종 말이 먹히지 않는 일이 생기지."

"그렇겠구나."

하야타는 친구의 말을 다 이해한 듯 굴었으나 실은 그렇지 않았다. 아무리 상대가 아버지의 부하이고 어릴 때부터 귀여움을 받은 '삼촌'과 관련된 일이라고 해도 기시라는 인물과 신이치와의 관계는 상당히 멀 것이다. 그런데도 친구가 그에게 이토록 집착하는 데는 다른 이유가 있으리라 짐작했다. 하지만 그 당시의 하야타는 자신의 진로를 고민하고 있었던 데다 상당히 취해 있었다. 그래서 더는 사정을 캐묻지 않았다.

이날 밤, 신이치의 조언은 아주 소중했으나 하야타는 지금 대학에는 자신이 찾을 게 없음을 깨달았다. 그래서 간사이로 돌아옴과 동시에 바로 퇴학하고 말았다. 그리고 1년쯤 신문사와 출판사 일로 생계를 유지했는데 결국은 '패전한 일본의 부흥을 뒷받침하기 위해 더 유익한 일을 하고 싶다'라는 뜨거운 마음을 품고 방랑의 여행에 나섰다.

구마가이 신이치를 비롯해 예전 동창들은 다들 말렸으나 아무도 그의 결의를 막을 수는 없었다. 그들도 하야타를 막을 수 없음을 어렴풋이 알고 있었을지 모른다.

북쪽이 아니라 남쪽으로 향한 하야타는 마침내 기타큐슈의 게쓰네라는 작은 역까지 흘러갔다. 그곳에서 그는 과거 탄광회사의 노무지도원이었던 아이자토 미노루를 만나 야코야마 지방의 누쿠이 탄광 중 하나인 넨네 갱에서 탄炭광부로 일했다.

그런데 하야타가 마침내 탄광 일에 익숙해질 무렵 탄광 주택의 조악한 방을 무대로 불가사의한 연쇄 밀실 괴사건이 일어난다. 검은 여우의 얼굴을 한 수수께끼 인물이 아무래도 사건과 관련이 있는 듯하다. 이 기기괴괴한 사건에 그는 어쩔 수 없이 휘말리고…….

어쨌든 하야타는 간신히 사건을 해결했으나 탄광부는 그만둘 수밖에 없어서 기타큐슈를 떠나 상경하기로 했다. 그리하여 하야타는 도쿄에 도착하는데 그곳에서는 '붉은 옷'이라 불린 의문의 괴인怪人에서 시작된 너무나도 처참한 '붉은 미로의 붉은 옷 살인사건'이 그를 기다리고 있었다.

3장

호
쇼
지

모토로이 하야타가 도쿄에 도착한 신록의 계절, 암시장은 쇠퇴로 향하고 있던 시기였다.

처음에는 '청공시장'이나 '자유시장'이라 불린 수많은 '가게'가 지금은 판잣집이나 목조 2층짜리 마켓에 '점포'로 입점했다. 패전하고 반년 정도까지의 암시장은 오늘 있었던 '노천' 혹은 '노점' 형태의 가게가 내일 있으리라는 보장이 없는 혼란한 공간이었다. 그러나 마켓이라는 이름이 붙은 시설에는 그런 개별 '가게'들이 집합했다. 조악한 차림새였으나 내일 사라질 걱정은 줄었다. 그런데도 '암시장'이라는 호칭이 사라지지 않은 이유는 여전히 밀거래 물자와 가격이 지배하고 있었기 때문이다.

원래 '암시장'이라는 명칭은 19세기 중국에서 '도둑 시장'이라는 의미로 사용된 게 효시라고 한다. 그야말로 비합법적인 상품을 판매

하는 시장을 가리키는 말이었는데 일본에서는 전쟁 전부터 전쟁 중에 걸쳐 국가 통제가 강화되고 군수 물자 확보를 위해 '물자 동원 계획'이 실시된 후 이 말이 일상적으로 사용되었다.

하지만 이 '암시장'이라는 단어가 점차 한자 대신 '야미이치'라는 일본어로만 표기된 이유는 아마도 '암'이라는 글자가 지닌 부정적인 면이 실제로는 거의 없었고 오히려 패전한 국민을 기아에서 구했다는 생각을 대부분의 모든 사람이 했기 때문에 어둡다는 뜻의 글자를 빼고 소리로만 부르게 되지 않았을까. 게다가 암시장의 성립에는 행정 기관과 경찰까지 적잖이 협력했다는 배경도 있으니 더욱 그랬을 것이다.

그런데 경시청은 1946년 2월부터 일찌감치 '임시 노점 단속 규제'를, 9월에는 더욱 강화된 '노점 영업 단속 규제'를 발령한다. 이유는 크게 두 가지이다. 한 가지는 암시장 특유의 폐쇄성이 아무래도 다양한 범죄를 낳았기 때문이다. 어디까지나 패전 직후의 응급조치로서 밀거래 물자와 가격을 인정한 것에 불과하다. 그런데 암시장에서는 다른 위법 행위가 횡행했다. 또 보험금을 노린 방화와 제삼국인의 항쟁 등 점차 큰 사건도 일어났다. 다른 하나는 유통이 서서히 복구되었다는 점이다. 유통 구조가 완전히 정비되면 데키야는 경쟁할 여지가 없었다.

무엇보다 이 두 가지 이유는 표면적인 이유일 뿐이다. 진짜 목적은 하야타가 전에 지적했듯 암시장을 통해 일본인과 제삼국인들이 이어져 혁명을 일으킬 가능성에 대해 GHQ가 우려했기 때문이라고 생각한다.

어쨌든 경찰의 암시장 단속이 강화되고 데키야 적발도 일제히 시작되어 차례차례 검거된 결과 1947년 7월에는 도쿄 노점상 동업조합도 해산할 수밖에 없게 된다. 이로써 표면적으로는 데키야에 의한 암시장(마켓) 지배는 사라지지만, 실제로는 지하로 숨어들었을 뿐이다. 특히 음식점 대부분은 그대로 비밀 영업을 계속했다.

"그러니까 암시장은 실질적으로 없어지지 않았단 말이야?"

구마가이의 집에서 신이치와 재회를 기뻐한 하야타는 제일 궁금했던 것을 물었다. 신세를 졌던 친구의 아버지 조고로의 상황이 걱정되었기 때문이다. 두 사람 앞에는 신이치의 어머니가 준비해준 호화로운 요리와 술이 쭉 차려져 있었다. 변함없이 '있는 곳은 다 있는' 모양이다. 참고로 황실이 '있는 곳'의 대표였다. 황궁 벽에는 황족이 먹을 오늘 음식이 나붙었는데 쌀도 고기도 생선도 채소도 풍부했다. 그곳에 '배고픔'은 조금도 찾을 수 없었다. 황실은 도쿄도에서 완벽하게 다른 세계였다.

"딱 봐도 암시장처럼 잡다하게 가게가 모여 있는 풍경은 사라졌어. 하지만 그 가게들이 판잣집이나 목조 2층짜리 마켓으로 들어갔을 뿐 돌아가는 구조는 그대로야."

하야타는 술을 권하며 대답하는 신이치에게 바로 지적했다.

"하지만 경찰 단속이 있잖아?"

"마켓을 운영하는 데키야에 그런 정보는 자연스럽게 들어오고 그러면 술은 순식간에 사라지지. 그러니 잔챙이만 잡힌다는 소리야."

"그거 대단하네."

하야타는 솔직히 감탄했는데 신이치의 표정은 다소 심각했다.

"그래도 암시장 자체가 내년쯤부터 물리적으로 사라질 거야. 원래 토지 소유자에게 정식으로 땅을 사고 그 위에 마켓을 짓고 입점자를 받아 집합 점포로 가는 게 지금으로서는 유일하게 살아남을 수 있는 길이야."

"이미 그런 예가 있지 않아?"

"그런데 토지 문제가 그리 간단하지 않아. 입점자는 지금 있는 마켓 점포를 샀다고 생각하겠지만 실제로는 불법으로 지은 거라 그 사람들에게는 권리가 전혀 없다는 문제가 생겨."

"너, 아버지의 뒤를 이을 생각이야?" 하야타는 굳은 표정의 신이치에게 물었다.

그러자 신이치는 미소를 짓고는 부정했다. "그건 아니야. 난 안 돼."

"왜?" 하야타는 친구의 미소에 맑은 느낌이 없는 게 마음에 걸려 재차 물었다. "너는 데키야의 속사정도 암시장의 구조도 다 꿰고 있잖아? 틀림없이 훌륭한 후계자가 될 텐데."

"데키야의 후계자에게는 두 가지 전통이 존재해. 하나는 형님 동생 관계에 혈연이 끼어드는 걸 싫어하는 조직, 다른 하나는 지연과 혈연으로 형님 동생 관계가 대대로 고정되는 조직. 우리 아버지는 전자야."

"그런 조직의 후계자는?"

"애당초 혈연관계가 없는 부하에게 다이메를 시켜. 이걸 다이메

공개라고 하는데 제 몫을 다 하게 교육한 다음에 뒤를 잇게 하지."

"친아들은 절대 안 돼?"

"꼭 하고 싶으면 일단 인연을 끊어야 해. 그리고 다시 아버지와 형님, 동생 관계를 맺어야 하고. 하지만 그다지 바람직하지 않은 방법이지. 그렇게까지 해서 네가 뒤를 이을 필요가 있느냐는 소리가 나오지." 신이치가 다시 웃었는데 이번에도 얼굴에 그늘이 드리워진 듯했다. "혈연관계가 없는 후계자라면 특별히 지적되지 않을 실수라도 실제 아들이 하면 '역시 친자식은 안 돼'라는 소리를 들어. 오래전부터 그런 독특한 분위기가 데키야의 세계에는 있어."

"하지만 너는 지금도 아버지 일을 돕고 있잖아."

"절대 나서지 않고 몰래 뒤에서 암약하고 있지. 그게 아주 재미있는데 이제 이 일도 슬슬 그만둘 때인 것 같아."

"손을 씻을 거야?"

"어이, 이봐! 내가 말했지! 데키야는 야쿠자가 아니라고!" 신이치는 쓴웃음을 지으면서도 다시금 하야타를 뚫어지게 쳐다봤다. "아니, 나보다 너는 어때? 전에 받은 편지에서는 그곳에서 무시무시한 살인사건에 휘말렸다고 적혀 있던데."

하야타는 넨네 갱에서 만난 금줄 연쇄 살인사건에 대해 그 내용부터 진상까지를 한바탕 설명했다.

"……괴, 굉장해!" 신이치는 넋을 놓은 듯 놀란 표정을 지으며 말했다. "하기야 너는 탐정소설을 좋아했지. 탄광 사건을 소설로 써서 출판사에라도 보내봐."

"그런 재능이……."

"아니야. 너라면 할 수 있을 거야."

사실 패전 후 출판계에는 탐정소설 붐이 일고 있었다.

우선 요코미조 세이시가 월간지 《보석》에 1946년 4월호부터 12월호까지 장편 《혼진 살인사건》을, 또 월간지 《록》에는 1946년 5월호부터 다음 해 4월호까지 장편 《나비 살인사건》을 연재했다. 《혼진 살인사건》은 단행본으로 나오자마자 제1회 탐정작가클럽상을 받았다. 물론 하야타는 두 작품 모두 잡지에 실렸을 때 읽었다.

이 두 장편에 이어 새내기 작가 다카기 아키미쓰가 에도가와 란포의 추천으로 장편 《문신 살인사건》을 《보석선고》에 데뷔작으로 1948년에 발행했다. 이 당시, 느닷없이 무명 신인의 장편소설이 바로 발간된 것 자체가 출판계의 이례적인 사건으로 다뤄졌다.

신이치는 세 작품을 놓고 열변을 토하는 하야타를 보며 환하게 웃으면서 말했다. "완벽하게 네 일인데 뭐."

"어, 뭐가?"

"세 작품 가운데 두 작품이 밀실 살인사건을 다루고 있잖아. 탄광 주택 현장도 밀실이었으니까 틀림없이 독자들에게 먹힐 거야."

"그, 그럴까?"

"게다가 한 작품은 일본 가옥의 별채이고 다른 작품은 목욕탕으로 각각 작품 속에 밀실이 하나밖에 안 나와. 하지만 네가 만난 사건은 연쇄 밀실 살인이야. 탄광 주택의 방 두 개만이 아니라 갱도 안의 막다른 밀실까지 있잖아. 그러니까 네가 더 낫지."

"탐정소설은 딱히 밀실 개수를 다투지 않아."

"무슨 그렇게 안일한 소리를 하나. 뭐니 뭐니 해도 후발 주자는 선발 주자를 뛰어넘어야 해."

"아니, 그러니까⋯⋯."

"일단 제목은 그 두 작품을 모방해《탄광 살인사건》, 아니면《탄주 살인사건》으로 하면 어때?"

참고로 밀실을 소재로 한 작품은 《혼진 살인사건》과 《문신 살인사건》이고, 탄주는 탄광 주택을 줄인 명칭이다.

하야타는 완전히 흥분 상태에 빠진 신이치를 보고 짓궂게 웃으며 말했다. "네게는 탐정소설 재능은 없는 것 같다."

"아이고, 네, 네. 나는 원래 문학청년은 아니니까." 신이치는 토라진 표정을 지었으나 바로 호기심을 드러냈다. "너라면 어떤 제목을 붙일 거야?"

하야타는 그다지 깊이 생각하지 않고 대답했다. "그냥 솔직하게 《검은 얼굴의 여우》라고 지을까?"

"헤헤헤."

신이치의 반응은 미지근했으나 하야타는 그가 사실은 상당히 감탄했다는 걸 손에 잡힐 듯 알 수 있어 그 상황이 웃겼다.

"일단 써봐."

"⋯⋯응."

하야타가 미적지근한 태도를 보이자, 신이치가 다시 입을 열었다.

"동기 중에 작가가 된 녀석은 없으니까."

신이치는 벌써 작가 데뷔라도 한 듯 마음대로 좋아하고 있었다.

"소설을 쓰냐 안 쓰냐를 논하기 전에 일단 일부터 구해야……."

하야타가 현실적인 문제를 꺼내자, 신이치는 조금 곤혹스러운 듯 말했다. "그거라면 있기는 있는데……."

"네 소개야?"

"아니야. 아버지 일인데 군이 말하자면 소개가 아니라 부탁이지."

"아버님께는 신세를 졌어. 출세하면 갚기로 약속했고. 아직 출세는 못 했지만 내가 할 수 있는 일이라면 뭐든 할게." 하야타는 바로 대답했다.

그런데 신이치는 더 주저하는 듯 보였다. "기타큐슈 탄광에서 그런 기괴한 사건을 해결한 너니까 적임자라고 생각해. 하지만 너무 모호한 얘기라."

"게다가 괴담에 가까운?"

"정말 너는 머리가 잘 돌아간다니까."

감탄하면서도 어이없어하는 신이치에게 하야타가 말했다.

"일단 설명이나 해봐."

"알았어. 받아들일지 말지는 듣고 나서 결정해도 되겠지."

하야타는 고개를 끄덕였으나 구마가이 조고로의 부탁인 이상 웬만하면 받아들일 작정이었다.

"호쇼지는 알지?"

"말투로 봐서 절은 아닌 것 같은데?"

"절이라면 하치오지와 요코하마에 있다고 하는데 내가 말한 건

지명이야."

"무사시노 군수공장이 있던 주변?"

"아마 호쇼지역 주변도 빠짐없이 다 건물 소개가 이루어졌을 거야. 다만 다른 곳과 달리 공습 피해가 적어 패전 뒤에도 상당히 깔끔한 갱지가 남았지."

"암시장을 세우기 쉬웠겠군."

"그 암시장에는 그것 말고도 다른 게 있었어."

"어떤 건데?"

"땅이야."

신이치는 일단 간결하게 대답하고 자세한 내용을 설명하기 시작했다.

"지명의 유래가 된 호쇼지라는 절은 에도시대1603~1867에는 혼고 모토마치에 있었어. 그런데 1657년 대화재로 소실되었어. 그러자 에도막부는 그 터를 다이묘10세기에서 19세기에 걸쳐, 일본 각 지방의 영토를 다스리며 권력을 누렸던 영주 저택으로 재건할 계획을 세웠는데 그러면 인근 주민들은 집과 땅을 다 잃게 되어버리지. 그래서 그를 대신할 땅으로 내려진 곳이 지금의 호쇼지 인근이야."

"그러니까, 사원의 이름을 딴 지명인데 핵심인 절은 없다는 말이야?"

"원래는 있었다는데……." 신이치는 의미심장한 말투로 말을 이었다. "그게 말이야, 과거 그 자리에는 감옥과 처형장이 있었는데 명확한 이유도 없이 그냥 철거해버렸어. 따라서 죄인을 공양하던 절도

감옥과 처형장이 사라졌으니까 그대로 문을 닫았다고 해."

"죄다 그랬다는 식으로 말하네……."

"그 주변 얘기는 왠지 다 그래."

하야타는 관심이 생겼으나 신이치도 모른다고 하니 더는 어쩔 수 없다는 생각이 들었다.

"그러니까 호쇼지의 지명은 새로 생겼다는 소리지?"

"호쇼지 인근 마을 사람이 개척한 땅이라는 의미에서 그렇게 지었으니까."

"마치 과거 안 좋은 땅의 기억을 새로운 이름으로 봉인한 것 같기도 하네."

"너다운 생각이다."

신이치가 쓸쓸하게 웃었다.

"그렇다고 호쇼지에 절이 하나도 없는 건 아니야. 대화재 후 에도 막부는 많은 사원을 에도 외곽으로 이전했어. 그런 사원이 호쇼지 주변에도 몇 개 있었고 최종적으로 개간된 토지는 그런 절과 이주민들에게 할당되었어. 그런 절 가운데 하나가 슈아이지朱合寺야. 지금 호쇼지역 중심부에 해당하는 땅에 이 절이 있었지." 신이치는 절 명칭의 한자를 설명하고 나서 말했다. "1923년 간토대지진 뒤에도 호쇼지로 이주한 사람이 많았어. 이윽고 철도가 들어와 역이 생겼지. 하지만 바로 역 앞이 번성한 건 아니었어. 호쇼지 아케이드라고 불린 그럴싸한 복합 상업시설이 세워진 건 호쇼지역이 완성되고 20년 뒤였으니까."

"그 호쇼지 아케이드도 건물 소개로 철거되었어?"

"물론이지. 다만 건물 기초는 남아 있었어. 그런 이유로 토지의 구분이 잘 되었지."

"그래서 암시장의 토지 문제가 호쇼지에서는 일어나기 어려웠다는 거야?"

"결과적으로 그런데 패전 후 기막힌 혼란기 상황은 어디나 마찬가지였어."

신이치의 말투에 자조가 섞여 있는 이유는 역시 아버지가 데키야이기 때문이 아닐까. 하야타는 문득 생각이 거기에 미쳤다.

"패전 후 호쇼지역 주변에는 순식간에 300에서 400개의 노점이 늘어서 훌륭한 암시장이 생겼지. 공습 피해를 당한 사람들이 그 땅으로 전입한 게 컸을 거야."

"아케이드는 재건되지 않고 말이지?"

"과거 소유자들이 재건을 시도하려 해도 데키야가 공터에 밧줄을 둘러 불법 점거하고 그 땅을 한 평씩 나눈 후 노점상들을 유치해 나눠주고 자릿세를 받기 시작했으니까. 게다가 호쇼지의 암시장에는 제삼국인들의 노점상도 많아서 바로 데키야 조직과 영역 다툼이 일어났어."

"그거야 다른 암시장도 마찬가지잖아."

"그런데 차이점은 슈아이지라는 원래 땅 주인이 있었다는 거지."

"절이 나섰다고?"

"응. 노점상과 제삼국인만이 아니라 강제 소개를 당한 사람과 식민지에서 돌아온 사람까지 모든 관계자 대표와 슈아이지가 대화했어. 그리고 문제의 토지를 잘게 나눠 각자에게 사용 권리를 인정했지."

"건물 소개 해당자까지 넣다니 대단하네."

"그 결과 구역별로 각 점포가 생겼으나 각 점포가 집합해 뒤섞인 듯한 호쇼지만의 독특한 암시장이 생겼어. 잘게 나눈 토지마다 저마다 점포가 있고 그 가게 사이의 빈틈을 잇듯 좁은 골목이 생겼지. 그래서 직선인 길이 적고 게다가 좁으니까 마치 미로 속에 들어온 기분이 들어."

"그거 재미있겠네."

신이치는 흥미진진해하는 하야타를 보며 예상했다는 듯 웃었다.

"너라면 그런 반응일 줄 알았어."

"완전히 탐정소설의 무대처럼 보이잖아."

신이치가 수긍하며 말을 이었다. "암시장은 대부분 그렇지만 이곳에도 음식점이 많아. 특히 밤에는 술집이 번성했지. 해가 지면 각 점포가 등을 일제히 켜서 좁은 골목이 형언할 수 없을 정도로 붉은색으로 물들어. 아니, 그걸 붉은색이라고 해야 할까? 그래서 '호쇼지 아케이드'라는 정식 명칭이 있는데도 사람들은 그곳을 '붉은 미로'라고 불러."

하야타는 소리 내지 않고 그 단어를 머릿속으로 읊조려봤다.

……붉은 미로라.

하야타는 그 이름에서 외설스러움, 신비함, 혼돈, 배덕함, 탐미, 환상적인 요소를 느꼈다. 아직 한 번도 보지 못했는데 머리가 출렁 흔들린 것만 같았다.

"그 붉은 미로를 운영하는 데키야 두목에 기사이치 기치노스케라는 형님이 있어. 이 사람은 아버지의 부하인데 나도 어렸을 때 귀여움을 많이 받았어."

"그 사람이라면 전에 신주쿠 암시장에 갔을 때 네가 말해준 데키야잖아."

"……그랬어?"

"있잖아, 기시 씨를 본 다음에…….."

"앗!"

신이치도 생각이 난 듯한데 왠지 반응이 이상해서 하야타도 더는 기시를 언급하지 않기로 했다.

"그 말은 네 아버지와 기사이치 씨는 같은 형님의 부하였어?"

"맞아."

"그 기사이치 씨 말인데, 네 아버지께 오사카의 오사코 다이고 씨를 소개받았을 때 그에게도 신세를 졌다고 전에 네가 설명해줬어."

"아, 그런 말도 했어?" 신이치의 표정이 순간 확 부드러워지는 게 느껴졌다. "기사이치 형님에게는 쇼코라고, 나보다 네 살 어린 딸이 있어서 자주 같이 논 추억이 있어."

"첫사랑이야?"

하야타는 네 살이나 연하라 그런 관계는 아닐 것 같아 농담을 던졌는데 신이치의 반응이 묘했다. 그는 흠칫 몸을 떤 다음 아무 말도 못 들은 체하더니 냉정하게 사실만 말했다.

"패전 후 결혼해 지금은 아이를 가졌어."

혹시 패전 뒤 재회해 완전히 어른이 된 그녀를 보고……. 하야타는 상상했으나 물론 입 밖에 내지는 않았다.

"기사이치 형님이 역시 자신에게 형님인 우리 아버지에게 상담했고 그게 나에게 왔어. 그렇게 이해하면 틀림없을 거야."

"결과적으로 그렇게 되나?"

신이치가 고개를 갸웃해 하야타는 무슨 일이냐고 물었다.

"실은 붉은 미로 안에서 기분 나쁜 소문이 돌고 있어."

"어떤 소문인데?"

"나도 당사자에게 직접 들은 얘기는 아니라 잘 몰라. 어렴풋하지만 온몸이 붉은 남자가 붉은 미로에 출몰해 젊은 여자의 뒤를 미행한대."

"습격당한 사람이 있어?"

"아니야. 그런 피해는 아직 없어. 하지만 붉은 미로에서 일하는 여자들과 그곳에 손님으로 오는 팡팡들은 나름 꽤 무서워한다는 소문이야."

팡팡이란 창부를 말하는데, 주로 미군들을 상대하는 여자들을 가리킨다. 그래서 '양팡'이라고도 부른다.

"그런데……."

거기서 신이치가 묘한 표정을 지어서 하야타가 물었다.

"왜?"

"아니, 그냥 내가 모르는 속사정이 있는 게 아닌가, 하는 느낌이 들어서."

"기사이치 씨도 네게 숨기고 있는 게 있다고?"

"지금까지 이 소문은 붉은 미로 안에서만 돌고 있어. 더 퍼지지 않도록 자세한 내용은 최대한 숨기라는…… 조치를 기사이치 형님이 내렸을지도 몰라."

"네게 알리면 도내 암시장에 다 퍼지니까?"

"말도 안 되는 소리 좀 하지 마." 신이치는 하야타의 농담을 가볍게 물리쳤다. "핵심은 소문이 붉은 미로 밖까지 퍼지면 장사에 영향을 미치고 내부에만 담아둬도 가게 사람들은 불안에 떨며 일해야 하는 상황이라는 거야. 그런 사태를 걱정한 기사이치 형님은 우리 아버지에게 상담했어. 그랬더니 아버지가 '안성맞춤인 우수한 청년이 있네'라고 자기 가슴을 두드리더라."

"……그게 나야?"

깜짝 놀라는 하야타를 보고 신이치는 반쯤 사과하는 듯한 태도를 취했다.

"네가 편지에 쓴 기타큐슈 탄광 얘기를 아버지에게 말했거든."

"하지만 그 편지에서는 그 사건이 어떻게 됐는지는……."

"응. 몰랐지. 하지만 아버지는 네가 나섰으니 틀림없이 해결했을 거라고 완전히 확신했어. 그리고 다시 도쿄에 돌아올 거라고 멋대로 생각하고…… 기사이치 형님에게 추천한 거지. 아, 정말 미안하게 됐어."

"잠깐만! 나 보고 그 정체 모를 남자를 잡으라는 소리야?" 하야타는 당황하며 서둘러 덧붙였다. "그건 경찰 일이야."

"기사이치 형님도 이미 경찰에 얘기했어. 그래서 파출소 경관도 순찰할 때 더 신경을 써준다고 해. 하지만 소문이 가라앉을 기미가 전혀 없어. 아버지는 그런 면에서 너에게 일종의 귀신 퇴치를 원하고 있는 거지."

"그러니까 괴담에 가까운 이야기에 어떤 합리적인 해석을 내려 소문 자체를 없애달라, 그런 소리야?"

"오호, 역시 말이 잘 통하네."

대놓고 기뻐하는 신이치와는 대조적으로 하야타는 완전히 생각에 잠기고 말았다.

"말은 쉽지만, 막상 하려면 어려운 일이야."

"그런가?"

"이런 종류의 소문은 좀처럼 출처를 알 수 없어. 게다가 내용에도 실체가 없어. 전혀 짚이는 구석이 없는 얘기가 많지. 그래서 소문이 사라지는 것 자체가 거의 무리야. 시간이 해결해주기를 손 놓고 기다리는 수밖에."

"그러면 곤란해."

"쇼와1926~1989 초기에 유행한 빨간 망토 이야기는 알지?"

하야타의 갑작스러운 질문에 신이치는 의아한 표정을 지었으나 그 당시를 떠올렸는지 정겹게 대답했다.

"어렸을 때 듣고 상당히 무서워한 기억이 있어."

"어떤 얘기였어?"

"해가 저물었는데도 계속 밖에서 놀면 빨간 망토에게 잡혀간다고 동네 어른들이 겁을 준 게 처음이었지."

"해가 지면 어디선가 빨간 망토를 입은 괴인이 나타나 아이를 유괴해 죽인다. 기본적인 이야기는 이게 다야. 다음은 학교 화장실에 나타나 아이를 죽였다. 혹은 어디선가 여러 명이 희생되어 군대와 경찰이 그 사체를 처리했다. 나아가 빨간 망토를 잡으려고 경찰이 출동했다. 그런 소문이 흘렀는데 전혀 구체적인 게 없었어."

"어디 사는 누군가가 장난으로 흘린 지어낸 얘기라는 소리야?"

"아마 그렇겠지. 그 출처를 알아내 본인에게 거짓말임을 실토받았다면 이 소문은 사라졌을지 몰라."

"하지만 실제로는 무리였을까?"

"게다가 소문은 퍼지는 과정에서 변해. 처음 이야기가 부정된다고 해도 완전히 다른 이야기가 퍼지고 있지."

"붉은 미로 얘기는 거기까지는 안 갈 것 같지만……."

"실체가 없는 소문이라는 점에서 빨간 망토와 다르지 않아."

"음, 그런가."

신이치는 붉은 미로에서 퍼지고 있는 괴담을 '해결'하는 게 얼마나 힘든지 잠시 생각하는 듯했다.

"빨간 망토는 에도가와 란포의 《괴인 이십면상》과 종이 인형 연극의 괴기한 이야기가 바탕에 있다는 고찰이 있어."

"오호, 신빙성이 높아 보이네."

"그런 설보다 명백히 신빙성은 낮은데 내용 탓에 무시하기 어려운, 너무나 기분 나쁜 사건도 있는데…….”

하야타가 어금니에 뭔가 끼인 듯 말한 탓에 신이치는 오히려 호기심이 자극되었는지 흥미진진한 표정을 지었다.

“어떤 얘기인데?”

“1906년 2월 11일 밤, 후쿠이현 사카이군 미쿠니초에 있는 선박 화물 중개상 하시모토 리스케의 상점을 파란 담요를 뒤집어쓴 30대 중반의 남자가 찾아왔다. 집사로 일하던 가가 무라키치가 대응에 나섰는데 남자는 ‘신보 마을에서 무라키치의 친척이 병에 걸렸어’라며 그에게 동행을 요구했어. 신보 마을은 미쿠니초 옆에 있어. 무라키치는 눈이 많이 내린 날 애서 찾아온 남자의 말을 믿고 따라나섰지. 그리고 파란 담요의 남자는 똑같은 수법으로 무라키치의 집에서 그의 어머니인 기쿠와 아내인 쓰오까지 데리고 나왔다. 다만 이 집 맏딸은 아이를 봐주러 다른 집에 가 있는 바람에 집을 비웠고 두 살짜리 둘째 딸은 아내 쓰오가 집을 나서기 전 다른 집에 맡겼어. 파란 담요의 남자는 둘째 딸도 데려가려고 했으나 아이를 맡은 집이 내주지 않았지.”

하야타는 자신의 담담한 말투에 완전히 몰입한 신이치를 바라보며 말을 이어나갔다.

“파란 담요의 남자에게 이끌려 나간 세 사람은 시간이 아무리 지나도 돌아오지 않았어. 얼마 후 미쿠니와 신보 마을 사이에 놓인 신보 다리를 건너던 목수가 난간에 남은 도끼 자국과 혈흔을 발견했어. 경찰이 부근을 수색한 끝에 다케다강과 구즈류강에서 쓰오와 기쿠의 시신을 발견했지. 신보 마을에 사는 무라키치의 친척을 조사했는데 아픈 사람은 없었어. 다만 아무리 찾아도 무라키치의 시신은 발견되지 않았고."

"설마 무라키치가 어머니와 아내를 죽인 범인이었다⋯⋯는 걸로 끝나는 건 아니지?"

신이치가 의심스러운 눈빛을 던져와 하야타는 고개를 저었다.

"파란 담요의 남자가 찾아와 무라키치가 함께 나간 건 틀림없어. 게다가 눈 위의 혈흔은 대량이어서 무라키치가 무사하다고 생각할 수 없었지."

"그렇군. 그래서 어떻게 됐어?"

"사건은 미궁에 빠졌어."

"범인을 모른 채 끝났다고? 그러면 동기는?"

"무라키치에 이어 어머니와 아내, 나아가 두 살짜리 둘째 딸까지 데려가려고 했잖아? 그러니까 범인은 가가 무라키치 가족을 모두 죽일 계획이었겠지. 그렇다면 상당한 원한을 지닌 사람일 테고."

"그 정도로 큰 원한이라면 경찰이 조금만 조사해도 바로 범인이 잡혔을 텐데."

"그런데 용의자는 한 사람도 떠오르지 않았어."

"그거 너무 이상하잖아."

"눈 오는 밤, 범인은 가가의 가족을 한 사람씩 불러냈는데⋯⋯."

"⋯⋯상상하니 어쩐지 섬뜩하잖아." 신이치는 화가 난 듯한 말투로 내뱉고 연거푸 술잔을 들이켰다.

"이게 '파란킷 살인사건'이라고 불리는 이야기야. 여기서 빨간 망토 얘기가 나왔다는 설도 있는데……."

"그건 파란 담요고 이건 빨간 망토야. 너무 억지인 것 같아. 게다가 킷이라면 블랭킷의 줄임말인데 거기에만 영어를 쓴 것도 이상해."

"문명개화 이후 일본어에 영어를 섞어 쓰는 게 유행이었으니까. 이런 표현도 그다지 드물지 않았어."

"아, 그래?" 신이치는 선선히 받아들였다. "그렇다고 해도 빨간 망토의 원형이라니, 정말일까?"

"다음은 2.26 사건 1936년 육군의 천황파 청년 장교들이 일으킨 쿠데타의 장교 하나가 빨간색 망토를 입고 있었다……는 설도 실제로 있어."

"어! 그쪽이 차라리 더 신빙성이 있어 보인다. 그 사건으로 계엄령이 내려졌으니까 자연스레 소문이 퍼졌을 가능성이 크지. 빨간 망토 차림의 장교가 어느새 빨간 망토의 괴인으로 바뀌어도 이상할 게 없잖아?"

"그렇다고 해도 출처는 역시 수수께끼야."

"붉은 미로 소문도 똑같이 된다는 거야?" 신이치는 곤란하다는 듯 씁쓸하게 술을 마셨다.

"그 녀석한테 이름은 없어?"

하야타는 문득 궁금해져 물었는데 신이치가 나지막이 읊조렸다.

"누구랄 것도 없이 다들 '붉은 옷'이라고 부른대."

4장

붉은 미로

구마가이 신이치의 집에서 재회하고 하룻밤 그곳에 머문 하야타
는 다음 날, 기타큐슈 탄광에서 돌아온 차림 그대로 신이치와 함께
호쇼지역으로 향했다. 일본 국유 철도는 다음 해나 되어서야 발족하
므로 이때 둘은 데이도전철을 탔다. 물론 차표는 조고로가 마련해주
었다.

"몸뻬 패션도 조금씩 줄기 시작했네."

신이치는 가장 가까운 역까지 가면서 거리를 걷는 여성들을 평화
롭게 바라보며 감개에 젖어 말했다.

몸뻬란 여성이 입는 작업복의 일종으로, 일본식 복식이면서도 아
랫도리가 넓은 통바지 같은 모양을 하고 있다. 원래는 주로 농촌과
산촌에서 남녀 구별 없이 입었는데 전쟁 중에 후생성이 몸뻬 보급
운동을 펼쳐 방공용 의상으로 여성에게 강요했다. 게다가 1942년에

는 부인 표준 복장으로 규정해 평소에 늘 입도록 했다. 여성이 몸뻬가 아닌 다른 옷으로 치장하면 곧바로 '비국민'으로 매도되던 시대였다.

패전하고 마침내 자유롭게 옷을 입게 되었는데도 여전히 몸뻬를 입은 여성이 많았던 이유는 그것 외에는 입을 게 없어서였다. 또 옷보다는 무엇보다 음식이 우선이었기 때문이다.

참고로 의복 표는 1951년이 되어서야 폐지된다. 하지만 의복 표를 들고 정해진 옷 가게에 가도 실제로는 옷감 한 장조차 얻을 수 없었다. 암시장이 아니면 아무것도 살 수 없었다.

"그러고 보니 패전하고 와카야마에서 상경해 처음으로 암시장에 갔을 때 스웨터를 입은 소녀에게 한 남자가 갑자기 그 옷 팔라고 말을 거는 걸 보고 깜짝 놀랐어."

"딱히 이상할 일도 아니지."

약 3년 전을 떠올리며 그때 느꼈던 놀라움을 회상하는 하야타에게 신이치는 당연하다는 듯 답했다.

"가령 그 스웨터가 죽은 어머니가 직접 뜬 옷이고 유일하게 남은 유품이더라도 팔아서 돈으로 바꿔 음식을 살 수 있다면 그녀는 틀림없이 팔았을 거야."

"……맞아. 그 소녀가 스웨터를 팔았는지 나는 보지 못해 모르겠으나 어머니도 파는 걸 더 좋아하셨을 거야."

침울해진 하야타를 보고 신이치가 짐짓 밝게 말했다. "그 여자애도 지금쯤 어디선가 예쁘게 차려입고 있겠지."

"……그렇다면 좋겠는데."

만약 그 소녀가 현재 잘 차려입을 수 있는 상황에 있다면 그것은 그녀가 '밤의 여자'가 되었기 때문……이라는 가능성이 어쩔 수 없이 제일 먼저 떠올랐다. 그래서 하야타는 암담한 심정이 되었으나 신이치에게는 드러내지 않았다. 애써 거기까지 말하지 않아도 그 정도는 그도 상상했을 것이고, 다만 하야타를 생각해 다 말하지 않았을 뿐이다.

역에 가까워지자, 사람들이 심하게 북적이기 시작했다. 역 안에는 더 사람이 많았는데 막상 전차를 타려고 하자 초밥 틀에 밥을 쑤셔 넣듯 거세게 밀리는 지옥을 맛보았다. 초밥과 다른 점은 사람은 밥알처럼 으깨지지 않는다는 것이다. 따라서 차가 출발한 다음 창문이나 문으로 사람들이 떨어졌을지도 모른다.

"이것도 패전 직후의, 그 악몽 같은 장보기 열차에 비하면 그나마 나은 거야."

신이치가 위로라고 하는 말에 하야타는 쓴웃음을 지을 수밖에 없었다.

'장보기 열차'란 밀거래 쌀 등을 찾아 농촌으로 밀려드는 사람들을 태운 초과밀 열차를 말한다. 차량의 창틀은 물론 지붕에까지 사람들이 몰려들었다. 목숨을 건 고생 끝에 기모노 등과 간신히 바꿔 손에 넣은 식량도 돌아오다가 단속에 걸리면 꼼짝 없이 몰수당했다. 그런 위험을 고려하면 암시장에서 사는 게 더 안전하다고 할 수 있다. 그러나 농촌에서의 직접 교섭과 비교하면 당연히 암시장 가격은 매우 높았다. 왜냐하면 '유통비'가 들기 때문이다.

하야타 일행을 태운 지옥 열차 안에도 커다란 보따리와 짐을 안고 있는 사람들이 많았다. 모두 '밀거래'에 관여하고 있는 사람일 것이다. 하지만 그게 당연한 풍경처럼 너무나 자연스럽게 보였다.

역에 정차해도 승객이 줄지 않는다. 우르르 차를 내리는 사람이 있으면 우르르 차를 오르는 사람이 끊이지 않기 때문이다. 오르내리는 엄청난 숫자의 승객들에 이리저리 채이다 보니 어느새 둘은 떨어져 있었다. 대화는커녕 같은 칸에 있는데 서로 어디 있는지조차 알 수 없었다.

만신창이가 되어 호쇼지역에 내렸을 때 하야타는 반나절쯤 전차를 탄 듯한 피로를 느꼈다.

플랫폼에 내려 신이치를 찾으려 해도 역 출구로 향하려는 사람들의 흐름과 차에 타려는 사람들의 흐름이 뒤엉켜 가만히 서 있을 수 없는 상황이었다. 어쩔 수 없이 전자의 흐름에 몸을 맡기고 그대로 역 앞으로 나왔다.

역 건물 동쪽에는 조그만 광장이 있었고 더 동쪽에 호쇼지 암시장이 펼쳐져…… 있는 게 아니라 자리 잡고 앉은 듯 보였다. 언뜻 보기에는 거대한 느낌이 전혀 없었다. 역 건물을 바라보는 점포들은 모두 '곱빼기식당' '파친코' '후식 · 차' '약 · 약국' '낚시도구' '곱창' '매입 양재' 등의 글자를 적은 간판을 내걸고 있었다. 얼핏 상당한 수의 가게로 보였으나 한 군데에 몰려 있어 그 전체상은 쉽게 파악할 수 있을 것 같았다.

"이렇게 역 앞에서 보면 고즈넉하게 보이지?" 어느새 옆에 선 신이치가 말했다.

"하지만 '붉은 미로'라고 불리는 걸 보니 꽤 깊이가 있겠지?"

"백문이 불여일견이라고 지금부터 직접 확인해."

신이치는 그렇게 말하면서 붉은 미로의 출입구에 해당하는 골목 하나로 하야타를 인도했다.

역 앞 광장에서 전체를 바라본 느낌으로는 다른 암시장의 판잣집 복합 점포와 큰 차이가 없는 듯 보였는데 발을 들여놓자마자 바로 이건 다르다……는 걸 깨달았다. 신이치가 설명했듯 개개 점포가 완전히 독립해 있어서 도무지 복합 점포 건물이라는 분위기가 없었다. 한편 좁은 땅을 유용하게 사용하려 한 결과 인접 가게와 완전히 밀착해 있거나 골목이 있어도 극히 좁고 짧았다. 조금만 걸으면 바로 다른 가게가 나와 그곳에서 모퉁이를 돌아야 했다.

골목의 그런 일그러진 특성이 이곳을 미로처럼 만든 최대 원인인 듯하다.

판잣집 복합 점포 건물을 기본으로 하는 암시장에서는 골목 위에 지붕을 설치하기도 하는데 이 지붕이 시장 전체의 일체감으로 이어질 때가 많다. 하지만 이곳은 가게 처마가 지붕을 대신하는 골목과 그냥 하늘이 보이는 골목이 복잡하게 얽혀 있었다.

이 통일감 없는 분위기가 훨씬 더 미로처럼 보이게 했다.

"완전히 하늘이 막혀 있거나, 아니면 완전히 개방되어 있으면 이렇게 혼란스럽지 않을 것 같은데……." 하야타는 신이치의 뒤를 따르면서 나지막하게 말을 흘렸다.

"좁고 구불구불한 골목만이 이유는 아니라는 말이야?"

"물론 물리적으론 골목이 제일 문제지. 하지만 심리적 측면에서 하늘이 보이냐 안 보이냐의 상태가 명백히 영향을 준다고 생각해."

"너답다." 신이치는 대놓고 신이 나 있었다. "역시 이번 일은 네가 적임자야."

"무슨 관계야?"

"이런 생각을 하지 못하는 녀석은 정체 모를 붉은 옷 같은 놈을 당해낼 수 없지."

하야타로서는 반박하고 싶은 마음도 있었으나 여기까지 온 이상 새삼스럽다는 생각에 그대로 입을 다물었다.

한도 끝도 없이 꺾이는 골목 좌우엔 '야키소바' '커피' '초밥 · 떡' '전골 · 술' '어묵' '바' '꼬치구이' '식칼 · 칼' '고기 우동 · 소고기 덮밥 · 소고기 국' 등의 간판이 차례로 나타났다. 그런데 하야타는 그 글자들을 제대로 볼 수도 없었다.

초밥과 떡을 같은 가게에서 판다는 말인가. 그런 궁금증이 생겨도 바로 머릿속에서 사라지고 말았다. 왜냐하면 신이치의 뒤를 따라 계속 걷다 보니 어떤 불안을 느끼기 시작했기 때문이다.

"이봐, 길은 아는 거지?"

"당연하지."

신이치는 자신만만하게 대답했으나 종종 모퉁이에서 걸음을 멈추고 대놓고 여러 번 주변을 둘러봤다.

"길을 잃은 거 아냐?"

"그런 소리 마."

곧바로 대답한 것치고 점차 걸음이 늦어졌다. 그러다가 골목에서 마주친 사람이나 가게 사람에게 길을 묻기 시작했는데 하야타는 보고도 못 본 척했다. 그것도 그럴 것이 가르쳐준 길로 따라왔는데 도무지 도착할 기미가 보이지 않았다.

"이 녀석이나 저 녀석 다 거짓말만 해대네."

신이치는 점점 화를 냈는데 요컨대 길을 알려준 상대도 붉은 미로를 정확하게 이해하지 못하고 있음을 하야타는 알아차렸다.

……안 될지도 모르겠다.

지금 여기 혼자 버려지면 도무지 역으로 돌아갈 자신이 없었다.

만약 모든 가게에 사람이 없다면…….

결국은 붉은 미로의 골목을 방황하다가 쓰러져 움직이지 못하게 되어 끝내 굶어 죽지 않을까. 문득 그런 공포에 사로잡혔다.

아니, 그뿐만이 아니다. 그는 계속 이 이상한 미로를 무대로 뭔가 말도 안 되는 사건이 일어날 듯한 예감이 들었다. 뭐라고 말하기 힘든 불길한 감각에 느닷없이 사로잡혔다.

……이 공간의 분위기에 압도되었나.

하야타가 본인의 심리를 향해 냉정한 판단을 내리고 있을 때였다.

"좋아. 점심이라도 먹을까?"

느닷없이 신이치가 그렇게 결정했다.

정말 벌써 점심시간 때이기는 했으나 하야타에게는 길을 헤맨 변명으로밖에 들리지 않았다. 게다가 신이치의 집에서 아침을 든든하게 먹어서 아직 그리 배고프지도 않았다.

앗, 하지만…….

그는 여기서 패전 후 고향으로 돌아왔을 때 어머니에게 들은 이야기를 떠올렸다.

전시 중에는 일부러 점심시간 때를 노리고 상대의 집을 찾는 무례한 자가 꽤 있었다고 한다. 집주인은 손님에게 식사를 내놓아야 한다. 그렇다고 해도 식량이 극히 부족했다. 사실은 집에 가서 먹으라고 하고 싶은데 손님에 대한 예의로 울며 겨자 먹기로 음식을 대접했다는 씁쓸한 이야기였다.

지금도 그런 약삭빠른 사람들은 틀림없이 점심 식사나 저녁 식사 때 다른 사람의 집을 방문할 게 틀림없다. 생각해보니 이대로 가면 자신들도 그들과 다를 바 없다는 사실을 깨달았다. 지금은 신이치의 말을 순순히 따르는 게 좋을 것이다.

"암시장 요리 중에 가장 인기 있는 게 뭔지 알아?" 신이치는 좁은 골목 좌우로 늘어선 가게들을 바라보며 태평하게 물었다.

"수제비인가?"

"수제비의 인기는 패전 직후였지. 게다가 건더기가 거의 안 들어 있어도 정신없이 팔리던 시대 얘기지."

"지금은 건더기를 더 넣지 않으면 안 팔린다는 소린가?"

"아! 여기야."

신이치는 간판에 '야키소바·만두'라고 적힌 가게에 들어갔다.

"야키소바와 만두, 2인분씩요."

"아침을 그렇게 많이 먹었는데 괜찮겠어?"

신이치가 당연한 듯 주문하기에 하야타는 당황했다.

"한창 클 때잖아."

"우리가 몇 살인데?"

"이제 좀 괜찮아졌다고 해도 밀가루는 여전히 부족해. 그것도 미국에서 원조 물자로 온 조악한 밀가루이고 밀매된 물건들이지. 따라서 야키소바 1인분이라고 해도 실제로는 양파 반 개에 양배추를 채 썰어 볶다가 시커먼 소스를 붓는 걸로 마무리라는 식이야. 물론 고기는 한 점도 안 들어가고."

신이치가 설명을 끝냈을 무렵에는 이미 야키소바가 나와 있었다. 흐물흐물한 면은 씹는 맛이 전혀 없어 싸구려 같았고 시커먼 소스도 몸에 안 좋을 것 같았는데 이게 묘하게 맛있었다.

"어때? 괜찮지?" 신이치는 마치 자기가 직접 만들기라도 한 듯 의기양양한 표정을 지었다. "다음은 만두야."

"이거 둘 다 중국요리지?"

하야타가 묻자, 신이치가 당연하다는 듯 고개를 끄덕였다.

"중국에 물만두는 있는데 군만두는 없지 않아?"

"내 생각으로는……." 신이치는 만두를 젓가락으로 집으며 말했다. "이건 중국 본토나 대만에서 먹는 순대를 일본식으로 바꾼 귀국자들의 요리 아닐까?"

"귀국자들의, 반쯤은 만들어낸 요리라고?"

신이치는 야키소바와 만두를 다 먹고 계산하면서 가게 사람에게 길을 물었다. 역시 길을 헤매고 있는 모양이다.

"곧 도착할 거야."

신이치는 다시 걷기 시작하며 큰소리를 쳤으나 역시 골목에서 골목으로 넘어갈 뿐이라 하야타도 이제는 불안해졌다.

"이봐, 정말로……."

그가 뒤에서 말을 걸려 했을 때였다.

"앗!" 갑자기 신이치가 큰 소리를 질렀다.

"왜, 왜 그래?"

"여기야……. 드디어 도착했다."

살펴보니 두 사람 앞에 '파친코 기사이치유기장遊技場'이라는 간판에 간유리를 낀 문이 좌우로 열려 있고 안에서 군함 행진곡 소리가 흘러나오는 점포가 있었다. 참고로 가게 현관은 남향이었는데 그때 두 사람은 건물의 방위 같은 건 전혀 몰랐다.

"굉장한 달필이군."

점포 간판과는, 특히 파친코 가게와는 어울리지 않는 달필이라 하야타는 감탄하면서도 당혹했다.

"저거, 기사이치 삼촌이 쓴 거야." 신이치는 별일 아니라는 듯 대꾸했다.

파친코 가게인 기사이치유기장은 단단하게 다진 땅 위에 통나무와 목재로 기둥을 세우고 바닥을 깔고 검은 종이를 붙인 다음 통통 지붕을 올린 박공지붕 건물이었다. 목재를 깎으면 '널'이라는 조각이 나오는데 얇은 널판을 겹쳐 못을 박아 지붕을 만드는 싸구려 집을 통통 지붕이라고 한다. 명칭의 유래는 '통통 못을 박는다'라는 소리에서 왔다.

암시장의 대표적인 자재는 함석지붕과 널빤지로, 당시 건축 현장에서는 기둥 절도가 기승을 부렸고 땅은 먼저 차지한 사람이 임자였다. '파친코 기사이치유기장'은 토지 문제는 해결된 상태였으나 건축 양식은 다른 암시장 가게를 그대로 따랐다.

"기사이치 형님은 파친코 가게를 운영하고 있어?"

"어라, 내가 안 가르쳐줬나?" 신이치는 머리를 긁적이면서 바로 별일 아니라는 듯 대답했다. "하지만 다른 가게도 가지고 있어. 그러니까 딱히 파친코 가게라고 할 수도 없지."

"역시 데키야라 다른 가게보다 넓구나."

"아니야. 오히려 다른 가게가 너무 좁은 거지."

신이치가 웃으며 가게로 들어가 왼편 벽 쪽으로 걸어갔다. 그곳에는 '구슬 판매 · 경품 교환소'라는 팻말을 놓은 책상이 있고 마흔 전후의 남자가 앉아 있었다.

"양 씨, 안녕하세요. 삼촌은요?"

그러자 양 씨라고 불린 남자가 생긋 웃으며 말했다. "아이고, 신이치 씨! 오랜만이네. 형님은 안에 계셔."

독특한 말투로 보건대 이 남자는 제삼국인이 분명했다. 하야타는 양이라는 이름을 통해 중국인일 거라고 짐작했다.

"이 녀석은 제 대학 친구로 모토로이 하야타라고 해요. 양 씨에게도 도움을 요청할 것 같으니 잘 부탁해요." 신이치가 고개를 숙이며 소개했다. "이 사람은 양쮜민 씨, 기사이치유기장의 고참 사원이야."

"내가 고참이라고? 그렇게 대단한 사람 아니야."양 씨는 진지한 표정으로 하야타에게 말했다.

"모토로이 하야타입니다. 앞으로 잘 부탁합니다." 하야타도 고개를 숙여 인사했다.

"모, 모토, 모토로이……."양 씨는 발음하기 힘든 듯 더듬으며 신이치를 바라봤다.

"하, 야, 타, 라고 하면 돼요." 신이치는 본인 대신 나서서 그냥 이름만 부르라고 말했다.

"하야타 씨, 기억해둘게요. 잘 부탁해요. 신이치 씨, 형님은 안에 계신데 지금은 손님이 있으니까 조금만 기다려요."

"그래요? 그러면 잠깐 놀아볼까?"

양 씨가 파친코 구슬을 주려고 했으나 신이치는 단호하게 거절하고 하야타의 구슬까지 돈을 치르고 샀다.

여기까지 오는 동안 본 가게들과는 비교가 되지 않을 만큼 일단 가게가 넓었다. 입구 폭도 충분했는데 안쪽으로도 더 공간이 있었다. 파친코 기계는 좌우 벽에 한 줄씩, 그리고 양쪽으로 열리는 출입문 바로 앞에 두 줄이 등을 맞댄 상태로 안쪽까지 놓여 있었다. 그러니까 통로 두 개에 네 줄의 파친코 기계가 놓여 있는 셈이다.

천장은 베니어 합판이었고 그곳의 뚫린 작은 구멍으로 검은 코드가 나무뿌리처럼 합판 위를 기어다녔고 여기저기 알전구가 늘어져

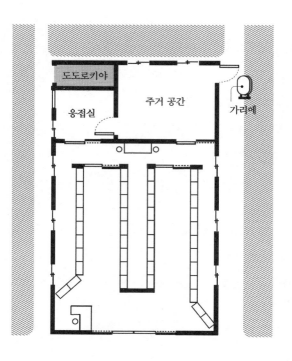

있었다. 그래도 좌우 벽에는 창문이 세 개씩 있었는데 죄다 옆 가게가 바싹 붙어 있어서 제대로 햇빛이 들어오지 않았다.

두 통로의 막다른 곳에 미닫이문이 하나씩 있었는데 그 문을 통해 파친코 기계 뒤로 돌아갈 수 있다고 신이치가 알려주었다. 그곳에서 각 기계에 구슬을 보충하기도 하고 구슬이 걸렸다는 민원을 처리해주기도 한다고 했다.

신이치는 기계를 쭉 훑어보고는 나란히 있는 두 대를 골라 그 하나를 하야타에게 가리켰다.

"네가 잘 나오는 기계에서 해." 신이치는 그렇게 말하고 웃으면서 파친코 기계 구멍에 구슬을 넣고 용수철을 튕기기 시작했다. "어릴 때 구멍가게에 작은 뽑기 기계가 있었을 텐데."

"아니, 우리 집은 시골이라 없었어."

"1전을 넣으면 대신 구슬이 나오고 용수철로 그 구슬을 튕겨 구멍에 넣으면 사탕이 나오는 구조였어."

"어린이용 파친코야?"

"하지만 전시 중에 사치품이라며 제조가 금지되었어. 그런 어린이용 게임기조차 인정할 여유가 없었으니까, 전쟁에도 진 거야."

"일본에서 탐정소설이 탄압받을 때 미군들은 전쟁터에서 페이퍼백 미스터리를 읽었지."

"이런, 이런!" 신이치는 요란하게 한숨을 쉬었다. "전쟁 전 어른들이 열중했던 1전 파친코가 있었는데 그게 패전 후에 비약적으로 진화했어. 삼촌은 그 점을 눈여겨봤지."

"초기 암시장에는 갈대발을 걸은 좁은 가게에 한두 대밖에 없었던 기억이 있어."

"경찰도 처음에는 특정한 장소 외에는 파친코를 인정하지 않았어. 그런데 작년 말부터 전문점이라고 불러도 될 만한 가게들이 나타나기 시작해 올해는 풍속영업 등 단속법 같은 게 나왔지. 그래서 파친코 기계도 크게 바뀌었어. 무엇보다 성인 남성들에게 빠르고 편한 오락을 제공한다는 점 때문에 이렇게까지 퍼진 거야."

그때 가게 손님 중 여자와 아이는 한 명도 없었다. 전원이 성인 남성이었고 나아가 일상의 피로에 지친 듯 보이는 사람이 많았다. 암시장의 조그만 가게를 혼자 운영하면서도 활기찬 여자들과는 대조적으로 남자들은 너무나 절절한 표정으로, 혹은 허무할 정도의 무표정으로, 혹은 충혈된 두 눈으로 열심히 구슬을 튕기고 있었다.

신이치의 예상대로 하야타의 기계에서 구슬이 많이 나왔다. 그런데도 경품 교환소에서 받은 물품은 장미 담배 몇 개비와 캐러멜 한 상자 정도였다. 하야타는 받은 담배를 전부 신이치에게 줬다.

그때였다.

"어이, 신이치! 왔어?"

크고 기운 넘치는 목소리가 들려왔다.

돌아보니 통로 안쪽 미닫이문 앞에 40대 전반 정도의 근육질 남자가 그 단단한 몸과는 어울리지 않는 온화한 미소를 짓고 둘을 보며 서 있었다.

"삼촌, 오랜만이에요."

신이치가 인사하고는 하야타를 이끌고 다가갔다.

"이 녀석이 전에 말한 제 친구 모토로이 하야타입니다."

"이분이 우리 아버지의 동생이나 다름없는 기사이치 기치노스케 형님."

신이치는 두 사람을 각각 소개했다.

"처음……."

하야타가 인사를 건네려는 찰나, 기치노스케가 또 커다란 목소리로 먼저 말했다.

"오호! 자네가 명탐정 모토로이 선생인가?"

하야타는 말도 안 되는 소리를 듣고 놀람과 동시에 당황했다. 실제로 이 통로에 있던 손님 전원이 일제히 세 사람을 바라봤다. 기치노스케의 큰 목소리에 반응했다기보다 그가 내뱉은 '탐정'이라는 낯선 단어가 궁금했을 것이다.

"아, 아니, 저는……."

"딱딱한 인사는 건너뛰고. 자, 이리 오게나."

기치노스케가 미닫이문을 열고 안으로 두 사람을 안내했다. 그곳에는 좌우로 길고 가는 공간이 있고 거의 중앙에 책상과 의자가 놓여 있었다. 그 공간의 양쪽 끝과 중앙엔 현관을 향해 가늘고 긴 통로가 뻗어 있었는데 그곳으로 들어가면 모든 파친코 기계의 뒤로 갈 수 있는 구조였다. 아무래도 가운데 놓인 책상과 의자는 종업원들 휴식용인 듯했다.

지금 그 의자에 임산부 한 명이 앉아 있었다. 기치노스케의 딸인 게 분명하다. 스무 살 남짓한 나이를 차치하더라도 아직 앳된 느낌이 남은 얼굴과 어울리지 않는 커다란 배가 조금쯤 왜곡된 에로티시즘을 드러내고 있어 하야타는 흠칫 놀랐다.

"어이, 쇼코. 이제 안심해라. 명탐정 선생이 왔으니까."

하야타는 기치노스케의 소개를 듣자마자 일단 아니라고 말하려 했으나 그보다 먼저 그녀가 커다란 배를 안고 일어나려고 해서 서둘러 인사를 건넸다.

"부디 그대로 앉아 계세요. 구마가이의 친구인 모토로이 하야타입니다. 저는 탐정 같은 게 아니라 도움이 될지는 모르겠습니다만 최선을 다해 노력하겠습니다."

"이런 곳까지 일부러 와주시다니, 정말 감사합니다." 그녀는 그의 제지에도 아랑곳하지 않고 힘겹게 일어나 양손으로 배를 감싸며 정중하게 인사했다. "신이치 씨도 고마워요."

"이 녀석은 나랑 달리 머리가 좋아. 그러니까 괴물의 정체를 밝히는 일도 식은 죽 먹기일 테니 쇼코도 걱정하지 마."

하야타는 전혀 그렇지 않다고 기사이치와 신이치의 말을 부정하려다가 그대로 멈췄다. 신이치가 쇼코에게 하는 말에 감정이 담겨 있음을 알아차렸기 때문이다.

첫사랑이야?

그러고 보니 그렇게 물었을 때 그는 아무 대답도 하지 않았다.

이 '일'을 하야타에게 의뢰한 이유는 아버지 조고로와 기사이치 기치노스케를 위한 것 이상으로 여기 있는 쇼코의 안위를 걱정해서일지 모르겠다. 하야타는 순간적으로 알아차리고 입을 다물었다.

"커피 배달이라도 시킬까요?"

쇼코는 신이치에게 미소를 건네고 아버지에게 확인했다.

"너무 움직이지 마라. 그런 일은 가게 사람에게 시키면 된다."

"하지만 다들 일하고 있으니까……."

"그것은 너도 마찬가지잖니. 아니, 됐으니까 가게 같은 데 오지 않아도……."

"아버지, 임신은 병이 아니야. 이 정도 운동마저 안 하면 오히려 안 좋다고 선생님도 말씀하셨잖아."

"그래도 거기서 꾸벅꾸벅 졸지 않니? 피곤하다는 증거야."

기치노스케는 쇼코가 종업원 휴게실 의자에서 살짝 조는 모습을 여러 번 본 모양이다.

"조금 쉬면 다시 기운이 나니까 괜찮아. 게다가 배달을 부탁하러 가는 '가리에'는 바로 코앞이라고."

"가다가 넘어지기라도 하면 어쩌냐?"

"있잖아⋯⋯."

쇼코는 그쯤에서 더 말씨름해봤자 소용없다고 생각한 듯하다.

"커피 석 잔이지?"

쇼코는 딱 잘라 말하고 휴게실 오른편 안쪽에 보이는 미닫이문 너머로 사라졌다.

"정말 우리 딸은⋯⋯."

기치노스케는 투덜투덜 불평을 늘어놓으며 왼편 안쪽에 보이는 미닫이문을 열었다. 그의 첫 손주가 무사히 태어날 때까지는 잔소리를 내려놓지 못할 것이다. 그 마음이 너무나 절절하면서도 웃음이 새어날 정도로 생생하게 전해져 하야타는 미소를 짓고 말았다.

기치노스케의 뒤로 신이치가, 그 뒤를 하야타가 따르려는데 오른쪽 끝의 길고 가는 통로 모퉁이에서 남자아이가 빼꼼 얼굴을 내밀었다. 열 살 정도일까. 하지만 어른들과 마찬가지로 아이들도 충분히 먹지 못하고 있다. 한창 클 때인 아이들인 만큼 그 영향은 바로 눈에 드러난다. 따라서 나이보다 어려 보이는 아이들이 많아졌다.

"이 녀석, 일 안 하고 뭐하는 거냐?"

기치노스케가 이쪽을 보는 소년을 발견하고 혼을 내자마자 소년은 당황하며 얼굴을 감췄다. 그 동작이 너무나 어린애다워 귀여웠다. 형님의 목소리에 화가 조금도 섞여 있지 않았던 것 역시 하야타의 마음을 푸근하게 했다.

"쟤는 야나기다 세이이치라는 아이로 전쟁고아야. 어느 날 가게에 찾아와 고용해달라고 부탁하더라. 하지만 파친코 가게에 애가 뭐 필요한가? 도박이나 마찬가지인 곳인데. 그런 이유로는 애가 받아들이질 않아서 '네 키를 봐라, 파친코 기계에 손도 닿지 않잖아'라고 둘러댔더니 다음 날에 받침대를 가지고 왔더라고. 물어봤더니 직접 만들었다지 뭐야. 여기저기서 폐자재를 가져다가 직접 만들었다고. 그 노력이 가상해 고용했어. 일을 아주 잘해."

기치노스케의 표정에서 세이이치의 업무 능력에 충분히 만족하고 있음이 전해졌다.

"근처 가게 아이가 재료만 가져오면 그게 팽이든 죽마든, 연이든 하고이타^{제기차기와 비슷한 놀이로, 하고를 쳐올리고 받는 나무 채}든 뭐든 만들어준다고. 파친코 기계 수리도 순식간에 배웠어."

"삼촌, 말씀하시는 걸 들으니 토마토 싫어하는 저 애한테 이 가게를 물려주시려나 봐요."

"저 녀석은 이상하게도 토마토는 죽어도 안 먹어. 다른 음식은 호불호가 없으면서. 정말 이상한 녀석이야."

기치노스케는 신이치의 이야기 가운데 토마토 부분만 언급하며 미닫이문 너머로 두 사람을 불러들였다.

"여기 앉아서 잠시만 기다려주겠나?"

그곳은 아무렇게나 지은 이 집에서도 나름 응접실의 형태를 갖추고 있었다. 소파와 테이블이 중앙에, 벽 쪽에는 술과 잔이 든 장식장이 놓여 있고 간토대지진으로 무너지기 전까지 아사쿠사에 있었던 료운가쿠 통칭 '주니카이', 메이지시대에 건설된 12층짜리 건물로 도쿄 명소를 그린 그림까지 걸려 있었다.

가게를 등지고 오른쪽 벽에 문이, 왼쪽 벽에는 작은 창문과 다른 문이 있었다. 아마도 왼쪽 문은 바깥 골목과 이어져 있을 것이다.

신이치는 기치노스케가 오른쪽 문을 통해 응접실에서 나가는 모습을 바라보고 미군 병사가 하듯 어깨를 움츠렸다.

"삼촌은 틀림없이 가리에에 갔을 거야."

"커피 가게 말이야? 가깝다며."

"바로 옆이야."

신이치는 기사이치유기장의 동쪽(정면 현관에서 보면 오른쪽)을 가리켰다.

"쇼코가 들어간 미닫이문 너머는 기사이치 집안의 주거 공간이야. 사실은 역 너머에 집이 있어서 지금은 여기서 안 살아. 아까 본 세이이치가 살고 있지."

"그 아이에게 일과 함께 주거지도 준 거야?"

"받침대를 직접 만들어온 게 삼촌 눈에 든 거야. 쇼코도 나이 차가 많이 나는 동생처럼 귀여워하고. 사실 세이이치는 나이 많은 누나라기보다 엄마처럼 생각하는 것 같은데.”

“전쟁고아니까 무리도 아니지.”

“그런데 세이이치가 먹고 자는 주거 공간에 가게 옆 골목으로 통하는 문이 있고 나가면 바로 앞이 가리에야. 낮에는 커피를 팔고 밤에는 바가 되지. 하지만 커피는 맛있어.”

“그렇다면 기사이치 씨는 정말 걱정이 많은 성격이구나.”

“전쟁터에서 두 아들을, 공습으로 아내와 큰딸을 잃었으니까……. 뭐, 쇼코를 걱정하는 마음을 모르는 것도 아니지만…….”

하야타도 그런 말까지 들으니 더는 뭐라 할 수 없었다.

“아무래도 너는 괜찮을 듯한데…….” 신이치는 다시 화제를 돌렸다. “세이이치를 대하는 태도를 봐도 알겠지만, 삼촌은 평소 온화해. 하지만 호불호가 뚜렷하지.”

“예를 들면?”

“제삼국인을 아주 싫어해.”

“뭐? 하지만 양 씨도 종업원이잖아.” 하야타가 깜짝 놀라며 되물었다.

“제삼국인을 싫어하지만 그렇다고 차별하는 사람은 아니야. 게다가 싫어하는 이유도 다 있어.”

“점령군이 그들을 ‘해방 국민’이라고 부르며 자신들과 마찬가지로 일본 법의 규제를 받지 않는 사람들로 인정했기 때문이야?”

“덕분에 그들이 운영하는 암시장은 완전히 치외법권 지역이 되었어. 경찰도 애를 태우는 상황이고 물론 여기저기서 데키야와도 대립

했지."

"그렇구나."

"삼촌은 엄청나게 화를 내면서도 그들을 안됐다고 생각해. 일본 군 징용으로 끌려왔는데 패전 후에는 아무런 보장도 없이 버려지다 니 너무 가혹하다고. 그 부분도 화를 내시지."

"하지만 데키야의 두목이라는 처지에서 그들을 동정만 하고 있을 수는 없겠지."

"또 삼촌은 일본이 전쟁에 패배했으니까 할 수 있는 일이 없는 거 아니냐고도 했어. 패전 국가가 식민지 사람들을 어떻게 보장하느 냐고."

"아니, 애당초 식민지로 삼은 것 자체가……."

하야타는 저도 모르게 반론을 제기하려 했으나 쓸데없는 짓 같아 중단했다. 인류의 역사 자체가 다른 나라를 침략하는 전쟁의 연속이 었기 때문이다.

"지금까지 유럽 여러 나라가 같은 짓을 계속해왔는데 말이지……."

"그리고 지금은 미국이 일본을 속국으로 삼으려는 계획을 착착 진 행 중이지."

"대놓고 식민지로 삼지는 않아도 아마 성공할 거야."

"일본인 대부분이 깨닫지 못하는 사이에…… 안 그래?"

"아니, 음식 문화의 지배는 이미 시작되었어."

하야타의 지적에 신이치는 힘없이 고개를 끄덕였다.

"제삼국인의 특별 취급도 곧 없어지겠지. 그들에게 일본 사법권을 적용하겠다고 GHQ도 인정했으니까. 그렇다고 그들과 데키야의 오랜 불화가 쉽게 사라지진 않을 거야."

"그런데도 용케 양 씨를 고용했다?"

"얘기했잖아. 삼촌은 개인적인 차별은 안 한다고. 제삼국인을 끔찍이 싫어하는 건 맞지만, 어디까지나 집단이 되었을 때, 그러니까 하나의 나라, 하나의 민족이 대상이라고 해야 하나⋯⋯."

"그렇구나."

"그렇게까지 싫어하니까 오히려 속죄라도 하듯이 개인에게는 친절해."

"명분과 진심은 다르다는 말인가? 아니, 그것과는 좀 다른가?"

하야타가 표정을 지우고 당혹스러워하자, 신이치는 잠시 말을 멈추더니 네게는 말할 수 있다는 듯 이야기를 시작했다.

"양 씨는 중일전쟁 때 일본군에게 아내와 네 아이를 살해당했어."

"⋯⋯그래?"

"일본군은 중국 본토에서 무모하게 전선을 확대하면서도 핵심인 병참은 소홀히 했어. 그야말로 어리석음의 정수라고 해도 과언이 아니지."

병참이란 전투 지역의 후방에서 전선의 부대를 위해 하는 지원 활동 전반을 가리킨다. 군수품 준비부터 식량 확보까지, 병사들에게 필요한 모든 물자의 조달이 병참에 포함된다.

"그래서 병사들은 현지 조달을 강요당했어. 즉 중국 민중으로부터 징발하라는 거야. 완전히 악순환이었지."

신이치의 고통스러운 표정을 바라보며 하야타도 심각한 표정을 지었다.

"어떤 나라의 군대라도 병사의 인권은 경시되는 경향이 있어. 하지만 일본군은 특히 심각했어. 국가에 버림받은 그들이 출병한 나라의 국민을 소중하게 다룰 리 없지. 결국은 '징발'이라는 이름의 약탈과 '사역'이라는 명목의 학대가 일어났어. 양 씨의 가족도 그 희생양이었겠지."

"전쟁에 나가 있었던 탓에 양 씨만 무사했어……. 그래서 얄궂게도 그만 살아남았고……."

"……."

"삼촌도 중일전쟁에 출병해 중국에 갔었다고 전에 아버지에게 들었어. 삼촌은 전쟁 이야기를 전혀 안 하는데 아버지와 오래 어울리다 보니 어쩌다가 나왔나 봐. 그러니까 양 씨의 사연을 듣고 틀림없이 잠자코 있을 수 없었을 거야."

하야타는 뭐라고 대답할 말이 없었다.

"삼촌은 그런 양 씨 앞에서도 제삼국인을 싫어한다고 대놓고 말한다니까." 신이치는 씁쓸하게 웃었다.

"그러면 오해를 살 텐데?" 하야타가 걱정이 되어 물었다.

"적어도 붉은 미로에서는 괜찮아. 모두가 삼촌을 알고 있으니까." 말을 끝낸 신이치의 표정이 갑자기 흐려졌다. "그래도 쇼코의 결혼 때는 일대 파란이 일었었지."

하야타는 자세한 사연을 물어야 하나 망설였는데 그때 주거 공간으로 통하는 문이 열리고 어디선가 본 듯한 청년이 들어왔다.

그 남자를 보자마자 신이치가 툭 내뱉듯 중얼거렸다. "그 일대 파란이 왔네."

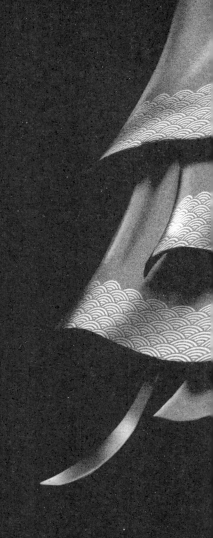

5장

어둠의 여자

"……아! 아, 형님은?"

구마가이 신이치가 응접실에 있는 걸 보자마자 청년의 두 눈이 허공을 헤매는 게 보였다. 순간적으로 형님이라는 이름을 내뱉은 것도 그 동요를 알아차리지 못하도록 하려는 게 아니었을까.

"형님에게 들었겠지? 이 녀석이 모토로이 하야타야."

신이치는 먼저 하야타를 소개했다.

"저 사람은 쇼코의 남편인 기시 신지야. 아니, 지금은 기사이치 신지지."

눈앞에 있는 남자는 예전 신주쿠 암시장에서 봤던 그때 그 청년이었다. 기사이치 기치노스케의 부하로 형님의 눈에 들었으나 그럴 만한 그릇은 아니라는 인상을 신이치의 설명을 통해 들은 기억이 떠올랐다. 동시에 친구의 태도가 이상했던 기억도.

그런 건가. 쇼코 씨의 남편이었나. 하지만 그 당시에는 아직 결혼하지 않았을 텐데…….

하야타는 그런 생각이 들었으나 새삼 다시 묻기도 어색했다.

"오래 기다렸지? 가리에서 그만 수다를 떨고 말았어."

그때 기사이치 기치노스케가 돌아왔다.

"아! 형님!"

"신이치와 모토로이 선생 앞에서는 아버지라고 해라."

기치노스케가 한없이 조심스러워하는 신지에게 그렇게 지시했을 때 하야타도 마침 좋은 기회라고 생각해 목소리를 높였다.

"저를 선생이라고 부르는 건, 부디 그만둬주세요."

"어째서? 자네는 명탐정 선생 아닌가?"

"그래, 맞아."

신이치가 의외라는 표정을 짓는 기치노스케를 선동하듯 바로 맞장구를 쳤다. 하야타는 친구를 가볍게 노려봤으나 상대는 모른 척할 뿐이다.

"그런데 아케요와 가즈코는?"

기치노스케가 질문을 던지자, 신지는 신병이 상관에게 보고하는 태도로 답했다.

"곧 가즈코 씨가 올 거고 다음에 아케요 씨가 와서 얘기할 계획입니다."

"그 순서로 정말 괜찮을까?"

"아, 네."

기치노스케의 반문에 대한 신지의 대답은 왠지 자신 없게 들렸다.

"그 애들에게 청할 때는 두 사람의 일을 충분히 고려해 곰곰이 생각하고 부탁하라고 했을 텐데."

"……그, 그러셨죠."

기치노스케는 그가 말로는 알아들었다고 하나 무슨 뜻인지 이해하지 못했음을 알아차린 듯했다.

"지금은 저녁이야. 가즈코는 가게 장사를 도와야 하지 않나? 하지만 아케요는 아직 장사에 나가기 이른 시간이고. 그렇다면 아케요가 먼저고 가즈코가 나중이지."

기치노스케는 혼내는 게 아니라 어디까지나 타이르듯 신지에게 말했다.

"앗, 그러네요."

기치노스케는 바로 방을 나가려는 그를 말리면서 말했다. "지금 돌아가 두 사람의 순서를 바꿔봤자 복잡해지기만 해. 다음부터 신경을 쓰라고. 여기는 이제 됐으니까 쇼코를 돕게."

그는 신지를 파친코 가게로 내보냈다.

"녀석도 아이가 태어나면 조금은 더 든든해지겠지."

기치노스케는 그렇게 말하고 미소를 지었으나 하야타는 신이치의 판단이 부정적임을 친구의 표정을 보고 재빨리 알아차렸다. 하지만 신이치는 아무 말도 하지 않았다. 물론 하야타도 마찬가지였다.

톡, 톡.

뒤에서 이상한 소리가 난다 싶었는데 누군가가 작은 창의 간유리를 두드리는 듯했다.

"오, 왔군."

기치노스케가 잠금장치가 망가진 창문을 열었다.

"오래 기다리셨어요."

밖에서 소리가 나고 커피잔 세 개가 놓인 쟁반이 쑥 들어왔다.

"수고했네."

기치노스케가 받아 든 쟁반을 신이치가 다시 받아 테이블에 내려놓았다. 그 익숙한 흐름으로 보아 여기서는 커피 배달이 드물지 않은 모양이다.

그런데 왜 문을 사용하지 않을까. 하야타가 의아한 표정으로 작은 창 오른편에 있는 문을 바라보고 있자, 신이치가 바로 알아차리고 말했다.

"저기는 여닫이 상태가 좋지 않아 열 수 없는 문이야."

"어차피 싸구려 판잣집이라 그렇네." 기치노스케는 하야타에게 커피를 권하면서 씁쓸하게 웃었다.

그때부터 신이치가 '명탐정 모토로이 하야타의 공적'을 늘어놓는 시간이 되었다. 마치 자신을 주인공으로 한 이야기를 듣는 모양새라 하야타는 부끄러워 견딜 수 없었다. 그러나 기치노스케는 정신없이 귀를 기울였고, 그 반응에 흥이 난 신이치의 입은 닫힐 줄 몰랐다.

기치노스케는 신이치의 이야기가 끝나자 크게 한숨을 쉬며 말했다. "보라고, 진짜 명탐정이군!"

"이 녀석은 동기 중에서도 뭔가 다르다고 생각했어요."

그런 식으로 하야타를 추켜세우면서도 완전히 자기 이야기에 빠져 있는 모습이 너무나 신이치다웠다.

"찬물을 끼얹는 것 같아 죄송하지만……." 하야타는 친구에게 양해를 구하고 기치노스케를 똑바로 바라봤다. "저는 분명 탄광 주택 금줄 살인사건의 진상을 밝혀냈습니다. 그러나 야코야마 지방에 전해오는 검은 얼굴의 여우와 관련된 괴이에는 두 손 들었습니다. 지금 이곳에서 문제가 된 붉은 옷도 누쿠이 탄광의 넨네 갱에서 일어난 사건과 비교하면 검은 얼굴의 여우에 해당하지 않을까요?"

"너는 여전히 진지하구나." 신이치는 어이가 없는 듯 말을 이었다. "지금은 붉은 옷이 실재하는지, 단순한 괴담 속 존재인지 전혀 모르는 상태야. 그러니까 일단 그녀들의 이야기를 들어보고 그다음에 생각해보라고."

"하기로 한 이상은 최선을 다하고 싶어. 하지만 탐정소설 속의 명탐정 같은 활약을 기대한다면 아마 실망하실 겁니다."

하야타는 앞부분은 신이치에게, 뒷부분은 기치노스케를 향해 말했다.

"알았어. 알았다고." 신이치가 그의 말을 가볍게 물리쳤다.

"나는 신이치의 적당히 어중간한 점도, 모토로이 선생의 진지함도 다 좋네." 기치노스케가 갑자기 웃음을 터뜨리며 말했다.

"자, 잠깐만요. 삼촌! 내가 어디……." 신이치는 불만을 토로하려 했다.

"모토로이 선생 같은 사람이 친구라니 이 녀석은 정말 행복한 놈이군. 이런 놈이지만 앞으로도 부디 잘 부탁함세."

기치노스케가 그렇게 말하고 고개를 숙이는 바람에 그도 입을 다물고 말았다.

똑, 똑.

그때 노크 소리가 나더니 문이 열리고 쇼코가 얼굴을 내밀었다.

"아버지, 아케요 씨가 왔어요."

아무래도 신지가 결정한 순서와는 반대로 가즈코보다 아케요가 먼저 온 모양이다.

"이런, 이런. 그 녀석은……." 기치노스케도 어이가 없는 듯했다.

"기사이치 형님, 실례할게요."

아케요가 인사하며 들어와서 그의 말도 이어지지 못했다.

"늘 보살펴주셔서 감사합니다."

정중하게 인사한 여성은 20대 중반쯤이었는데, 그 태도와는 달리 파마한 머리를 염색하고 입술에 새빨간 립스틱을 발랐으며 어깨 패드가 들어간 상의와 긴 치마를 입고는 짝짝 껌을 씹고 있었다. 단박에 밤의 여자임을 알 수 있는 차림새였다.

"뭐야, 벌써 전투복을 입었나?"

기치노스케가 조금 놀라며 묻자, 여자는 크게 웃어댔다.

"그야 신이치 씨랑 그 친구가 내 이야기를 듣는다잖아요. 제대로 차려입지 않으면 실례죠." 그렇게 말하자마자 바로 말을 이었다. "어머! 역시 신이치 씨의 친구, 멋진 남자네."

"그건 내가 괜찮은 남자라 친구도 괜찮은 남자라는 논리인가?"

"논리라니, 또 어려운 말을 쓰네."

"아무것도 모르는 척 좀 하지 마." 신이치는 토라진 표정을 짓고 말했다. "그녀는 보기와는 달리 책을 정말 많이 읽어. 틀림없이 자네와 말이 잘 통할 거야."

"어머, 잘생긴 오빠도 책 좋아해?"

신이치는 신나서 떠드는 아케요에게 장난스러운 눈빛을 던졌다.

"이 녀석의 애독서에는 탐정소설도 많으니까 그야말로 논리적인 얘기가 될지 몰라."

"아앗, 그거는 좀……."

신이치가 신나게 웃었다.

"이봐!"

하야타가 조그만 목소리로 친구를 나무랐다. 신이치가 대답하기 전에 그녀가 인사했다.

"처음 뵙겠어요. 아케요예요."

"모토로이, 하야타입니다."

"모토로이 씨? 드문 이름이네. 하지만 하야타라는 이름은 오빠와 잘 어울려요, 꽤 멋진 울림이라."

"신이치는 어떤데?" 그가 바로 끼어들었다.

"물론 전부터 멋진 이름이라고 생각했지."

아케요는 신이치의 딴지를 가볍게 물리치고는 너무나 시원하게 자기를 소개했다.

"보시는 대로 꽝꽝을 하고 있어요."

"네, 잘 부탁드립니다."

하야타가 팡팡이라는 소개에도 정중하게 대한 탓에 그녀의 웃음이 한동안 멈추지 않았다.

"……미, 미안해요. 신이치 씨의 친구인데 왜 이렇게 신사적인가 싶어 조금 놀라서."

"어이, 그런 말은 내가 그냥 못 넘어가지!"

"어머, 신이치 씨는 활달하다는 소리야."

신이치가 제기한 항의를 아케요가 가볍게 물리치는 모습을 기치노스케는 곤란한 표정으로 바라봤다.

"아옹다옹은 다른 데서 해."

"아니, 삼촌……."

"형님, 죄송해요."

어린애처럼 보이는 신이치와 달리 아케요는 어른스레 행동했다.

"아! 그거 가리에 커피죠?"

사실 그녀에게도 아이 같은 면이 있었다. 커피를 너무 좋아한다며 기치노스케에게 커피를 배달시켜달라고 떼를 썼다.

"아케요 씨는 가명인가요?"

하야타는 기치노스케의 권유로 소파에 앉은 그녀에게 궁금한 점을 물어봤다.

"맞아. 우리 장사에서는 왠지 아케미라는 이름이 많아. 그래서 조금 비틀어봤는데 어때?"

"아케요. 일본의 아침이 밝아온다는 뜻 같아서 상쾌한 느낌이 듭니다."

"어멋!"

아케요는 하야타의 해석에 완전히 감격한 듯했다.

"그럼, 바로 묻겠습니다. 목격한 붉은 옷에 관해 말씀해주시겠습니까?"

그녀는 질문을 듣자마자 일단 흠칫 몸을 굳혔으나 이 사람에게는 괜찮겠다고 생각한 듯 열심히 이야기하기 시작했다.

아케요의 경험담으로 넘어가기 전에 그녀들 창부가 어떻게 탄생했는지를 간단히 정리하면 다음과 같다.

팡팡, 어둠의 여자, 길거리 창녀, 창부, 밤의 천사…… 등 호칭은 다양하나 그 근원을 따지자면 패전 후 불과 13일 만에 정부가 서둘러 발족한 '특수위안시설협회RAA'가 거의 모든 시작이라고 할 수 있다. 이 조직에는 두 가지 목적이 있다. 하나는 '새로운 일본의 재건 발족과 모든 일본 여성의 순결을 지키기 위해서'이고 다른 하나는 점령군 미국의 '간토 지역 주둔 장교와 일반 병사의 위안'인데 일본 여성의 '순결'과 미군 병사의 '위안'은 너무나 상반되는 단어이다.

실제로 협회가 '신 일본 여성에게 고함, 전후 처리의 국가적 긴급 시설의 하나로 주둔군 위안이라는 일대 사업에 참가할 새로운 일본 여성의 솔선 협력을 요청한다'며 긴자 대로에 커다란 간판을 내놓고 모집한 결과 미군 병사를 상대로 매춘하는 일이라고는 생각하지도 못한 젊은 여성들이 스스로 달려왔다. '나이 18~25세, 숙소, 의복, 식량 등 전부 지급'이라는 조건이므로 당연했을 것이다.

그러나 자세히 들어보면 여기서 말하는 '일'은 매춘이었다. 경시청은 그녀들을 '특별정신부대원'으로 명명하고 이후 협회 이름도 '국제친선협회'로 개칭했는데 국가 공인 최대 매춘 조직임이 분명했다. 하지만 여성 대부분은 찾아갔던 협회 본부에서 집으로 돌아가지 않았다. 아니, 돌아갈 수 없었다. 자신만이 아니라 조부모와 부모, 또는 형제자매, 혹은 남편과 자식을 먹여 살려야 해서 이 '일'을 할 수밖에 없었다.

그녀들은 살아남으려고 일했다. 하지만 합의하고 한 일이라도 미군 병사의 행위는 '강간'에 가까웠다. 마음에 병이 든 사람, 신체를 다친 사람, 스스로 목숨을 끊은 사람까지 나왔다. 물론 협회는 전쟁 전과 전쟁 중에 유곽에서 일한 공창도 모으려 애썼으나 소개로 고향에 돌아간 사람과 공습으로 사망한 사람도 많았다. 그러므로 어제까지 평범한 소녀로 살았던 여성들에게는 아무래도 부담이 너무 컸다.

위안소는 크게 번성했으나 이윽고 성병의 만연이라는 큰 문제가 발생했다. 위안부와 병사들 사이에 임질과 매독 등이 폭발적으로 퍼지기 시작했다.

GHQ는 미군 병사의 위안소 출입을 금지했다. 하지만 병사들이 순순히 그 지시를 따랐느냐 하면 그건 아니었다. 군사적인 명령이라면 들었을 테지만 이는 병사들의 생리적 욕구에 관한 일이었다. 게다가 그들 대다수는 '게이샤 걸'이라는 일본 여성에 대한 잘못된 환상을 품고 일본에 왔다. 그런 까닭으로 명령을 무시하고 출입하는 병사가 있었다. 이에 점령군은 모든 위안소 앞에 'off-limit'라는 노란색 간판을 세우고 'VP'매독 지대라는 주의 사항도 적어놓았다. 그들은 위안소에 대한 전면적인 출입 금지 조치에 앞서 '일본 공창 제도 폐지에 관한 각서'를 일본 정부에 제출했다. 이로써 오랜 공창 제도는 완전히 폐지된다. 그러나 여기에도 명분과 현실이 존재했다.

이번에는 폐쇄된 위안소 밖에서 갈 곳 잃은 '공창'들이 '거리의 창부'가 되어 합법과 불법의 경계를 오갔다. MP점령군 헌병대와 경찰의 '팡팡 사냥'이 벌어졌으나 중요 목표는 결단코 매춘 단속이 아니었다. 미군 병사에게 성병을 감염시키지 않기 위한 강제 진찰이 오히려 핵심이었다. 그 증거로 적십자 마크가 달린 오두막으로 끌려간 그녀들은 가랑이를 벌리고 페니실린을 맞은 후 다시 거리로 보내졌다.

한편 RAA에서 쫓겨난 신세가 된 기존 공창에게 위로금 같은 보장은 전혀 없었다. 몸과 마음이 다 너덜너덜해진 그녀들에게 "나라를 위해 몸을 바쳤음을 긍지로 여기라"라는 뜻의 말이 건네졌을 뿐이다.

그렇다면 그녀들의 희생으로 '모든 일본 여성의 순결을 지킨다'라는 목적은 달성되었는가. 유감스럽게도 그 대답 역시 '아니다'라는 것이다. 여기저기서 미군 병사들의 부녀자 폭행, 납치, 강간 사건이 일어났다. 게다가 그들은 강도와 협박도 서슴지 않았다. 그러나 점령군 병사가 연루된 범죄는 당시 보도조차 허락되지 않아서 일반 국민에게는 알려지지도 않았다. 신문은 사건의 범인을 '구름을 뚫을 듯 덩치가 큰 남자'나 '6척에 달하는 괴한' 등으로 표현했으므로 조금만 생각하면 일본인이 아니라는 사실 정도는 알아차릴 수 있었으나 절대 공언되지는 않았다.

거리에 넘쳐나는 창부들은 대개 '게다 일본인들이 신는 나막신를 신은 천사'와 '손톱을 붉게 물들인 동반 아가씨'로 나뉘었다. 전자는 일본인을, 후자는 미군 병사를 상대하는 팡팡이다. 양쪽에 주어진 명칭에서 알 수 있듯 일본인을 상대하는 '천사'에서는 어딘가 때 묻은 인상이 있는데 미군 병사를 상대로 하는 '동반 아가씨'에게서는 화려한 느낌이 난다. 이는 그녀들의 차림새에서 오는 차이도 있겠으나 그보다 고객층의 차이에서 오는 이미지가 크다.

"일본인 상대 팡팡은 뭔가 거칠어."

배달된 가리에 커피를 맛있게 마시면서 강력하게 주장하는 아케요는 말할 것도 없이 미군 병사 전문이다.

"게다가 그쪽은 일곱 살부터 마흔다섯까지 나이 폭이 너무 넓다잖아."

"고가 밑 어두운 곳으로 가면 온갖 사람이 있다는 소문이 있지."

"잠깐만! 신이치 씨, 혹시 갔어?"

"당연하지." 신이치는 바로 대답했다.

그 행위를 했는지 아닌지는 제쳐두고라도 그러면 '사회 견학'이라며 구경하러 갔어도 이상할 게 없다고 하야타는 생각했다.

"그에 비해 우린 열여덟에서 스물다섯 정도에 모여 있어. 게다가 온리도 상당히 있어서 자기는 팡팡이 아니라고 주장하는 애도 있지."

여기서 '온리'란 특정 미군 병사만 상대하는 창부를 가리킨다. 불특정 다수를 손님으로 맞는 게 아니므로 매춘부라기보다 '애인'의 의미가 강할지 모른다.

"그런 애들은 일본인을 상대하는 팡팡과 자기들을 똑같이 취급하는 게 싫을 수도 있겠지만……. 하지만 따지고 보면 다들 RAA에 속아 팡팡이 된 동료지. 그중에는 카바레에서 일했거나 게이샤처럼 물장사 쪽 사람도 있었지만, 여학교를 갓 졸업한 아가씨나 사무원, 여공, 댄서와 간호사뿐만 아니라 평범한 유부녀까지 있었다고. 무엇보다 전쟁 피해로 집을 잃고 가족의 생사조차 모르게 된 진짜 평범한 아가씨들이 제일 많았지."

아케요는 당시 '동료'가 떠올랐는지 잠시 입을 다물었다.

"그러니까 온리라고 해서 그리 유세를 떨 필요는 없지."

바로 조금 전에 일본인을 상대하는 창부를 대놓고 깔보더니 서양인 상대 팡팡 가운데 구별이 생기는 건 마음에 들지 않는 모양이다.

"그건 그렇고 국가는 말이야, 우리를 아무렇지 않게 배신하고 깨끗이 버리더라."

그녀는 자기들 창부를 가리켜 말했을 텐데 여기 나온 '우리'를 '일본 국민'으로 바꿔도 아무 문제 없을 정도로 전쟁 중에 국가는 확실히 국민을 버렸다. 아니, 실은 똑같은 짓을 패전 후에도 공공연히 저질렀다.

"하지만 말이야, 실은 나도 온리가 될까, 생각 중이야." 아케요가 이야기를 원래 화제로 돌렸다. "상대는 조지라는 흑인 병사인데 백인보다 훨씬 다정해. 백인 병사는 입으로는 달콤한 말을 떠들지만, 속으로는 틀림없이 우리를, 그보다 일본인을 원숭이 취급해. 아니다, 일본인뿐만 아니라 동양인을 차별하지. 그런 시선은 흑인도 받아왔잖아? 그래서 그들은 우리에게도 다정해."

자신들이 백인의 박해를 받아온 역사를 지닌 까닭에 흑인은 동양인을 차별하지 않는다는 시각은 너무나 맥락 없는 생각이라고 하야타도 느꼈다. 아마 신이치와 기치노스케도 그의 생각에 동의할 것이다. 조지가 다정한 흑인 병사임은 분명 사실일 것이다. 그렇다고 해서 그의 다정함이 모든 흑인 병사에 적용되는 것은 당연히 아니다.

그건 그렇고…….

서유럽과 미국인에게 차별당하는 동양인이라는 집합체 속에서 일본인은 같은 동양인인 제삼국인을 멸시해왔다. 이 구도는 그대로 밤의 여자들, 온리, 미군 상대, 일본인 상대라는 계층별 차별 의식에도 해당하지 않나. 그런 생각이 들어 암담한 기분이 들었으나 물론 하야타는 침묵을 지킨 채 그저 아케요의 이야기에 귀를 기울였다.

"우리 일터는 주로 그 좁은 역 앞 광장인데 그곳에는 파출소가 있어서 대놓고 손님을 부를 수는 없어. 그래서 붉은 미로를 들어가거나 나오는 미군 병사를 잡지."

그러자 기치노스케가 떨떠름한 표정을 지으며 말했다. "미군 병사는 돈을 잘 쓰지만 문제도 많이 일으키지."

"놈들이 얽힌 사건은 정말 질이 나빠요."

"전승국 사람은 무슨 짓을 해도 괜찮다고 생각하니까."

"실제로도 제재를 받지 않으니 마음대로 행동하죠."

기치노스케와 말을 주거니 받거니 하며 동조하는 신이치를 아케요가 달래듯 말했다.

"그래서 우리가 붉은 미로에 가려는 그들을 들어가기 직전에 붙잡는 거야."

"나오는 놈들도 상대하잖아?"

"이른 시간에 들어간 사람은 어쩔 수 없지." 그녀는 볼에 공기를 채우며 말했다.

"신이치, 괜히 끼어들지 마라."

기치노스케가 대신 그를 나무랐기 때문에 아케요는 바로 기분을 풀었다.

"그날은 조지에게 온리 얘기를 꺼내려고 했어. 그래서 역 앞에서 손님을 잡지 않고 내내 그를 기다렸는데 좀처럼 나타나질 않았어. 아마 동료에게 불려가 다른 데서 한잔하는 모양이더라. 그래서 붉은 미로에는 늦게 오겠다 싶었지. 그러고 있으려니까 이렇게 기다리는 동안 돈이나 벌 걸 하는 생각에 화가 났어."

"그의 온리가 되겠다는 사람이?" 신이치가 또 끼어들었다.

"아직 안 되었으니까 괜찮은 거 아냐?" 아케요가 다시 발끈했으나 곧 심각한 표정을 지었다. "지금부터 할 얘기에는 신이치 씨도 모르는 이야기가 있으니까 얌전히 들어줘."

그리고 아케요는 다음과 같은 경험담을 이야기했다.

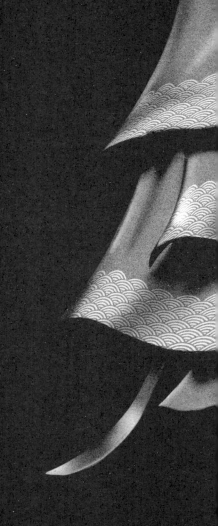

6장

미군병사 잭

그날 해가 저물 무렵, 아케요는 호쇼지역 건물과 붉은 미로 입구 중간쯤에 있는 파출소 그늘에 자리를 잡았다.

"잠깐, 언니! 그런 데서 이 시간에 뭐해?"

밤의 여자 후배인 지요코가 우연히 지나가다 그녀를 발견하고 꽤 놀란 표정으로 물었다.

"조지를 잡으려고 기다리고 있어. 아직 이른 시간이기는 해도 손님이 말을 걸면 곤란하잖아. 거절하기도 귀찮고."

지요코는 아케요의 대답을 바로 이해했는지 고개만 까딱 끄덕이고 가버렸다.

호쇼지역 북쪽에는 전 일본군 시설이 있는데 무슨 일인지 공습 피해가 없었다. 지금은 점령군이 그 건물을 말 그대로 통째로 점령했다. 그래서 주변 주민들은 "이러려고 처음부터 공습하지 않은 게 아닐까?"라고 짐작했다. 역 서쪽은 전쟁 전부터 부유층이 사는 지역으로, 패전 후에는 암시장으로 큰돈을 번 데키야와 브로커들의 집이 모여 있었다. 역 동쪽에는 붉은 미로가 밀집해 있고 남쪽은 강제 소개된 빈터에 판잣집이 빼곡하게 늘어선 빈곤한 그림이 펼쳐지고 있었다. 붉은 미로에서 일하는 대다수가 이 남쪽 빈민가에서 살았다.

이때 아케요는 분명 '다른 손님이 말을 걸지 못하도록' 파출소 그늘에 숨어 있었으나 그것은 이유 중 반에 불과했다. 나머지 반은 '조지에게 들키지 않기' 위해서였다.

그 사람, 최근에 어떤 가게에 드나든대.

아케요에게 그런 소문이 자주 들려왔다. 기본적으로는 술집으로 영업하는데 실은 2층에서 매춘이 이루어지는 가게에 조지가 뻔질나게 드나든다는 것이다. 그녀는 매우 초조해졌다. 그의 온리가 되느냐 마느냐 하는 중요한 시기인데 그런 '매춘 술집'의 여자에게 빼앗기는 일만은 참을 수 없었다.

우리는 당당하게 다 드러내고 일하는데.

아케요에게는 그런 자부심이 있었다. 그런데 몰래 매춘하는 가게는 일단 손님을 고주망태로 만들고 살살 눈웃음을 치며 지금 술 상대하는 여자와……라는 가능성을 흘리다가 그대로 2층으로 데려가는 방법을 썼다.

아, 얼마나 치사한가.

매춘이라는 행위는 똑같지만, 아케요는 그들의 손님 잡는 방법을 받아들일 수 없었다. 정정당당하게 자신이라는 '상품'을 팔면 좋을 텐데. 이건 어디까지나 '장사'이므로 그렇게 몰래 숨어서 할 필요 같은 건 없는데. 그녀는 그렇게 생각했다.

물론 드러내놓고 하는 매춘 행위는 팡팡 사냥의 대상으로 단속되지만, 점령군도 경찰도 내세우는 명분과 현실은 달랐다. 그 틈을 잘 비집고 들어가 '장사'하면 문제는 없다. 그런데 그런 수법을 쓰는 가게는 처음부터 숨기려 한다. 술장사가 아닌 다른 '장사'를 몰래 할 속셈이 훤히 보인다. 그 증거로 2층으로 올라가는 계단은 비좁은 가게 안쪽에서도 구석에 있고 또 대체로 눈에 띄지 않게 존재한다. 계단마다 물건을 놓아두어 선반처럼 보이게 하는 가게도 있다. 혹여 계단으로 생각하고 손님이 올라가도 낮은 1층 천장 널빤지에 바로 머리가 부딪히게 해놓았다.

"손님, 거기는 계단이 아닙니다."

상당히 억지스러운 변명이지만 이런 종류의 가게가 드러내는 특유의 분위기, 상당히 어두컴컴해 앞이 제대로 보이지 않는 가게라는 환경 같은 게 이 말도 안 되는 설명을 통용하게 만들어 어렵지 않게 넘어가는 분위기가 늘 가게 안을 감돌았다. 하지만 자세히 살펴보면 천장 널빤지에는 사각형 홈이 있고 더 자세히 보면 작은 사각형 구멍이 보인다. 그곳에 한 손을 넣고 더듬어 빗장 같은 나뭇조각을 조작하면 천장 일부분이 올라가고, 뻥 뚫린 사각형 구멍 안에는 2층이라기보다 다락방이라고 해야 어울릴 좁은 공간이 나온다.

이런 구조를 품은 술집이 붉은 미로에 여럿 있다. 다만 얼마나 있는지 정확한 숫자는 모른다. 가게 주인과 종업원이 주거 공간으로 사용하는 예도 적지 않아서 저기가 그런 곳이라고 단정하기 어려운 가게도 꽤 있다.

하지만, 트와일라잇은 그런 가게가 분명해.

아케요가 은밀히 매춘 영업을 한다고 확신하는 가게는 과거 유곽 감독관이었다는 소문이 있는 노부인 스미코가 주인인 '트와일라잇'이다. 유곽 감독관이란 앞으로 유녀가 될 소녀에게 예의범절을 가르치고 현역 유녀들을 감시하는 사람을 말한다. 대다수는 은퇴한 전직 유녀인데 유녀에 관해서는 뭐든 알고 있는 전직 유곽 감독관에게는 정말 완벽하게 어울리는 '일'일 테니 가게 2층에서 매춘하는 일쯤은 식은 죽 먹기일 것이다.

그런 가게의 여자에게 조지를 넘길 수는 없지.

아케요는 단단히 마음을 먹었는데 이 결심에는 사실 이유가 하나 더 있었다. 잭이라는 백인 미군 병사가 그런 가게를 좋아해 드나들다가 상당히 나쁜 평판을 얻더니 드디어 사건까지 일으켰다는 이야기를 들었기 때문이다.

잭은 위험해.

그런 소문이 거리 창부들 사이에 흐르고 난 뒤 그를 상대하는 사람이 눈에 띄게 줄었다. 여기서 위험이란 폭력을 의미하는데 그런 병사들은 그 말고도 많다. 젊은 혈기를 이기지 못하고 성적으로 흥분한 나머지, 남존여비 사상, 전쟁에서 얻은 심리적 외상, 전승국 병사라는 오만함……까지 이유는 다양했다. 원래 매춘이라는 행위가 '희롱'이라는 행위로 빗대어지듯 그녀들도 어느 정도의 폭력은 각오하고 있다. 적어도 아케요는 그것을 잘 피하는 게 프로라고 생각했다.

……하지만 잭은 다르다.

녀석은 어딘가 이상하다.

그를 화제로 삼는 사람은 반드시 불안한 표정을 짓는다. 창부가 상대해주지 않자, 그가 열심히 드나든 곳이 그런 가게였는데 그곳에서 들려온 소문이란 게 너무나 끔찍했다. 몰래 매춘하는 술집과 거리의 창부들은 장사에서는 이른바 적이다. 그래서 사실은 서로 정보를 주고받지 않는데 잭에 관한 정보만은 예외였다. 마치 암시장과 관련된 여자는 다 알아야 하는 정보로 어느새 퍼져 있었다.

잭에게는 가학 성향이 있다.

잭의 변태 성향은 너무나 이상하다.

잭은 상대에게 수면제를 먹인다.

잭은 과거에 여자를 강간하고 죽였다.

처음에는 어디까지나 '어느 정도의 진실을 품은 소문' 정도였으나 곧 매춘 술집 여자가 실제로 피해를 보기 시작했다. 그러나 사건이 표면으로 불거지지는 않았다. 애당초 매춘이 위법인 데다 어떤 피해자는 수면제를 먹어 기억이 없었고, 무엇보다 미군 병사가 관련된 사건이었기 때문이다.

잭의 출입을 거부하는 가게도 등장했다. 그렇다고 해도 상대가 미군 병사이다 보니 대놓고 쫓아낼 수는 없었다. 또 그의 소문이 퍼지면서 물론 수는 적었으나 특별 요금을 받고 그를 받는 악덕 가게도 나타났다. 그런데 어느새 밤의 여자들 사이에 무시무시한 소문이 널리 퍼지기 시작했다.

창부가 잔인하게 칼에 찔려 살해되었다…….

그 범인이 잭이다…….

다만 현장이 어딘지, 피해자가 누군지, 왜 경찰이 수사하지 않는지, 다른 손님은 없었는지, 가게 주인은 뭘 했는지 같은 중요한 내용은 하나도 알 수 없었다.

엉터리 소문인가?

한동안 전율했던 그녀들도 그렇게 생각하며 안도했다. 하지만 아무래도 사실인 듯하다…….라는 소문이 뒤따라 흘렀다. 가게가 사건을 묻어버렸다. 현장이 매춘 술집 2층이라면 있을 법한 이야기라 그녀들은 다시 두려움에 떨기 시작했다.

호쇼지역 앞에서 잭을 봤다.

그가 붉은 미로를 어슬렁거렸다.

놈이 그 가게에 들어갔다.

그런 목격담이 여기저기서 들려왔는데 그 가운데 사실이 얼마나 되는지는 아무도 몰랐다.

만약 사건이 진짜 있었고 은폐도 사실이라면 잭은 오히려 붉은 미로를 떠나지 않았겠는가. 아무 일 없었다는 듯 돌아다니는 일은 있을 수 없다. 이런 냉정한 의견을 내는 사람도 있었으나 여성 대부분의 반응은 달랐다.

그야 잭은 머리가 이상하니까…….

전혀 거리낌 없이 전처럼 붉은 미로의 가게를 드나들지 않을까. 다른 암시장에서 비슷한 가게를 개척하는 고생을 생각하면 잘 아는 붉은 미로를 떠나지 않을 것이라는 의견이 많았다.

마침내 그는 붉은 미로와 관련된 여자들 사이에서 이렇게 불리게 되었다.

잭더리퍼……

아케요는 몰랐는데 1888년 런던의 윤락가로 유명했던 화이트채플 스트리트에서 창부 다섯 명이 칼로 난도질당해 살해된 사건이 발생했을 때 그 범인에게 붙여진 명칭이 바로 '잭더리퍼'였다.

8월 31일, 메리 앤 니컬스가 벅스로 스트리트에서 목이 양쪽으로 잘려 살해당한다. 복부 아래쪽에도 여러 자상이 있었다.

9월 8일, 애니 채프먼이 한버리 스트리트 뒷마당에서 마치 참수당한 듯 목이 잘려 살해된다. 역시 하복부에 많은 자상이 있었는데 자궁과 방광 등 일부 내장이 사라지고 없었다.

9월 30일, 우선 엘리자베스 스트라이드가 버너 스트리트의 국제 노동자 교육 클럽 중정에서 목이 찔려 살해당한다. 이때 범인으로 추정되는 남자가 목격되었다. 그래서 범인은 더 이상의 능욕을 피해자에게 가하지 못했으리라 여겨졌다.

이어서 캐서린 에도스가 마이터스퀘어의 올드게이트 광장 남단에서 온몸이 칼에 찔려 살해된다. 왼쪽 눈은 뭉개져 있었고 오른쪽 눈은 적출되었다. 신장과 자궁 일부가 사라졌고 복부에서 꺼낸 창자가 오른쪽 어깨에 놓여 있었다.

세 번째와 네 번째 사건은 같은 날 밤에 일어난 이중 살인이었다.

11월 9일, 메리 제인 켈리가 밀러스코트 임대 주택 13호실에서 거의 해체된 상태로 살해된다. 코와 유방이 잘려 나갔고 간장과 창자가 절단되었다.

아케요가 이런 자세한 이야기를 다 들은 건 아니지만 잭더리퍼의 범행이 얼마나 잔인하고 잔혹했는지는 몸서리칠 만큼 알게 되었다. 아무리 그래도 미군 병사 잭은 화이트채플 엽기 연쇄 살인사건의 범인만큼 지독한 광기에 사로잡히지는 않았겠지…… 하고 생각했다.

그러나 그녀 '동료'들의 생각은 달랐다.

범인은 잡히지 않았다.

피해자는 창부들이다.

잭이라는 이름이 같다.

위와 같은 세 가지 공통점이 있다는 이유로 미군 병사 잭이 잭더리퍼와 완전히 동일시된다. 물론 잭의 창부 살인 소문은 그나마 붉은 미로 안에 머물고 있었다. 무엇보다 핵심인 살인사건이 진짜 있었는지, 있었다면 진짜 범인이 잭인지, 그런 그가 지금도 붉은 미로를 드나드는지, 모든 게 불분명했다.

사실은 시간이 다 해결했을 것이다. 잭의 목격담도 서서히 줄어들고 마침내 사라졌으면 아무도 그의 이야기를 하지 않았을 것이다. 그렇게 흘러갈 줄 알았는데 여기서 새로운 전개가 발생했다.

미군 병사의 온리가 된 여자들 몇 명이 잭에 대해 자신들의 온리에게 물었다. 그러자 약속이나 한 듯 전원이 입을 다물었다고 한다.

아무래도 그에 대해 말하지 말라는 상부의 명령이 떨어진 듯했다. 하지만 그중 한 명이 끝까지 캐물었더니 그 미군 병사는 "놈은 본국으로 돌아갔어"라는 정보를 흘렸다. 즉 강제 송환되었다는 것이다.

역시 창부 살인은 실재했고 사건이 어둠에 묻힌 것도 사실이고, 그 범인은 잭이다.

새로운 소문이 퍼졌다. 그러나 장본인이 미국으로 돌아갔다면 더는 걱정할 필요가 없을 터였다. 그런데 왠지 그를 봤다……라는 목격담이 끊이지 않았다. 게다가 그것만으로 끝나지 않았다.

흐릿하지만 온몸이 불그스름한 남자에게 미행당했다…….

그렇게 말하며 공포에 떠는 여자들이 밤의 여자만이 아니라 붉은 미로의 가게에서 일하는 사람들에게서도 드문드문 나오기 시작한 것이다. 온몸이 불그스름한 이유는 피해자인 창부의 피를 뒤집어썼기 때문이다. 그런 해석이 꼬리에 꼬리를 물었고 그 소문은 붉은 미로에서 일하는 여성들 사이에 순식간에 퍼졌다. 미군 병사 잭은 강제 송환되었으므로 그가 붉은 미로에 출몰할 리 없다. 가령 누군가가 그녀들을 타일렀더라도 효과는 전혀 없었을 것이다. 잭더리퍼의 소문은 거의 밤의 여자들 사이에서만 흘렀던 소문이었던 데 반해 온몸이 불그스름한 남자의 이야기는 붉은 미로와 관련된 모든 여성에게 전해진 괴담이었기 때문이다.

미군 병사 잭이 잭더리퍼로, 잭더리퍼에서 붉은 옷으로, 붉은 미로의 공포는 바뀌었다.

이 '붉은 옷'이라는 명칭이 생긴 출처부터가 완전히 수수께끼였다. 붉은 미로가 나타나기 전부터 그런 소문은 있었다고 하니 이름을 붙인 사람은 밤의 여자들도, 붉은 미로의 점포에서 일하는 여성들도 아니다. 소문에 대한 소문에 의하면 옛날부터 호쇼지에 살았던 누군가가 그렇게 명명했다고 한다. 그렇다면 그 인물이 오래전 호쇼지 어딘가에서 온몸이 불그스름한 남자를 보고 그렇게 부르기 시작했다는 말인가. 다만 여기까지 명명자 후보를 압축했다고 해도 그 인물을 특정할 수는 없었다. 아무도 찾으려 하지 않았기 때문이다. 덤불을 쑤시면 뱀이 나오게 마련이다.

그런데 왜 하필 '붉은 옷'일까. 그 이유를 쫓다 보면 말도 안 되는 뭔가가 튀어나온다. 그런 불안을 모두가 이 붉은 옷이라는 이름에서 느꼈던 듯하다.

이윽고 붉은 미로에서 일하는 사람들의 자녀들 사이에서 다음과 같은 노래가 유행하기 시작했다. 바탕이 된 노래는 미키 로후 작사, 야마다 고사쿠 작곡의 동요 〈붉은 잠자리〉이다.

　　　붉은 노을이 진 깊은 밤, 붉은 옷에
　　　쫓겨 도망친 게 어느 날 밤이었나.

　　　가게 계산대의 매상을
　　　데키야에게 넘긴 건, 환각이었을까.

　　　열다섯 누나는, 어둠이 되어

고향에 보내는 소식도 끊겼네.

붉은 노을이 진 깊은 밤, 붉은 옷을
바라보고 있어요, 바로 뒤에서.

현실의 상황을 고스란히 드러낸 '가게 계산대'와 '열다섯 누나'라는 가사를 통해 이 노래를 개사한 아이는 문학적 재능만이 아니라 탄탄한 관찰력을 지니고 있었음을 알 수 있다. 붉은 미로에서 일하는 사람들의 엄혹한 현실이 그대로 녹아 있었던 것이다.

아케요는 이 개사곡을 밤의 여자 후배인 지요코로부터 어두컴컴한 호쇼지역 앞 광장에서 들었다. 지요코는 진짜 노래에 맞춰 속삭이듯 노래했다.

아케요는 그 노래를 들으며 '가게 계산대'라는 가사에 풋 웃음을 터뜨렸고 또 '열다섯 누나'라는 곳에서는 저도 모르게 눈물을 흘렸다. 하지만 마지막 '바라보고 있어요, 바로 뒤에서'라는 부분에서는 온몸에 소름이 쫙 돋아 저도 모르게 뒤를 돌아볼 뻔했다.

"중간에는 웃기기도 하고 뭉클하기도 하더니 마지막은 무섭죠?"

지요코는 아케요의 반응에 웃는 대신 실제로 주위를 불안하게 둘러봤다. 아케요는 이런 경위를 떠올리며 역 앞 파출소 그늘에서 끈기 있게 서 있었다.

이제 곧 봄을 맞이하는 계절이라 날도 길어졌다. 오늘은 오후부터 흐렸다고 해도 밤의 여자들이 거리로 나오기에는 아직 날이 너무 밝왔다. 그러나 조지가 미군 시설에서 일을 마치고 곧장 붉은 미로로 온다면 지금쯤이다. 아니, 최근 들어 그런 습관이 생겼다고 그녀는 판단했다. 그래서 오늘 저녁은 이곳에서 감시하다가 반드시 그를 붙잡을 작정이었다.

……어라?

이런저런 생각에 빠져 있던 탓인지 조금씩 늘어나는 역 방면에서 붉은 미로 쪽으로 향하는 미군 병사들을 보면서도 꼼꼼히 보지 못한 모양이다.

지금 저 뒷모습, 조지 아닌가?

아케요는 조지처럼 보이는 미군 병사를 발견하고 당황했다. 만약 그라면 따라가야 한다. 그러나 사람을 잘못 봤다면 그녀가 붉은 미로에 들어간 사이에 진짜가 나타날 우려가 있었다.

트와일라잇이 어디 있는지만 알면…….

먼저 가서 기다리고 있으면 될 텐데, 그것도 불가능하다. 물론 대강의 위치는 알고 있다. 하지만 지금은 자신이 하나도 없다. 평소 자주 붉은 미로에 드나든다고는 해도 그녀가 '일'에 사용하는 호텔이나 여관은 다 역 근처에 집중되어 있어서 사실 잘 모르는 곳이 많다. 미군 병사들과 함께 가는 붉은 미로 안의 가게도 거의 정해져 있어서 그 밖의 가게는 잘 모른다. 게다가 그녀에게는 길치 성향이 있었다.

아케요가 망설인 시간은 아주 잠시였다.

지금 본 사람이 역시 조지라면…….

그렇게 생각하자 몸이 저절로 움직여져 파출소 그늘에서 뛰쳐나왔다.

일단 붉은 미로 출입구 쪽에서 너무 안으로 들어가지 않은 지점에서 그 미군 병사를 잡는 거다. 나는 일반 여성이 아니라 밤의 여자다. 미군 병사에게 말을 거는 것쯤은 일도 아니다. 만약 다른 사람이라면 자연스럽게 넘어가면 그만이다. 상대가 아직 취한 상태가 아니니까 그 정도는 쉽지 않을까.

아케요는 자신을 다독이며 붉은 미로로 걸음을 내디뎠다.

갑자기 시야가 어두워지고 좁아진 느낌이 들었다. 역 앞 광장에서 급히 좁은 골목으로 들어선 탓일 것이다. 게다가 어떤 가게의 차양은 골목까지 나와 있어서 고개를 들어도 하늘이 보이지 않아 아무래도 어둡다. 게다가 지금은 흐린 저녁이라 더욱 그랬다.

그래도 이미 제등을 켠 가게도 많았으므로 나름 밝게 느껴져야 할텐데 어쩐지 골목은 여전히 썰렁하게 느껴졌다. 뿌옇게 켜진 제등이 암흑을 끌어들이는 것처럼 보인다. 실제로 저마다 광량이 약해 해가 저물며 스멀스멀 흘러드는 어둠이 증폭되는 듯 비쳤을지 모른다.

너무 싫어. 없잖아?

그녀는 바로 앞 짧은 골목에서 미군 병사의 모습이 이미 사라지고 없음을 뒤늦게야 깨달았다.

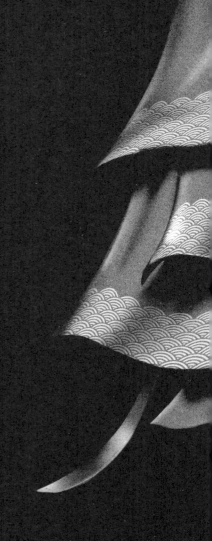

7장

붉은 옷의 괴이

초조해진 아케요는 달리려 했다.

여기서 조지를 놓칠 수는 없어. 무슨 일이 있더라도 그를 쫓아가야 해.

하지만 일단 골목이 너무 좁은 데다 일찌감치 한잔하러 온 남자들이 걸어 다녀 앞으로 나아가기가 힘들었다. 게다가 그녀가 어떤 사람인지 한눈에 알아선지 거의 전원이 뚫어지게 쳐다보는 바람에 우울해졌다. 이미 익숙해졌다고는 해도 지금 그녀에게 정신적 여유가 없어 그들의 시선이 이상하리만치 뼈아프게 느껴졌다. 그나마 다행인 점은 확연히 양팡이라는 게 티가 나서인지 아무도 말을 걸어오지는 않았다.

처음 Y자 골목에서 아케요는 서둘러 좌우를 살폈다. 그러자 오른쪽 골목 끝 갈림길을, 왼편으로 도는 미군 병사의 뒷모습이 잠깐 보였다.

……다행이다.

놓치지 않았다. 하지만 더 멀어지면 따라잡지 못할 수 있다는 걱정이 들기 시작했다.

"좀 지나갈게요. 비켜요."

아케요는 골목을 빼곡하게 채운 남자들을 헤치며 어떡해서든 앞으로 나아가려고 했다.

"어이, 밀지 말라고!"

"이 여자, 뭐야?"

"어디서 유난을 떨어. 양팡 아니야?"

곧바로 주위에서 고함이 터져 나왔으나 그녀는 개의치 않았다.

전쟁을 시작한 사람은 남자들이고 그 희생양이 된 게 여자와 아이들 아닌가. 게다가 '귀축미영'귀신과 짐승 같은 미국과 영국이라고 외치던 남자들은 전쟁에 패배하자마자 그 적국에 너무나 쉽게 여자들을 내놓더니 전쟁고아들을 차례차례 굶겨 죽였다.

아케요가 양팡이 된 이유는 미군 병사가 더 돈이 되기 때문이었지만 한편으로는 일본 남성을 상대로 하는 데 큰 저항이 있었던 탓도 있었다.

추적은 순조로웠다. 이대로라면 트와일라잇에 들어가기 바로 직전에 조지를 잡을 수 있을 듯했다. 가게에 가기 전이라면 얼버무리고 말 테지만 들어가는 '현장'을 정확하게 잡으면 그도 변명할 여지가 없을 것이다.

그 사람, 근본은 솔직하니까…….

이런 종류의 가게는 위험하다고 진지하게 설득하면 틀림없이 귀를 기울여주리라고 아케요가 생각하고 있을 때였다.

"어머, 어디 가?"

밝은 목소리가 들려 살펴보니 눈앞에 메이코가 서 있었다.

아케요가 호쇼지에서 '일'을 시작했을 때 신세를 많이 졌던 사람이다. 이른바 그녀의 '언니'인 셈이다.

……이거 곤란하게 됐네.

아케요는 바로 인사를 건네면서도 하늘을 원망하고 싶어졌다. 메이코는 남을 잘 챙겨주어 밤의 여자들에게 존경받는 사람이지만 '말이 너무 긴' 버릇이 있다. 지금 여기서 이야기가 길어지면 필시 조지를 놓치고 만다.

"마침 잘됐어. 있잖아……."

메이코는 바로 떠들기 시작했다. 아케요는 맞장구치면서도 이미 제정신이 아니었다. 아무래도 지금 당장 안 들어도 되는 이야기일 테지만 그렇다고 말을 끊는 실례를 범할 수는 없었다.

"왜 그래?" 메이코가 느닷없이 물어왔다. "마음이 완전히 딴 데가 있는데?"

물론 아케요는 이 기적 같은 순간을 놓치지 않고 간단히 사정을 설명했다.

"그런 일이면 빨리 얘기했어야지. 얼른 가."

메이코가 엉덩이를 두드려 아케요를 떠나보냈다.

그러나 골목을 오른쪽으로, 다시 왼쪽으로 돌아도 조지처럼 보이는 뒷모습은 보이지 않았다. 갈림길에서 나아가야 할 골목을 선택한 기준은 이 방향에 트와일라잇이 있을 거라는 어디까지나 그녀의 감에 지나지 않았다. 길치인 그녀의…….

앗!

그때 앞쪽 모퉁이를 도는 조지처럼 보이는 미군 병사의 뒷모습이 눈에 들어왔다.

이쪽이 맞았구나.

아케요는 기뻤다. 오늘 밤은 운이 따르는 모양이다.

여전히 하염없이 쏟아져 나오는 남자들을 헤치고 지나치고 사람들 사이를 누비며 그녀의 추적은 이어졌다.

이제 슬슬 도착할 때가 되지 않았을까.

아케요가 그렇게 생각하면서 미군 병사가 막 돌아간 모퉁이를 돌았을 때였다.

"아야!"

스치듯 지나가다가 어깨를 가볍게 부딪힌 남자가 느닷없이 큰 소리를 냈다.

"뭐야? 창녀 아냐?"

이미 취한 듯 보이는 두 중년 남자가 그녀에게 시비를 걸어왔다. 딱 보기에도 꾀죄죄한 차림으로 보아 푼돈이 들어와 싸구려 술이나 마시러 온 남자들이 분명했다.

"창녀 주제에 활개 치고 다니지 말라고."

"미국 놈들에게 꼬리나 치며 몸을 팔면서."

아케요는 무시하려 했으나 두 사람이 재빨리 앞길을 막았다. 한 사람은 험악한 눈빛으로 노려보고 다른 사람은 비열한 미소를 얼굴에 떠올리고 있었다.

"이봐요!" 아케요는 강한 눈빛으로 두 사람을 쏘아보며 한바탕 해 대려 했다. 하지만 이런 놈들과 얽히는 사이에 조지는 가버리고 만다. "흥!"

그녀는 고개를 돌리고 그대로 두 사람을 지나치려 했다.

"기다리라고!"

"이대로 그냥 가게 둘 것 같아!"

두 사람이 집요하게 길을 방해하는 바람에 쉽게 앞으로 나아갈 수 없었다. 그동안에도 세 사람 옆을 관련 없는 남자들이 차례로 지나갔다. 호기심 어린 시선을 던지는 사람도 있었으나 걸음을 멈추는 사람은 없었다. 관심을 보이는 사람은 없었다는 소리다. 사람이 이렇게 많은데……. 아케요는 남모를 고독감에 시달려야 했다.

상대가 한 사람뿐이라면…….

틈을 봐 때려눕히고 얼른 도망칠 수 있는데 둘이면 곤란하다. 게다가 둘 다 취해 있고 명백하게 폭력적인 분위기를 풍기고 있다. 온종일 눌러왔던 울분을 지금 여기서 토해내려 하고 있다. 상대는 몸을 파는 여자니까 그래도 된다고 생각할 것이다.

"이 한심한 년, 어떻게 할 건데?"

"팡팡이면 팡팡답게 사과하라고!"

거의 야쿠자다. 아니, 그들보다 더 질이 나쁘다. 절대 상대해서는 안 될 존재다. 야쿠자보다 더 위험할지 모른다.

취해서 선을 넘어버린 인간만큼 끝이 안 좋은 게 없다.

밤 장사를 하는 사람들 사이에서 늘 이야기되는 '상식'이다. 평소 얌전한 사람일수록 일상의 불평과 불만이 단숨에 폭발한다. 게다가 일반인이라 자신의 한계를 모른다. 그러므로 진지하게 상대하지 말고 얼른 돌려보내거나 바로 쫓아내야 한다.

밤의 세계에서는 당연한 일이지만 지금 아케요는 어떤 방법도 쓸 수 없었고 이대로 가면 큰일이 될 게 빤했다.

하필 이럴 때.

점점 성을 내는 두 사람 앞에서 역시 때려눕힐 수밖에 없다고 그녀가 결심했을 때였다.

"거기 세 명, 뭘 하고 있어?"

뒤에서 날카로운 질책이 날아와 순간 고개를 돌린 아케요는 익숙한 얼굴을 보고 안도했다. 평소라면 동료들과 '신발짝처럼 생긴 얼굴'이라고, 물론 어디까지나 애정을 담은 험담이지만, 험담하며 이리저리 피해 다닐 상대였으나 지금은 대환영이다.

"이자키 순사님!"

그는 호쇼지역 앞 파출소에서 근무하는 경찰관이었다. 아마도 순찰 중에 마침 이곳을 지나가던 게 틀림없다.

"나는 그냥 지나가고 싶은데 이 두 사람이 못 가게 하고 있어요."

아케요는 간절함을 담아 주장했다.

"이 여자가 모퉁이를 돌다가 나와 부딪쳤다고. 그러고는 말도 없이 가려고 해서 예의를 가르치려던 중이야."

"맞아. 우리는 잘못한 거 하나도 없어."

두 사람은 자기들 앞에 있는 사람이 경찰관임을 알면서도 여전히 강하게 나왔다.

"이 골목은 좁으니까 서로 양보하는 게 중요하지. 이 자리는 본관에게 맡기고 그만 가주겠나?"

이자키는 어디까지나 평화롭게 사태를 마무리하려 했다.

"뭐야? 짭새! 너는 팡팡 편이야?"

"우리 세금으로 밥 먹는 주제에 대단한 듯 으스대지 말라고!"

이 말에는 아케요도 화가 치밀었다. "경찰관이 이렇게 순찰하니까 여기 치안도 어느 정도 유지되는 거잖아. 그런 사람들에게 세금으로 월급을 주는 건 당연하지!"

"남자에게 돈을 갈취하는 팡팡이 뭘 그리 잘났다고 떠들어?"

"매춘부는 입 다물어!"

열을 내는 두 사람 앞에서 그때까지 온화했던 이자키의 얼굴이 붉어지기 시작했다.

"그런 폭언을 계속 지껄이면 잠시 파출소까지 가줘야 하는데 괜찮겠나?"

"어라, 인권 유린이야!"

"우리 인권을 경찰이 지켜줘야 하는데 말이지!"

이거 보란 듯 두 사람은 요란을 떨어대기 시작했다.

전쟁 전이나 전쟁 중에 국민에게 인권 따위는 없는 거나 마찬가지였다. 그런데 패전 후 '인권 유린'이라는 단어가 엄청나게 유행하기 시작했다. 인권에 눈을 돌리는 것까지는 좋은 일이나 그걸 모든 일에 면죄부처럼 들이대는 사람들도 많았다.

"민주 경찰이 우리 인권을 유린한다!"

"이건 경찰관의 횡포야!"

두 사람은 골목을 오고 가는 사람들에게 큰 소리로 호소하기 시작했다.

……이거 곤란하게 됐네.

아케요는 이자키의 신변이 걱정되었다. 밤의 여자와 경찰관이란 관계니까 평소 그리 좋은 사이는 절대 아니다. 그런데도 그녀가 그를 걱정한 이유는 그에 대한 소문을 들었기 때문이다.

이자키는 MP와 경찰이 암시장을 단속하기 전에 가난한 어머니와 딸이 운영하는 작은 가게에 들러 험악한 얼굴로 "이곳은 위법 물건 같은 건 없지?"라고 물었다고 한다. 덕분에 그녀들은 단속이 시작되기 전에 암거래 물자를 다른 곳으로 빼돌릴 수 있어서 큰 도움을 받았다. 이처럼 은밀히 도움을 받은 가게가 이 밖에도 더 있다고 들었는데 그런 가게의 공통점은 암거래로 큰돈을 버는 곳이 아니라 그야말로 간신히 먹고사는 가게들이었다.

이것도 소문인데 이자키는 전쟁터에서 엄청나게 가혹한 일을 당했다고 한다. 물론 일본 병사 대부분이 그랬지만 그는 진짜 지옥을 봤다고 들었다. 그래서 살아서 돌아온 그는 사람들의 도움이 될 일을 하기로 결심했고 그게 경찰관이었다는 것이다.

어디 형님이라도…….

지나가줬으면 좋겠다는 마음으로 아케요가 초조해하고 있을 때였다.

"그렇다면 저 여성의 인권은 어떻게 되지?"

이자키가 얼굴을 붉히면서 두 사람에게 바싹 다가섰다.

"팡팡 같은 거에……."

"인간인 이상 누구나 인권은 있을 텐데, 안 그런가?"

이자키의 박력과 정당한 주장에 압도되었는지 남자들의 말문이 턱 막혔다.

어느새 이자키는 두 남자와 아케요 사이에 끼어들어 180도 휙 위치를 바꾸고 손을 뒤로 돌려 열심히 흔들며 그녀에게 '가라!'는 신호를 보냈다.

……죄송해요. 그리고 고마워요.

아케요는 속으로 고개를 숙이고 잰걸음으로 그 자리를 떠났다.

"아니, 저기!"

등 뒤에서 남자들의 목소리가 들렸으나 개의치 않고 앞으로 나아갔다. 이자키의 후의를 망칠 수는 없다. 사례는 나중에 다시 하면 된다. 그보다 지금은 조지를 쫓아갈 수 있을지가 걱정이다. 메이코 때보다 저 남자들에게 더 오래 붙잡히고 말았다. 이제 그를 찾는 건 이미 무리일지 모르겠다.

엄청난 불안에 시달리면서도 골목의 갈림길이 나올 때마다 신중히 판단해 트와일라잇이 있으리라 여겨지는 방향을 선택했다. 그리고 몇 번째였을까, 모퉁이를 도는데 앞쪽 골목을 왼편으로 도는 미군 병사의 뒷모습이 슬쩍 눈에 들어왔다.

……찾았다!

오늘 밤은 정말 무시무시하게 운이 좋구나. 아케요는 그렇게 기뻐하는 한편 곧 그 반동이 찾아오지 않을까, 이 행운 대신 어떤 불행에 직면하지 않을까…… 하는 두려움에 사로잡혔다.

그러면 어쩔 수 없지…….

핵심은 균형이다. 그걸로 인생의 장부를 맞출 수 있다면 잠자코 받아들이는 수밖에 없다. 무엇보다 정말 반동이 있다면 갑자기 찾아올 게 분명하다. 피하려 한다고 해서 피할 수 있는 게 아닐 것이다.

일단 조지의 온리가 되자. 오늘 밤은 그것만 생각하자.

그렇게 강하게 마음을 다지고 그의 뒤를 쫓았던 탓인지, 아케요가 어떤 기묘한 사실을 깨달을 때까지는 조금 시간이 걸렸다.

……어머?

그러고 보니 나…….

……그의 뒷모습만 보고 있네.

조지로 보이는 미군 병사가 붉은 미로 출입구로 모습을 감추는 찰나부터 그녀가 골목으로 뛰어들어 뒤를 쫓은 후 계속 똑같은 모습을 보고 있다.

모퉁이를 도는 순간의 그의 뒷모습만을…….

붉은 미로 속 골목은, 분명 다 짧다. 하지만 그 길고 짧음은 어느 골목이나 당연히 차이가 있다. 그런데도 언제나 모퉁이를 도는 뒷모습만 목격한다는 사실은 너무 이상하지 않나?

……뭔가 이상해.

그녀가 마침내 이상함을 느낀 순간 주변에도 극적인 변화가 찾아왔다. 문을 연 가게가 하나도 없었다. 어느 곳이나 바깥 판자문을 닫고 조용히 휴업하고 있었다. 그것만이 아니다. 조금 전까지만 해도 골목을 어슬렁거리던 남자들이 한 사람도 보이지 않았다.

여기는…….

붉은 미로의 동쪽 끝에 있다던 '고스트타운'이 아닐까.

초창기 암시장에서는 '가게'들의 흥망성쇠가 격렬했다. 많은 '가게'가 애당초 점포로 제 모습을 갖추지 못했기 때문이다. 곧 판잣집 복합 점포 건물이나 마켓 같은 '상자'형 건물이 생기고 그곳에 들어가 '가게'로 독립해 하나의 점포가 되었다. 덕분에 개개 점포가 안정을 찾기 시작했다.

그 대신 이번에는 가게를 유지하는 데 자금이 여러모로 필요해졌다. 덧붙여 '늘어놓으면 팔린다'라는 초기 암시장의 특성도 서서히 흔들리기 시작한다. 가게 주인 대부분이 원래 장사꾼이 아니었던 터라 어영부영하다가 가게를 접는 지경에 이르는 사람도 나타났다.

그런 가게가 붉은 미로 속에도 하나둘 나타났는데 왠지 동쪽 끝에 집중되었다. 마치 끝 집부터 한 달에 한 명씩 사람이 죽어 나가듯 한 칸씩 가게가 망해 나갔다. 빈 점포가 너무 두드러져도 보기에 좋지 않아 그 일대 점포만 임대료를 낮춘 탓인지, 가게를 내는 사람이 끊이지 않았다. 그런데도 한 칸, 또 한 칸씩 사라져갔다.

그렇게 되면 완전히 악순환에 접어든다. 임대료를 더 내려도 "그곳 일대는 저주받아서 가게를 내면 반드시 망한다"라는 소문이 퍼져 곧 새로운 가게가 생기지 않게 되었다. 그리고 누가 먼저랄 것도 없이 '고스트타운'으로 부르기 시작했다. 이름을 붙인 사람은 양팡 가운데 하나라고 하는데 사실인지는 알 수 없다.

물론 '타운'이라는 호칭에 어울릴 만한 면적이 문제의 일대에 있었던 건 아니다. 어디까지나 구획의 일부에 지나지 않은 면적인데 붉은 미로의 복잡한 골목 특징이 실제보다 넓게 보이게 한 듯하다. 그곳에서 길을 잃으면 두 번 다시 나오지 못한다.

어느새 확인할 길 없는 소문이 흘렀고 고스트타운의 '고스트' 부분이 문자 그대로 당당하게 통용되었다.

아케요는 그렇게 불리는 곳에 들어와버렸다는 사실을 깨닫고 저절로 걸음을 멈췄다.

언제……?

골목 양편으로 차례차례 나타나는 가게의 변화를 깨닫는 일은 오늘 밤 그녀에게는 무리였을지 모른다. 점포에는 제대로 눈길도 주지 않았으니까 어쩔 수 없다. 그러나 각 가게가 처마에 내다 걸은 제등이 하나도 보이지 않아 주위가 상당히 어두워진 걸 왜 알아차리지 못했을까. 그보다 그토록 골목을 가득 채우고 있던 남자들이 하나도 보이지 않게 된 사실을 왜 깨닫지 못했을까. 전혀 보지 못했다는 점은 가게나 남자나 마찬가지다. 그러나 좌우로 스쳐 지나가는 가게와 달리 그들은 갈 길을 막는 성가신 존재였다. 그런 사람이 하나도 없는데 그걸 모르고 죽도록 골목을 나아갔다니 아무리 그래도 이게 가능한 일일까.

하지만 실제로 아케요는, 너무나도 이상한 상황에 빠져 있었다.

문을 닫은 가게만 있고 들어오는 사람 하나 없는 골목을 슬쩍 뒷모습만 보여주는 미군 병사의 뒤를 쫓아 혼자 걷고 있다.

그 시선 끝에는 방금 뒷모습만 보인 미군 병사가 돌아간 골목의 모퉁이가 있었다. 다만 똑같이 모퉁이를 돌아도 그녀의 눈에는 역시 앞 골목으로 꺾어 사라지려는 그 남자의 뒷모습만 비칠 뿐이다. 그렇다면 그녀는 앞으로 계속 모퉁이를 돌아도, 달려서 모퉁이를 돌아도, 분명 변함없지 않을까. 어느 쪽을 택해도 보이는 광경은 똑같다.

앞쪽 모퉁이로 사라지는 미군 병사의 뒷모습만…….

땀에 젖어 조금 뜨거웠던 몸이 순식간에 차가워졌다. 그때까지 열을 띠고 있던 땀방울이 단숨에 차가운 물방울로 변했다.

……여기서 빠져나가야 해.

왔던 곳으로 돌아가기보다 이대로 고스트타운을 가로질러 붉은미로 동쪽으로 나가는 게 빠를지 모른다. 하지만 그러려면 아케요는 뒷모습만 보여주는 미군 병사가 돈 모퉁이로 가야만 한다. 게다가 그것은 트와일라잇과는 멀어진다는 것을 의미했다.

그렇다면 돌아가는 게…….

그것에 들키지 않고 넘어가는 게 결과적으로 좋을지 몰라. 그녀가 마음을 고쳐먹었을 때였다.

앞쪽 모퉁이에서 뭔가가 힐끔 들여다봤다. 불그스름한 뭔가였는데 그것은 아케요가 왜 자신을 쫓아오지 않는지 이상하게 여기며 이쪽을 살펴보는 듯 보였다.

아니, 그런 식으로 보인다고 느낀 순간, 그녀는 반사적으로 오른편으로 몸을 돌리고 단숨에 달리기 시작했다.

저건, 붉은 옷······.

수없이 그 소문을 들었다. 경험담을 들은 적도 있다. 하지만 어차피 잘못 본 거라고 받아들였다. 게다가 그 이야기의 기본은 붉은 옷에 미행당했다······라는 게 아니었나. 내가 그것을 쫓아 고스트타운으로 끌려 들어갔다는 경험은 전혀 없었다.

조지를 이용해서······.

설마 그럴 리 없다고 생각하면서도 그렇게 생각하지 않으면 전혀 이 상황을 이해할 수 없었다. 저런 정체 모를 무언가를 놓고 논리를 따지는 것 자체가 말이 안 되겠지. 그렇게 생각하면서도 여기서 사고를 멈추면 머리가 돌아버릴 것 같아 그녀는 너무나 무서웠다.

달리면서 돌아보니 조금 전 막 돌아온 모퉁이에서 쓱 붉은 무언가가 쳐다보고 있다. 빨갛다기보다 오히려 주색朱色, 새빨간 적색보다 노란색이 조금 더 들어가 약간 흐린 붉은색으로. 일본 신사의 도리이 색깔이라고 표현해야 할까. 처음 슬쩍 봤을 때와 같은 색감인가, 아니면 그동안 바뀐 걸까. 물론 그녀는 알 수 없었다.

이제까지와는 반대가 되었다.

확실한 사실은 그것뿐이었다. 쫓던 자가 지금은 쫓기는 처지가 되었다. 저것에 쫓기면 결국 어떻게 되는 걸까. 상상하고 싶지 않았으나 너무 궁금해졌다.

만약 아까, 내가 그것을 따라잡았다면…….

고스트타운의 폐점포로 끌려가나. 골목 그 자리에서 무슨 짓을 당하나. 그리고 또 어떻게 되나. 싫어도 생각하고 말았다.

골목에서 골목으로 계속 달리는데 여전히 좌우로는 닫힌 가게만 나타났다. 사람이 하나도 없다. 그토록 지긋지긋했던 남자들인데 지금이라면 두 손 들어 환영할 것 같다. 시비를 걸었던 그 두 남자라도 상관없다. 지금 당장 눈앞에 나타나준다면 기뻐서 포옹할 것만 같다.

그러나 눈앞에 늘어선 골목 풍경은 아무리 시간이 흘러도 똑같았다. 고스트타운이었다. 어둠도 상당히 짙어져 조금만 더 지나면 완전히 해가 질 것 같다. 그러면 구석구석까지 진정한 어둠이 내려와 진짜 암시장으로 변하게 될 것이다.

……그렇게 되면 더는 살아남을 수 없어.

아케요는 본능적으로 깨달았다. 그래서 필사적으로 귀를 기울였다. 붉은 미로의 소음이 들리지 않을까. 그게 들리는 방향을 알 수 있지 않을까. 죽도록 미친 듯 달리면서 계속 귀를 기울였다.

……이건?

어느새 어떤 소리가 들리기 시작했다. 달리면서 들으려니 제대로 들리지 않아 조금 걸음을 늦추고 두 귀를 집중했다.

……타박, 타박, 타박.

또렷하게 들린 소리는 축축한 지면을 밟으면서 뒤에서 쫓아오는 소음이었다. 발소리라고 느끼지 못한 이유는 너무나 사람으로 여겨지지 않았기 때문이었다.

……타박.

그것이 그녀가 있는 골목으로 들어섰다. 갑자기 느껴진 배후의 인기척으로 그 사실을 깨달았다. 순간, 깔때기로 목덜미에 냉수를 똑똑 흘려 넣은 듯 한기가 단숨에 등줄기를 타고 내려갔다.

"꺄, 꺄악!"

자연스럽게 비명이 입을 뚫고 나왔고 아케요는 다시 달리기 시작했다.

그런데 몇 번을 돌았는데도 이 고스트타운에서 벗어날 수 없었다. 반쯤 폐허가 된 가게만이 이어진다. 골목을 달리는 사람은 그녀뿐이고 다른 사람의 모습은 전혀 보이지 않았다.

……이게, 뭐지?

너무 이상하잖아…….

고스트타운이 이렇게 넓었나? 어디까지나 붉은 미로의 동쪽 끝 일대에 지나지 않은데. 그래서 데키야들도 일종의 '필요악 같은 구획'으로 내심 인정하고 그냥 놔두고 있다는 소문을 들은 바 있다.

그런데 아무리 시간이 흘러도 똑같은 고스트타운이 나타났다. 아무리 돌아도 같은 고스트타운이었다.

……똑같아?

그리고 아케요는 한 가지 점을 깨닫고 경악했다.

방금 지나온 오른편 가게, 조금 전에 보지 않았나? 어쩐지 본 기억이 있다. 아니야, 그것만이 아니야. 그전에도 이미 본 것 같다.

그 후로 그녀는 좌우로 흐르는 가게의 모습을 기억하기로 했다. 그리고 몇 번째 모퉁이를 돌았을 때였다.

역시…….

아무래도 자신은 고스트타운의 똑같은 장소를 계속 빙글빙글 돌고 있다는 끔찍한 사실을 마침내 깨달은 것이다.

……안 되겠어. 도망칠 수 없어.

아케요는 필사적으로 달리면서 한편으로는 포기의 눈물을 흘렸다. 곧 체력이 다해 더는 한 걸음도 내디딜 수 없었다. 두 다리가 완전히 막대기처럼 느껴졌다. 다리를 멈추면 바로 붉은 옷에 따라잡히고 만다. 그 뒤로 무슨 일이 일어날지, 잠깐 상상했을 뿐인데도 머릿속이 새빨갛게 물들었다.

적색이라기보다 주색…….

그 주색에서 신사의 도리이를, 도리이에서 이나리신사에 모시는 오곡의 신를, 이나리에서 여우여우는 오곡신의 사자를, 여우에서 할머니의 옛날이야기……라는 식으로 그녀는 차례차례 연상했다.

……할머니의 옛날이야기.

여우에게 속았음을 안 남자가 정신없이 돌아다니기를 멈추고 담배 한 대를 피움으로써 원래 세계로 돌아왔다는 이야기였다.

만약, 그게 실제 경험담이었다면…….

지금은 도무지 상상할 수 없는 일이지만, 할머니는 분명 진짜 사실인 듯 이야기했다. 그녀는 거짓말을 할 사람이 아니다. 이 무시무시한 상황에서 벗어나기 위해서는 지푸라기라도 잡는 심정으로 시도해볼 가치가 있지 않을까.

아케요는 마지막 힘을 짜내 일단 전속력으로 달렸다. 그렇게 거리를 벌린 다음 그 자리에 멈춰 핸드백에서 피스 담배를 꺼냈다. 핸드백과 화장품 같은 사치품은 판매가 금지되어 있었으나 물론 밤의 여자들과는 상관없는 이야기였다.

암시장에서 담배를 샀다면 담뱃갑 안에 진짜 피스가 있으리라는 보장은 절대 없다. 가장 질 좋은 게 점령군이 피우다 버린 담배꽁초를 재생한 상품이고 다음이 집에서 직접 만든 잎담배, 가장 싼 게 일반인이 피우다 버린 담배꽁초들을 섞어 만든 것이다. 코로나 담배라도 상황은 마찬가지다.

그녀가 덜덜 떨리는 두 손을 간신히 진정시키며 입에 문 담배는 당연히 진짜였다. 조지가 준 거니까 틀림없다. 하지만 최상품이든 재생품이든 일단 피울 수만 있다면 불만은 없었다. 불을 붙일 수만 있다면…….

찰칵, 찰칵.

그러나 몇 번을 켜도 라이터에 불이 붙지 않았다. 불꽃은 튀는데 전혀 불꽃이 나오지 않는다.

……타박, 타박.

그러고 있는 동안에도 그것은 확실히 다가오고 있었다. 아직 하나 앞쪽 골목에 있는 듯한데 이리로 들어오는 일도 시간문제일 것이다.

성냥이야.

라이터를 백에 다시 넣는 시간도 아까워 그대로 내던지고 가방 안을 마구 뒤져 성냥갑을 찾아 열고 성냥을 꺼내 성냥갑 측면에 대고 마찰한다. 하지만 불이 붙지 않는다. 다시 한다. 붙지 않는다. 그 성냥을 버리고 새 성냥을 꺼내려다가 성냥을 죄다 땅에 떨어뜨리고 말았다.

서둘러 주저앉아 성냥을 집는다.

……터벅.

그것이 그녀가 있는 골목으로 들어왔다.

서둘러 성냥 머리를 상자 측면에 대고 친다. 지직 불이 붙는다. 그 성냥을 입에 문 담배에 댔으나 손이 덜덜 떨려 좀처럼 안정되지 않는다. 담배 앞에서 성냥불이 이리저리 오간다.

……터벅.

그것이 다가온다.

드디어 담배에 불을 붙였다. 힘껏 빨아들이려다가 너무 서두른 나머지 사레가 들리고 만다.

콜록, 켁켁.

……터벅.

그것이 바로 뒤까지 왔다.

한바탕 기침하고 나서 천천히 숨을 내뱉었다.

그것이 가만히 내려다보고 있는 게 느껴졌다.

호흡이 차분해지기를 기다려 담배를 깊이 빨아 폐까지 연기를 들이마신 다음, 조용히 그리고 조금씩 내뱉었다.

후우우우우우우후.

담배 연기가 입에서 흘러나오면서 그에 따라 저 멀리 어디선가 정겨운 소음이 서서히 다가오는 느낌이 들더니…….

번뜩 정신을 차리니 아케요는 골목의 인파 한가운데 주저앉아 있었다.

"이 여자, 뭐야?"

"어이, 방해되잖아!"

"길 한가운데 앉아 있지 말라고!"

골목을 오가는 남자들이 곧바로 호통을 쏟아냈다.

"죄, 죄송해요."

욕을 먹는데도 그녀는 너무나 기뻤다. 되받아치기는커녕 사죄의 말이 절로 입에서 나왔다.

"앗!"

아케요는 일어나 주위를 둘러보다가 너무 놀라 소리를 질렀다. 눈앞에 바로 '트와일라잇'이 있는 게 아닌가. 서둘러 문을 열고 들어가니 조지가 젊은 여자에게 이끌려 마침 가게 안쪽의 조그만 계단을 오르려 하고 있었다.

"조지!"

그녀가 부르자 커다란 몸이 흠칫 떨리더니 조심조심 돌아봤다.

"오, 아케요오!"

독특한 발음으로 불린 그녀는 갑자기 찾아온 안도감에 그 자리에 울며 무너졌다. 나중에 돌이켜보니 그 반응이 괜찮았던 듯하다. 만약 거기서 히스테릭하게 소리쳤다면 아마 그의 온리가 되지 못했을 것이다.

조지는 서둘러 아케요에게 달려와 열심히 그녀를 달랬다. 평판이 나쁜 매춘부 술집에 있는 자신을 보고 그녀가 너무나 실망했다고 착각한 듯했다.

미군 병사는 체격이 좋고 힘이 좋아 보이는 데다 사실 여기저기서 행패를 부린다는 소문이 돌아 상당히 무서운 존재로 여겨지는데 근본이 순수한 사람도 꽤 있다. 특히 하급 병사들이 주로 그랬다. 그들 대다수는 글도 쓰지 못했다. 'I'와 'me' 또는 'what'과 'where'를 구별하지 못하는 사람도 있었다. 일본 중학생이 영어를 쓰는 게 더 놀라운 일이었다.

조지는 읽고 쓰기는 할 수 있었으나 마음은 소년이나 마찬가지였다. 아케요는 이제까지 그와 어울리며 그의 성격을 알고 있었다. 울음을 터뜨린 그녀를 보고 순수한 그의 일면이 자연스럽게 나왔을 것이다.

"괜찮아, 괜찮아. 울지 마."

더듬더듬 일본어로 달래는 조지의 품에 안겨 아케요는 자리에서 일어났다. 울어서 퉁퉁 부은 얼굴이 한심하지 않을지 생각할 정도의 냉정도 찾았다. 그리고 새로운 걱정이 생겼다.

"돌아가자."

그는 가게 주인 스미코에게 인사하고 계산하려 했다.

그런데 이대로 무사히 가게를 나갈 수 있을까. 여기는 상대의 영역이다. 매춘부 술집에는 뒤에 야쿠자가 얽혀 있다고 들은 적이 있다. 손님이 미군 병사니까 심한 짓은 하지 않을 테지만, 방심해서도 안 된다.

아케요가 대놓고 경계하고 있는데 숨은 계단 밑에 서 있던 젊은 여자가 갑자기 이쪽에 말을 걸어왔다.

"당신이, 아케요야?"

"아, 그런데······."

경계하면서 고개를 끄덕이니 그녀가 묘한 말을 꺼냈다.

"조금 전에 당신을 찾아온 사람이 있었어."

"······메이코 언니?"

"아니, 남자였는데."

"······어떤 사람이었어?"

아케요는 전혀 짚이는 구석이 없어서 솔직히 물었는데 답하려는 여자의 상태가 갑자기 이상해졌다.

"······어라, 그러고 보니 어떤 사람이었더라?"

"조금 전이라며?"

아케요는 괜히 심술을 부리며 안 가르쳐주는 게 아닌지 생각했는데 여자의 태도가 아무리 봐도 이상했다. 정말 생각해내려고 애를 쓰는데 생각이 안 나는 것만은 틀림없는 듯했다.

"입은 옷이나 인상적인 점 없었어?"

아케요의 질문에 젊은 여자는 기억의 바닥을 뒤지는 듯한 표정을 지으며 말했다. "······뭐랄까, 불그스름했어."

"뭐……!"

흠칫, 아케요의 몸이 경직되었다. 그때 가게 주인 스미코의 중얼거림이 들려왔다.

"그건 불그스름하다기보다 주색에 더 가까웠어."

8장

하나의 추리

"이후로는 형님의 파친코 가게에서 더 안쪽으로는 최대한 안 가
려고 해."

아케요는 그 말로 긴 이야기를 마쳤다.

'파친코 기사이치유기장'은 붉은 미로 안에서 거의 중앙에 있다.
그리고 역 앞 출입구에서 보면 파친코 가게는 동쪽에 해당한다. 이
곳을 통과해야 고스트타운에 갈 수 있기 때문에 그녀도 그렇게 말한
것이리라.

"잠깐만요." 가만히 아케요의 경험담을 듣고 있던 하야타가 상당
히 심각한 얼굴을 하고는 그녀와 기사이치 기치노스케 두 사람을 번
갈아 보며 물었다. "붉은 옷을 본 사람들이 대체로 아케요 씨와 비슷
한 일을 당했나요?"

"아니, 아니지, 선생. 그랬다면 벌써 붉은 미로에서 사람들이 다

도망쳤겠지." 기치노스케는 서둘러 부정하며 말을 이었다. "이 아이를 고른 이유는 가장 최근에 겪은 경험자이자 이야기 내용이 가장 생생했기 때문이야."

"그 말을 들으니 좀 안심이 되네요."

아케요는 하야타가 안도하는 모습을 보고 오히려 불안한 어조로 말했다. "나는 조금도 그런 기분이 안 드는데."

"그 일은 언제 겪었습니까?"

"한 달쯤 전인가? 벌써 4월이라고 생각했으니까."

"네가 탄광부를 하고 있을 때인가?"

신이치의 이 말이 너무나 의외였던 듯 아케요가 두 눈을 동그랗게 떴다.

"어머! 하야타 씨, 탄광부였어?"

"놀랍지?"

"전혀 상상이 안 되는데."

이 대화로 아케요의 기분도 풀렸는지 살짝 미소까지 짓고 있다.

"조지 씨와는 그 후로 어떻게 되었습니까?"

아케요는 하야타의 질문에 만면의 미소를 지었다.

"그의 온리가 되었지!"

"축하드립니다."

"오호, 해냈네. 축하해."

그와 신이치가 축하의 말을 건네자, 이번에는 소녀처럼 양쪽 뺨을 살짝 붉혔다.

"마침 타이밍이 좋았어…….."

"무슨 뜻이야?"

"임신했거든."

순간 남자 셋은 어리둥절한 표정을 지었다.

"그래! 그거야말로 축하할 일이네."

제일 먼저 기치노스케가 큰 소리로 축하하고, 이어서 신이치와 하야타가 다시 축하 인사를 건넸다.

아케요가 밤의 여자인 이상 이 임신은 단순히 축복받고 넘어갈 일은 아니었다. 게다가 아버지 조지는 미군 병사이고 곧 미국으로 돌아갈 날이 온다. 어머니와 아이를 버리고 간다면 둘에게 차별과 편견이 엄청 쏟아지지 않을까. 일본인 전쟁고아에게조차, 같은 일본인 어른과 아이들은 경멸했다. 그런데 그게 미군 병사의, 그것도 흑인 사이에서 낳은 아이와 어머니라면, 또 그녀에게는 밤의 여자였다는 과거가 있다면, 과연 어떤 일을 당할까.

하야타는 상상만으로도 가슴이 아팠다. 아마도 신이치와 기치노스케도 비슷한 생각을 하고 있지 않을까. 두 사람의 웃는 얼굴에는 어딘가 억지스러운 부분이 있었다.

어쩌면 기사이치 씨는…….

역시 임신 중인 쇼코를 아케요와 비춰 생각하지 않을까. 만약 딸의 상대가 흑인 병사였다면……이라고 상상할지 모른다. 기치노스케는 전쟁터에서 두 아들을, 공습으로 아내와 맏딸을 잃었다. 그런 그에게 만약 손주의 아버지가 미군 병사라면……. 과연 그는 받아들일 수 있을까.

우리가 아무리 외면하고 싶어도 그런 예는 이미 많이 생기고 있었다. 신이치도 기치노스케도 그런 사실을 충분히 알고 있기에 그들의 미소에 그늘이 드리워져 있는 것이다.

그러나 당사자인 아케요의 얼굴은 한없이 밝았다. 현명한 그녀가 엄혹한 미래를 예상하지 못했을 리 없다. 그걸 알면서도 지금 그녀는 환하게 웃고 있었다.

"잘됐네요."

하야타는 기도하는 심정으로 그녀를 축복해주었다.

"벌써 그와 살 곳도 정했고……."

그리고 한참 아케요의 남편 자랑이 이어졌다. 덕분에 붉은 옷에 대한 공포가 사라졌는지 돌아갈 때는 원래의 씩씩함을 되찾은 상태였다.

"다시는 고스트타운 근처에도 가지 않을 테니까 이제 괜찮겠지?"

그러면서도 하야타에게 확인하는 걸 보면 그만큼 그녀의 경험이 평범하지 않았다는 것이리라.

"쉽게 단언할 수는 없지만, 해가 진 이후로는 붉은 미로에는 들어오지 말고 혹시 들어오게 되더라도 조지 씨와 함께 있으면 별다른 문제는 없을 겁니다."

"참 신중하게 말하네."

아케요는 하야타가 딱 잘라 문제없다고 보증하지 않아서 불만인 듯했다.

"앗, 잠깐만. 벌써 저녁이잖아!"

아케요는 일반인에게는 귀중품인 시계를 쳐다보며 남자 셋에게 인사를 하고는 응접실에서 얼른 파친코 가게 쪽으로 나가버렸다.

"자, 어떤가?" 신이치가 더는 못 기다리겠다는 듯 물었다.

"아니, 어떠냐고 묻는다고 해도…… 그나저나 아케요 씨의 경험은 상당히 특이하네요." 하야타는 후반부는 기사이치 기치노스케에게 고개를 돌리고 말했다.

"다른 아이들은 모두 붉은 옷에 미행당했다는 이야기가 제일 많아. 가는 길 골목 모퉁이에서 흘긋 들여다본다는 예도 있으나 돌아서 도망치면 딱히 쫓아오지는 않았지."

"그러니까 아케요 씨의 이야기는 예외 중 예외라는 말이군요. 그런 경험은 이렇다 하고 합리적으로 풀 수 없지." 이번 후반은 신이치를 바라보며 말했다.

"그렇게 말해도 너라면, 무슨……."

"쉽게 말하면 안 돼."

"갑자기 아케요부터 시작한 건 실패였나?"

전혀 마음을 쓰지 않는 신이치와 달리 기치노스케는 연신 사과하고 나섰다.

"정말 선생에게는 미안하게 되었어."

"아닙니다. 아케요 씨의 이야기는 정말 흥미로웠습니다. 하지만 초현실적인 경험이라 논리적으로 설명하는 일은 일단 불가능합니다."

"그렇다면 아케요는 정말 괴물을……."

"……만났을지도 모르죠."

신이치는 기치노스케의 말에 그렇게 응하는 하야타를 한동안 가만히 응시했다.

"야코야마 지방의 넨네 갱에 나타난 그 검은 얼굴의 여우와 똑같은 상황이란 말이야?"

"종류는 다르지만, 괴이怪異라는 점에서는 그럴지도 모르지."

그때 노크 소리가 나고 주거 공간 쪽 문에서 쇼코가 고개를 내밀었다.

"아케요 씨는 끝난 것 같던데 가즈코를 들여보내도 될까?"

"아니, 그 애가 벌써 와서 기다리고 있었어?"

"응. 온 지 좀 됐어."

그러자 신이치가 쓴웃음을 지으며 말했다. "아케요의 이야기는 쓸데없는 말도 많았지."

"그야 어쩔 수 없었지. 얼른 들여보내라."

기치노스케가 재촉하자, 쇼코와 엇갈리듯 아직 성인이 안 된 풋풋한 소녀가 들어왔다. 아케요 다음이라 더 투박하게 보였을지 모르겠으나 아무리 봐도 지방에서 막 올라온 듯한 소박한 분위기가 있었다.

"가즈코, 기다리게 해서 미안하구나."

기치노스케가 사과하니 가즈코는 황급히 고개를 숙였다. 그러곤 고개를 숙인 채 그 자리에 굳어버렸다.

"자, 이쪽으로 와서 여기 앉으렴."

기치노스케는 한없이 친절하게 대했으나 그녀의 긴장은 좀처럼 풀어지지 않았다. 신이치와 하야타도 가세해 어떻게든 그녀가 편하게 말할 수 있는 분위기를 만들려 했으나 거의 효과가 없었다. 게다가 본인은 그다지 말하고 싶지 않은데 신세 지고 있는 데키야 형님이 부탁하는 거라 가게 주인의 독촉으로 어쩔 수 없이 왔다……는 분위기까지 풍겨 더욱 힘들었다.

고생고생해 들은 가즈코의 경험은 아케요에 비하면 별것 아니었다. 처음에는 긴장한 탓에 제대로 전체상을 묘사하지 못한다고 생각했는데 사실은 그게 전부인 듯했다. 정리하면 다음과 같은 이야기였다.

가즈코는 붉은 미로의 '덴이치식당'에서 일하고 있다. 요리사이기도 한 가게 주인 밑에서 수업 중인 청년, 음식을 나르고 설거지하는 그녀, 이 세 사람이 전부인 조그만 식당이다. 가게 문을 닫고 뒷정리를 끝내면 거의 밤 11시가 된다. 가즈코는 일이 끝나면 붉은 미로 북쪽에 있는 목욕탕에 갔다가 호쇼지역 남쪽 빈민가 집까지 돌아온다. 요리사 청년도 근처에 살아 어떤 날은 함께 가게를 나와 목욕탕에 들렀다가 그녀의 집까지 바래다주고는 했다.

그런데 그의 수업이 진행되면서 가게 문을 닫은 뒤에도 가게에 남는 일이 많아졌다. 요리사인 가게 주인에게 요모조모 더 배우기 위해서였다. 그래서 가즈코는 혼자 집에 와야 하는 밤이 많아졌다. 그녀에게는 쓸쓸한 일이었고, 또 너무 무서웠다.

붉은 미로 안, 붉은 미로에서 목욕탕까지 그리고 목욕탕에서 빈민가로 돌아오는 길 모두, 북적이는 장소가 많았다. 그녀는 이미 익숙해진 데다 그 시간대라면 지나다니는 사람도 아직 있다. 어둠을 피해 걸고 최대한 여성과 나란히 걸으려고 노력하면 별일 없을 터였다. 하지만 그런 귀갓길 가운데 아무래도 힘든 장소가 있는데 문제는 그 장소를 특정할 수 없다는 것이다. 왜냐하면 느닷없이 **그 장소**가 나타나기 때문에…….

대개 밤에 덴이치식당을 나오면 가즈코는 붉은 미로의 골목을 북쪽으로 나아간다. 주위에는 온통 술에 취한 남자들이 걸을 뿐인데 가끔은 가즈코와 같은 여자도 보인다. 하루의 노동을 끝내고 이제 목욕탕으로 가는 사람들이다. 그럴 때는 거의 동행하는 것과 마찬가지인 상태가 된다. 서로 말을 걸지는 않아도 일단 나란히 걷는다.

하지만 그런 행운을 만나지 못하고 혼자 걸을 때도 많은데 그러면 취객이 꼭 말을 걸어온다. 물론 상대하지는 않는다. 더 성가시게 달라붙는 일은 흔치 않으나 피곤할 때는 이런 일이 너무 힘들다. 부탁이니까 나를 제발 그냥 놔둬요…… 그런 기분이 든다.

그런데 그토록 싫은 주정뱅이라도 곁에 있어주기를 바라게 되는 장소가 느닷없이 나타난다.

그곳은 붉은 미로 안의 골목인데 언제나 같은 장소는 아니다. 가즈코가 걷고 있는데 갑자기 사람들의 왕래가 뚝 끊기는 순간이 생기고, 또 주위 가게도 다 문을 닫아 골목에 그녀 외에는 아무도 없는…… 상황이 정말 이따금 나타난다.

마치 붉은 미로 동쪽 끝에 있다고 들은 고스트타운처럼…….

가즈코는 그렇게 느꼈으나 문을 닫은 가게는 어디까지나 영업을 끝낸 것이지 폐업한 것은 아니다. 게다가 붉은 미로 안에 있는 손님 전원이 훌쩍 사라진 것도 아니다. 그 증거로 귀를 기울이면 근처 골목의 소음이 가깝게 들린다. 취객의 목소리와 발소리가 끊임없이 울리는 것이다.

그런데 가즈코가 있는 골목에만 아무도 없다. 앞으로도 뒤로도 이 골목으로 들어오는 사람은 하나도 없다. 문득 걸음을 멈춘 그녀만이, 그곳에 있었다. 퍼뜩 정신을 차리면 그런 기이한 공간에 발을 들이고 있을 때가 있었다. 물론 얼른 다시 걷기 시작해 바로 사람들이 다니는 골목으로 향한다. 모퉁이 하나만 돌면 바로 북적이는 골목으로 나올 수 있다.

그러나 그날 밤, 가즈코의 상황은 달랐다. 문득 걸음을 멈춘 것까지는 같았으나 왠지 뒤가 신경 쓰여 반사적으로 돌아봤다. 그러자 방금 그녀가 돌아온 모퉁이에서 이쪽을 훔쳐보는 불그스름한 사람 그림자가 보였다. 바로 고개를 돌리고 도망쳤기 때문에 얼굴이 붉은지, 입은 옷이 붉은지는 알 수 없었다. 눈에 딱 들어온 게 불그스름한 사람 같다……는 것일 뿐이다.

……붉은 옷.

그 소문은 익히 들어서 알고 있다. 붉은 미로에 있다는 정체불명의 무엇. 하지만 어디까지나 옛날이야기 같은 것으로 직접 봤다는 사람은 없다. 패전 후에 붉은 미로가 생긴 사실을 고려하면 옛날이야기라고 할 수는 없겠으나 이곳에서 일하는 사람들은 그렇게 인식했다. 그 정도 소문에 불과했다는 얘기다.

잘못 봤겠지…….

그래서 가즈코도 다음 골목으로 나와 취객들과 합류하자마자 그렇게 생각했다. 식당 일은 내내 서 있어야 하는 데다 설거지까지 해야 해서 오늘도 상당히 피곤했다. 그 피로감이 헛것을 보게 한 게 분명하다. 또 다른 골목으로 들어갔을 때 그녀가 다시 고개를 돌린 이유는 그 사실을 무의식적으로 확인하고 싶었기 때문일지 모른다.

어……!

방금 가즈코가 돌아온 모퉁이에서 불그스름한 사람 그림자가 그녀를 지켜보고 있었다. 살그머니 훔쳐보는 모습이었으나 오로지 그녀만을 응시하고 있었다.

……따라오고 있어.

주위 남자들에게 도움을 요청하려 했으나 다들 그냥 지나칠 뿐이다. 이럴 때일수록 그녀에게 말을 거는 사람은 하나도 없다. 그렇다면 이쪽에서 말을 걸면 되는데 아무도 상대해주지 않는다. 귀갓길을 서두르는 사람, 그녀를 신입 호객꾼으로 착각한 사람, 너무 취해 전혀 말이 통하지 않는 사람까지 죄다 도움이 안 되는 남자들뿐이다.

가즈코는 인파라고 부를 만한 상태 안에 있었음에도 압도적으로 고독했다. 이래서는 인적이 끊긴 골목 한가운데 혼자 있는 거나 마찬가지가 아닌가. 주위에 이토록 남자들이 많은데 어떤 도움도 바랄 수 없는 상황에 오히려 절망만 느껴졌다.

가즈코는 포기하고 바로 걷는 속도를 높였다.

하지만 새로운 골목에 들어갈 때마다 아무래도 뒤를 보게 되었다. 그러면 반드시 불그스름한 사람 그림자가 모퉁이에서 엿보고 있었다. 붉은 미로를 나올 때까지 그런 일이 계속되었다.

목욕탕에서는 평소와 다름없이 비누로 온몸을 구석구석 닦았다. **그것**의 시선을 계속 받은 몸이 어쩐지 더러워진 느낌이 들었기 때문이다. 덴이치식당의 단골손님에게 몰래 산 비누는 다행히 진짜라 큰도움이 되었다.

암시장에서 팔리는 '가짜 비누'는 이틀이나 사흘만 지나면 크기가 줄어들 뿐만 아니라 피부가 거칠어지는 등 조악한 물건이 많았다. 가짜 비누는 드럼통에 가성소다를 넣고 푼 다음 사각 나무 틀에부어 굳힌 것을 꺼내고 수술용 장갑을 끼고 피아노 줄로 똑같은 크기로 잘라내 만든다. 그러므로 비누가 아니라 세제인 셈이다.

무엇보다 비누는 통제품이라 완전히 위법이다. 그러므로 파는 쪽도 일단은 "세제입니다"라고 밝힌다. 그러나 명백히 비누로 오인하게 만들도록 연구한 것만은 틀림없다.

가즈코는 이날 밤의 경험을 덴이치식당 주인에게 말해 요리사 청년이 가게에 남을 때 자신도 남아 있도록 허락을 받았다. 그와 함께돌아가면 붉은 옷은 나타나지 않았다. 그런데 혼자가 되면 마치 기다렸다는 듯 모퉁이에서 살펴보고 내내 따라온다. 아무리 귀가가 늦더라도 상관없으므로 그녀는 청년을 늘 기다리게 되었다고 한다.

이상이 가즈코의 이야기였다.

기치노스케는 완전히 침울해진 그녀를 끊임없이 달래면서 가게바깥까지 친절하게 배웅하고 돌아와 말했다.

"저 아이의 경험이 지금 붉은 미로에서 돌고 있는 소문 가운데 가장 오래된 이야기네."

즉 하야타는 가장 오래된 사례와 최신 사례를 들은 셈이다.

"나머지는 다 비슷한가요?"

"그렇지. 붉은 옷이 훔쳐봤다, 뒤를 쫓아왔다……. 대부분이 그렇다네."

"삼촌, 그중에 분명 습격당했다는 것도 있었잖아요?"

신이치의 지적에 하야타는 깜짝 놀랐다.

"그 경험이 제일 문제 아닙니까?"

"아니, 그게……." 기치노스케는 씁쓸하게 웃으며 답했다. "그렇게 말한 여자애는 거짓말하는 버릇이 좀 있어서 말이야. 아마 어떤 남자의 관심을 끌려고 말했을 거야."

"이런 소문이 퍼지면 늘 벌어지는 일이죠."

"사람들의 관심을 끌려는 인종들 말이지."

그냥 넘어가려는 하야타와 달리 신이치는 화를 냈다.

"하지만 그런 얘기로 정말 겁먹는 애가 있을 테니까 제대로 처리해야지."

"……옳은 말씀입니다."

하야타가 맞장구치니 신이치는 체념한 표정을 지었다.

"그건 그렇고 지금 가즈코의 이야기에도 합리적인 설명을 하기는 어렵겠지?"

"그렇지도 않아."

하야타가 부정하자마자 그의 얼굴이 환해졌다.

"예를 들면?"

"가즈코 씨를 좋아하는 남자가 있는데, 그 사람이 뒤를 밟았다. 그래서 요리사 청년이 있을 때는 모습을 드러내지 않았다."

"붉은 옷처럼 보였다는데?"

"모퉁이 건너편에 있는 가게의 제등이 그 남자를 비추었을 테니까 말이야······."

"음, 일단 말은 되네."

"더 논리적인 추리도 있어."

"뭔데?"

"이 모든 게 가즈코 씨의 거짓말이었다······."

이 말에는 신이치만이 아니라 기치노스케도 반응했다.

"뭐라고?"

"무슨 소리인가?"

하야타는 어디까지나 자기 상상에 불과하다고 전제를 하고 입을 뗐다.

"혹시 가즈코 씨가 요리사 청년을 좋아하는 게 아닐까요? 그래서 그녀는 함께 퇴근하는 걸 좋아했죠. 하지만 그에게 수업이 생겼어요. 그렇다고 주인 앞에서 대놓고 그를 기다릴 수도 없었습니다. 그래서 그녀는 전부터 돌던 붉은 옷의 소문을 이용했다······."

"옳거니!"

"가즈코 씨는 자기 경험을 영 이야기하고 싶어 하지 않았습니다. 그리고 이야기를 끝낸 다음에도 왠지 침울해 보였고요."

"죄책감에서······?"

"그렇게 생각하면 딱 감이 오지 않아?"

신이치는 한바탕 고개를 끄덕이고 말했다. "그렇다면 거짓말쟁이 아가씨는 논외로 두고 다른 여성들의 경험은?"

"기사이치 씨에게 여쭙겠는데 가즈코 씨와 요리사 청년의 사이가 그 후 어떻게 되었는지 아십니까?"

하야타의 질문에 기치노스케는 짚이는 데가 있는 듯했다.

"결혼할 것 같다는 소문을 전에 들은 듯한데 어쩌려나, 잠깐 확인해볼까?"

"아닙니다. 그걸로 충분합니다."

"어이! 그러면 다른 아가씨들도 남자의 마음을 끌려고 거짓말을 했다는 거야?"

하야타는 어이가 없어 하는 신이치에게 말간 얼굴로 답했다.

"그야 가즈코 씨 '경험담'이 '긍정적'인 영향을 미친 부분이겠지."

"그렇다면 '부정적인' 부분은?"

"나도 붉은 옷을 봤다······는 착각이야."

"집단 환각이라고?"

"그 둘이 혼재되어서 이토록 소문이 퍼졌다고 볼 수 있겠지."

"아케요는 어떻게 되는데?"

그 말을 듣자마자 하야타는 곤혹스러운 표정을 지었다.

"······모르겠어."

"붉은 옷 소문의 출처도 모르긴 마찬가지지?"

"붉은 미로가 생기기 전부터 이미 호쇼지에 있던 괴이였다……는 말이었죠?"

하야타가 확인하자, 기치노스케가 강하게 고개를 끄덕였다.

"그 부분을 알려줄 분은 없을까요?"

그가 계속해서 물었더니, 바로 곤란한 표정을 지었다.

"……있다면 있는데."

"삼촌이 집을 지은 호쇼지역 서쪽에, 옛날부터 이곳에 산 사람이 있죠?"

신이치가 확인하니 기치노스케는 다시 고개를 끄덕였다.

"하지만 말이야, 그쪽 사람들은 붉은 미로와 그다지 어울리고 싶어 하지 않아."

"삼촌에게는 이웃인데 말이죠."

"어차피 나는 신입이니까."

호쇼지에서 옛날부터 산 서쪽 주민과 새 입주민 사이에는 아무래도 불화가 있는 듯하다. 어쩌면 붉은 미로라는 암시장이 생긴 것과도 관계가 있을지 모르겠다.

하야타가 그런 생각에 잠겨 있을 때였다.

"누군가 이야기를 들려줄 사람이 있는지 찾아볼 테니 미안하지만 조금 시간을 줄 텐가?" 기치노스케가 미안한 표정으로 말했다.

"물론이죠. 잘 부탁드립니다." 하야타는 서둘러 고개를 숙였다.

"붉은 옷의 유래에 관해서는, 그 말을 들은 다음에 알아봐야겠군." 신이치가 유감스럽다는 듯 말했다.

"실은 너한테 붉은 옷 이야기를 들었을 때 문득 연상된 게 있기는 했어." 하야타는 순간적으로 어떤 생각을 떠올리고 대답했다.

"뭔데?"

"붉은 옷의, 색깔 말이야."

"적색을 말하는 거야? 사람에 따라서는 좀 밝은 주색으로도 보였다는…….."

"예전에 호쇼지가 모신 부처는 사원 이름이 한자로 보생宝生인 걸로 보아 보생여래 대일여래의 평등성지로부터 나온 여래로, 네 보살을 거느리고 일체의 재물과 보배를 맡고 있다가 아닐까요?"

하야타의 질문에 기치노스케는 자신 없어 하며 대답했다. "그렇다고 들은 기억은…….."

"인도 불교에는 5대 요소라는 개념이 있습니다. 땅, 물, 불, 바람, 하늘로 여기에 황, 백, 적, 흑, 청이라는 색이 호응하죠."

"얘기가 거기까지 가?" 신이치가 훼방을 놓으며 지적했다.

"전에 너한테 들은 헤이안쿄교토의 옛 이름의 풍수에도 그런 색 구분이 있었지."

"동쪽의 청룡이 청, 서쪽의 백호가 백, 남쪽의 주작이 적, 북쪽의 현무가 흑이고 천상의 북극성이 황이야. 똑같은 얘기를 불교에도 적용할 수 있어. 여기에는 여러 설이 있지만, 아축여래는 청, 아미타여래는 백, 보생여래는 적, 불공성취여래는 흑, 대일여래는 황으로 다섯 여래와 오색의 대응을 설명하는 사고방식이 있어."

"이 설에 따르면 보생여래는 적색인가?"

"보생여래를 믿어서 보생이라는 명칭을 따와 호쇼지宝生寺라는 이름을 붙인 이곳 토지 소유자는 원래 누구였어?"

"……슈아이지朱合寺였죠?"

신이치의 확인에 기치노스케가 고개를 끄덕였다.

"그러니까 호쇼지에는 적색이, 슈아이지에는 주색이 각각 숨겨져 있다고 할 수 있지."

"그게 붉은 옷의 유래라……."

"붉은 옷이라 명명한 사람은 이 두 절을 무의식적으로 떠올렸을지 몰라."

"흠." 갑자기 기치노스케가 크게 신음했다. "역시 선생에게 이 건을 부탁한 건 옳았군."

"아닙니다. 하지만 그 이상은……."

"너라면 좀 더 핵심을 파고든 추리가 가능할 테니까 안심하라구."

신이치는 초조해하는 하야타 대신 무책임하게 보증하고 나섰다.

이제 자기 역할은 끝났다는 말을 꺼내려는 하야타에게, 어쨌든 붉은 미로에 머물며 조금 더 조사해달라고 기치노스케와 신이치가 부탁하는 대화가 한동안 이어졌다.

"하지만 정말, 더는 제가 할 수 있는 게……."

"아이고, 그런 말 마."

"선생 같은 분이 조사해준다는 것만으로, 붉은 미로 사람들도 훨씬 안심할 테니까."

"맞아, 그거야! 그런 모습을 보이는 것만으로도 충분히 도움이 된다고."

"너도 참 아무 말이나 막……."

하야타는 정말 곤란한 처지에 놓였으나 그런 대화를 두 사람과 이어가는 가운데 읊조림 같은 소리가 그의 입에서 툭 흘러나왔다.

"다만……."

"뭔데? 더 예를 갖추라는 말이야?"

신이치가 농담처럼 말을 건네자, 하야타는 쓸쓸히 웃음을 흘렸다.

"아니야, 붉은 옷의 명칭에 대해 조금 걸리는 게 있어서……."

"아까 한 해석으로는 부족한가?"

"아니, 반쯤은 문제가 없어. 보생여래의 적색과 슈아이지의 주색에서 '붉은색'이 나왔다는 건 알겠어. 그런데 왜 '옷'이냐는 거지."

"빨간 망토의 경우는 말 그대로 망토를 입었기 때문이었잖아. 그렇다면 붉은 옷은 불그스름한 옷 같은 걸……."

"아케요 씨도 가즈코 씨도 전신에 두르고 있었다는 표현을 특별히 쓰지는 않았어. 어디까지나 붉은 사람이라는 인상……이었다고 했지."

"그랬지." 신이치는 생각난 듯 말했다. "삼촌, 붉은 옷을 입은 것 같았다……고 말한 소문을 들은 적 있어요?"

"……아니, 없어." 기치노스케는 기억을 더듬으며 말했다. "애당초 얘기에 붉은 옷이 어떤 식으로 보이는지는 거의 나오지 않았던 것 같아."

"아마도 '붉은 옷'이라는 명칭이 이미 있었기 때문이겠죠."

하야타의 대답에 신이치는 바로 이해했다는 듯 말했다. "이름이 없었다면 거꾸로 경험자는 필사적으로 설명하려 했겠지. 자신이 본 것을 최대한 정확하게 묘사하려고 말이야."

"적당한 이름이 이미 있어서, 누구나가 '붉은 옷'이라고 하면 끝나 버리지."

"맞아. 그런데 왜 '옷'일까?"

"그걸 몰라서 영 마음에 걸려." 하야타는 성미가 급한 신이치에게 일단 대답부터 하고 말을 이었다. "일반적으로 생각하면, 물론 일반 적이라는 표현도 이상하지만, 솔직히 '빨간 의복'이나 '붉은 사람'이 라고 명명하는 게 더 좋을 텐데 왜 '붉은 옷'이냐고?"

"좋았어!" 신이치는 신이 난 표정을 짓고 말했다. "그 수수께끼를 풀기 위해서라도, 역시 네가 한동안 붉은 미로에 머물며 붉은 옷을 조사해야 해. 이것으로 결정!"

"선생, 부디 잘 부탁하네."

이리하여 기치노스케와 신이치가 원하는 대로, 하야타는 붉은 미 로에 머물게 되었다.

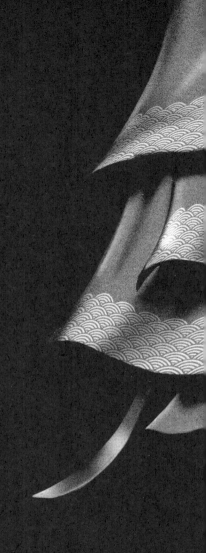

9장

환영회

모토로이 하야타가 붉은 미로에 도착한 날 밤, 기사이치유기장 뒤쪽 주거 공간에서 조촐한 환영회가 열렸다. 참석자는 구마가이 신이치, 기사이치 기치노스케, 그의 딸 쇼코, 그녀의 남편 신지, 파친코 가게에서 구슬을 팔고 경품을 교환해주는 중국인 양쮀민, 파친코 기계를 담당하는 소년 야나기다 세이이치, 역 앞 파출소에 근무하는 순사 이자키, 그리고 아케요까지 아홉 명이었다. 상당히 비좁아서 요리는 대부분 응접실과 종업원 휴게실에 놓았다.

"자, 이제부터 모토로이 하야타 선생을 환영하며 일단 건배부터 합시다."

기치노스케가 맥주가 담긴 컵을 들고 일어섰다. 임신한 쇼코와 아이인 세이이치는 주스였는데 둘 다 일반 가정에서는 보기 힘든 귀한 물건들이었다. 아케요도 임산부이기는 마찬가지였으나 "나는 초기니까"라고 주장하며 처음부터 술 마실 의욕을 잔뜩 드러냈다.

하야타는 선생이라는 호칭에 대놓고 항의하고 싶었으나 건배 자리에 찬물을 끼얹을 수는 없어서 침묵했다.

"그리고 오늘 이자키 순사가 비번이라서 특별히 참석해주셨습니다."

정중하게 고개를 숙이는 기치노스케를 따라 하야타도 고개를 숙였다.

"저, 저야말로, 초, 초대해주셔서, 고, 고맙습니다."

밤의 여자들이 묘사한 '신발짝처럼 생긴 얼굴'의 험악함과는 달리 이자키는 꽤 긴장한 듯 목소리가 자꾸 뒤집어졌다.

"그럼 여러분, 모토로이 하야타 선생의 붉은 미로에서의 활약을 기원하며, 건배!"

전원이 합창하듯 외치고 맥주와 주스를 입에 대길 기다렸다가 기치노스케가 선언했다.

"자, 이제부터는 마음껏 즐깁시다!"

그리하여 시끌벅적한 연회가 시작되었다.

하야타는 붉은 미로에서의 활약이라는 말이 무척 마음에 걸렸으나 그 자신도 붉은 옷에 관심이 있는 것만은 틀림없었고 여기서 민속학적인 활동을 하면 좋겠다는 자기 편의적인 생각도 갖고 있었다.

앗, 그보다…….

일단 '선생'이라는 호칭부터 중단시켜야 할 텐데 이미 늦은 듯하다. 신이치 이외의 모든 사람이 당연한 듯 하야타를 '선생'이라고 불렀기 때문이다.

술이 들어간 탓도 있겠으나 원래 밝은 성격인 신이치, 기치노스케, 이자키, 아케요 네 명 덕분에 자리는 금세 흥이 올랐다. 이자키가 자리에 금방 녹아드는 모습이 의외였다. 첫인상은 딱딱하게 보였는데 술이 들어가니 혀도 풀린 듯했다.

"우에노에서 도난당한 자전거가 불과 두 시간 뒤에는 파란 에나멜이 칠해져 신바시 암시장에서 팔렸다는 보고도 있어요."

경찰관 일과 관련된 재미있는 일화를 연달아 늘어놓으면 신이치와 아케요가 바로 호응했다.

하야타는 그냥 놔둬도 떠드는 네 사람을 제외하고 쇼코와 신지, 양 씨와 세이이치와 이야기를 나누려고 했다. 하지만 쇼코는 그렇다고 해도 나머지 셋은 정말 어려웠다. 다만 신지는 조용한 성격이라, 양 씨는 일본말이 서툴러서, 세이이치는 아이라 아직 하야타를 어렵게 생각해서라는 저마다의 사정이 있었다.

쇼코와 아케요, 두 사람은 눈치껏 응접실과 종업원 휴게실로 요리를 가지러 여러 번 드나들었다. 기치노스케는 처음에는 쇼코를 걱정했으나 술이 돌기 시작하니 그런 걱정도 놓아버렸다. 그건 아케요에게도 마찬가지였다.

신지는 아내를 많이 걱정하면서도 장인의 이야기를 끊으면서까지 자리를 뜰 수는 없었는지 잠자코 보고만 있었다. 양 씨는 술이 약한 듯 일찌감치 반쯤 잠든 상태였다. 세이이치는 되도록 쇼코를 도우려고 했으나 쇼코가 오히려 못하게 막았다.

"나는 괜찮으니까 너나 실컷 먹어."

그렇게 말하며 세이이치를 응접실과 종업원 휴게실에서 쫓아낸 것이다.

그런 이유로 하야타가 종종 쇼코를 도왔다. 환영회의 주인공이나 지금은 신이치, 기치노스케, 이자키, 아케요까지 네 사람이 신나게 떠들고 있어서 자리를 비워도 별문제 없는 상황이었다.

"죄송해요. 아버지도, 신이치 씨도 선생님을 놔두고 자기들만 신이 나서……."

고개를 숙이는 그녀에게 하야타는 웃으며 말했다. "아닙니다. 신경 쓰지 마세요. 저기 계속 있으면 오히려 피곤해요. 여기서 적당히 쉬는 게 정말 좋습니다."

"저렇게 즐겁게 술 마시는 아버지의 모습을 보는 게 정말 오랜만인 것 같아요."

"평소에는 저렇지 않나요?"

"타성에 젖어 마시는 것처럼 보여요."

이 표현에는 하야타도 쓴웃음을 지을 수밖에 없었다. "술꾼들은 대개 일단…… 마시자는 심정으로 마시는 것 같습니다."

"정신을 놓을 정도로 마시지만 않으면 괜찮은데……."

쇼코의 말투에서 느껴지는 게 있어서 그는 조심스럽게 물었다.

"술로 실수라도……?"

"살짝 주정酒酊 부리는 버릇이 있어요." 그녀는 대답하고는 당황했는지 덧붙였다. "아니에요. 정말 많이 마시지 않으면 안 그래요.

과거 도박 관련해 한 번, 큰 실수를 해서 뼈아픈 일이 있었던 것 같은데……. 실은 붉은 미로가 생기는 과정에서도 제삼국인들과 갈등을 빚을 뻔한 적도…….”

“하지만 기사이치 씨는 자중했다?”

“……제가 말렸어요. 그들에게도 생활이 있다고. 그리고 마지막에는 더는 마시지 말아달라고 울며 부탁했어요.”

“1942년에 중국 관타오현에 주둔 중인 일본군 내부에서 전대미문의 사건이 일어났습니다. 병사 여섯 명이 상관에게 폭행과 총검으로 위협, 소총 발포, 끝내는 수류탄 투척까지 했죠.”

“설마 그게…….”

“네. 가장 큰 원인은 과음이었습니다. 동기로 보이는 병사들의 울분도 확실히 있었습니다만, 방아쇠가 된 것은 술입니다. 아마도 우리가 보통 쓰는 ‘취했다’라는 정도를 훨씬 넘어선 음주 상태였을 겁니다.”

“……무섭네요.”

“기사이치 씨는 데키야 일로 제삼국인들과 얽혀 있고, 두목이라는 처지니까 물러서고 싶어도 물러설 수 없었을 겁니다. 그걸 용케 막으셨네요.”

“신이치 씨에게 들은 이야기가 있으신가요?”

고개를 끄덕이는 하야타를 보고 쇼코는 곤란한 표정을 지었다.

“일본인 대다수가 마음속으로는 미군을 증오하면서도 개인적으로 대할 때는 다르듯 아버지가 제삼국인을 대하는 태도도 마찬가지

예요."

"신이치에게도 그렇게 들었습니다."

그런데 그녀가 갑자기 생각난 듯 말했다. "그래도 신지와 결혼하려 할 때 난리가 났었어요."

"파란이 일었다고 하더군요."

"어머, 너무 싫다. 신이치 씨가 그러던가요?"

쇼코는 말은 그렇게 했으나 싫은 기색은 전혀 없었다.

"이 파친코 가게에 신지가 일을 구하러 왔을 때 일본어를 더듬거려서 아버지도 처음에는 중국 사람이라고 생각했어요. 그렇다고 채용하지 않을 이유는 아니었죠. 아버지는 오히려 듬직해 보이지 않는 점이 우리 장사와는 어울리지 않는다고 판단했는데……."

"일본인이 아니라는 점이 거꾸로 채용 이유가 되었다는 말씀이군요."

"네. 일이 없어서 힘들어하는 그를 아버지는 그냥 놔둘 수 없었죠."

하야타는 이후의 전개를 예상하고 침묵을 지켰다.

"곧 저와 신지는 서로 의식하게 되었고 마침내 끌려서…… 그래서 그가 '따님을 제게 주십시오'라고 아버지에게 청했는데……."

"기사이치 씨는 고민에 빠졌다."

"신지에 대한 차별은 전혀 없었어요. 오히려 아버지는 신지를 마음에 들어 했죠. 하지만 사윗감으로 생각하자니 역시 마음이 흔들렸던 것 같아요……."

"정말 어려운 문제네요."

"웃긴 건, 아버지의 고민을 신지는 전혀 이해 못 했다는 거예요."

"어떻게 되었나요?" 하야타는 단순한 호기심으로 물었다.

"아버지는 우리를 불러놓고 서로 좋아하는 사람에게 인종 같은 건 상관없다, 그런 말을 하고 기사이치의 데릴사위로 들어오는 조건으로 결혼을 허락했어요. 그런데 장본인인 신지는 어리둥절한 표정으로 무슨 소린지 전혀 모르더라고요. 그래서 제가 마음을 다잡고 아버지에게 일단 양해를 구한 다음 사정을 밝혔는데……."

"그때 신지 씨의 반응은?"

"아주 힘없이 웃었어요. 저는 놀라서 그 이유를 물었죠. 그랬더니 너무 놀랍기도 하고 화도 난다고……."

"그는 혹시 일본인이었나요?"

"맞아요. 일본어가 서툴렀던 이유는 어릴 때 조선인 부부에게 입양되어 그들에게 키워졌기 때문이었어요."

하야타는 예전에 신이치와 갔던 신주쿠 암시장에서 간판에 '곱창이'라고 적힌 가게로 들어가는 신지의 모습을 떠올리고 그런 일이 있었음을 쇼코에게 알렸다.

"신지가 부부 곁을 떠나자마자 두 분이 시작한 가게가 그 곱창집이라고 들었어요."

"괜한 간섭일지 모르겠습니다만, 신지 씨가 이 씨 부부에게 입양된 사정은 뭔가요?"

이 질문에 쇼코의 표정이 흐려졌다.

"실은 저도 잘 몰라요. 신지의 집은 상당히 유복했고 그곳에서 일하던 사람이 이 씨 부부였대요. 그의 아버지가 도박에 빠져 일가가 뿔뿔이 흩어져야 하는 비극에 직면했다는 것. 그 직전에 이 씨 부부가 아들 항녕 씨를 병으로 잃었다는 것. 이 씨 부부는 오랫동안 신지 일가가 자신들에게 베푼 온정의 대가로, 또 죽은 자기 아들을 기리는 마음으로 그를 기르겠다고 결심했다는 것. 그 정도만 알아요."

"신지 씨에게는 기억하고 싶지 않은 아픈 과거겠네요."

"……네. 하지만 그것 말고도 사연이 있는 것 같아요."

"그 말은?"

"일가가 흩어지게 된 원인은 따지고 보면 아버지의 도박인데 그 계기가 된 사건이 아무래도 있는 듯한데……."

"어떤 사건인가요?"

"……그건 아직 말해주지 않았어요."

"대강 연도만 알아도 당시 신문 기사 등을 샅샅이 조사하면 알 수 있습니다. 성이 기시라는 단서도 있으니까요……."

"아뇨, 신지가 말하고 싶지 않다면 저도 알고 싶지 않아요. 그건 아버지도 마찬가지고요."

"기사이치 씨도 놀라셨겠네요."

"네. 이후 아버지는 진심으로 신지에게 사과했어요. 신지도 불필요한 오해를 하게 했다고 사과했고요."

"이후 신지 씨는 기사이치 집안의 데릴사위가 되었군요."

"네. 기꺼이요."

쇼코는 따뜻한 미소를 짓고 나서 다시 쓸쓸하게 웃었다.

"신지는 내내 자기를 중국 사람으로 생각했을 줄은 전혀 상상하지 못했나 봐요. 그러곤 아버지와 둘이 웃었죠. 물론 아버지가 호탕하게 웃었다면 그의 웃음은 조금 경직된 듯 보였지만……. 평소에도 신지는 아버지 앞에만 가면 쉽게 긴장해버리는 편이어서……. 그런 오해를 받았다는 걸 알고 충격을 받았을 거예요." 쇼코는 문득 생각난 듯 덧붙였다. "그리고 아버지는 이 씨 부부와도 만나 그쪽 아버지와 의기투합했다고 했어요. 신지 양아버지는 일본 패전 후, 제삼국인은 점령군으로부터 특별 취급을 받아 자유롭지 못한 일본인과 달리 들떠 있는데 그런 대우는 곧 사라지고 다시 입장이 뒤바뀔 게 빤하니까 이 나라에서 우리가 살아남으려면 열심히 일하는 게 제일이라고 말했대요. 아버지도 그 말에 크게 동의했고요."

"그거 정말 잘됐네요."

하야타가 커다란 배로 시선을 떨구니 쇼코는 얼굴을 붉히며 가볍게 눈인사했다.

"붉은 미로에서 식당을 하는 '하마마쓰야'의 딸 사토코 씨도 지금 아이를 가졌어요. 아이들끼리 동급생이라며 서로 기뻐했죠."

"같은 임산부가 근처에 있으면 든든하죠."

"네. 그런데 사토코 씨는 엄청 겁이 많아서 임신을 불안해해요. 그래서 제가 더 정신을 바싹 차려야 하고 그 덕분에 딱히 제 걱정은 할 틈도 없는데 그게 오히려 큰 도움이 되었죠."

쇼코는 그렇게 말하고 미소를 지었으나 갑자기 걱정스러운 표정을 지었다.

"하지만 제가 출산하면 이 가게까지는 신경 쓸 수 없을 텐데 그러면 세이이치도 제대로 돌보지 못할 듯해서 걱정이에요."

"신이치에게 들었습니다. 당신을 무척 따른다고요."

"그 애가 전쟁고아라는 사실도 알고 계시나요?"

"네. 이렇게 기사이치 씨 가게에서 일하고 살 곳까지 얻었다는 건, 전쟁고아라는 처지를 생각하면 상당히 행운이라고 생각합니다. 그가 받았을 참혹한 일들을 생각하면, 물론 이런 말은 세이이치에게는 절대 할 수 없겠지만……."

"그 아이는 벌써 끔찍한 일을 겪었어요."

쇼코가 본인에게 들은 이야기를 정리하면 이러했다.

야나기다 세이이치는 아홉 살 때, 1945년 8월 14일의 오사카 대공습으로 할머니와 어머니, 어린 남동생과 여동생까지 모든 가족을 잃었다. 오사카에서는 같은 해 3월 3일부터 7월 24일까지 이미 7회에 걸쳐 공습이 이루어졌고 이날이 마지막이었다. 게다가 다음 날 8월 15일에는 항복 연설이 방송되며 일본은 전쟁에 패한다. 딱 하루만 더 살아남았다면 할머니도 어머니도 어린 남동생과 여동생도 살 수 있었다. 그 생각만 하면 그의 조그만 가슴은 언제나 심히 아려왔다.

목수였던 아버지는 전쟁 초기에 전사했으므로 세이이치는 불에 탄 허허벌판에서 고아가 되었다. 이웃의 가까웠던 삼촌과 숙모부터 소꿉친구들까지 다 죽었는지, 그가 원래 야나기다의 집이 있었던 땅에 돌아왔지만 아무리 기다려도 아무도 돌아오지 않았다.

여기에 있다가는, 죽고 만다.

먹을 게 아무것도 없는 상태에서 전소한 집터에 한없이 머물러 있을 수는 없다. 애당초 친척이 다 죽었다면 이렇게 기다리는 행위 자체가 낭비다.

하지만 곧 나랏일 하는 사람이…….

혹시 나를 찾아 보호해주지 않을까. 세이이치는 내심 그렇게 생각했다. 왜냐하면 자신은 '야스쿠니가 남긴 아이'였으니까.

전쟁에서 아버지를 잃은 아이들은 전쟁 중에 '영예로운 아이'라고 불렸다. 전국에서 뽑힌 그들의 대표는 야스쿠니신사 행사에 출석했다. 아이들은 '신전의 대면'이라는 행사를 통해, '명예롭게 전사한 아버지를 만날 수 있다'라고 배웠다. 행사는 황후가 과자를 하사하고 내각총리대신이 훈시하는 순서로 진행되는데 일곱 살 때 참석한 세이이치는 모든 말을 이해하지는 못했으나 마음만은 뿌듯했던 기억이 있다.

사실 신전의 대면은 1939년에서 44년까지 6년 동안만 이루어졌다. 야스쿠니가 남긴 아이들은 늘어나기만 할 뿐이고 전쟁 상황은 악화일로로 치달았으니 당연한 일이다.

아무리 기다려도 나랏일 하는 사람이 데리러 올 기미는 없었다. 영예로운 아이라고 칭송하던 어른들도 지금은 아무도 그를 살피지 않았다.

세이이치는 어쩔 수 없이 교토까지 걸어가기로 했다. 그곳에는 아버지 친척이 살고 있고 전에도 여러 번 그 집에 묵으며 놀았던 적이 있다. 그곳에서는 삼촌 부부도, 자기보다 나이가 많고 적은 두 이종사촌도 그를 '세이'라는 애칭으로 부르며 귀여워해줬다. 그러므로 그는 망설임 없이 그 집을 향해 걷기 시작했다.

그런데 세이이치를 맞은 그 집 가족의 태도가 전과는 완전히 달랐다. 교토는 공습을 한 번도 당하지 않아 물론 삼촌 집도 무사했다. 가족을 잃은 데다 모든 걸 화재로 잃은 그가 보기에는 너무나 축복받은 상태였다.

그런데 비틀거리며 간신히 도착한 세이이치가 숙모에게 들은 말은 예상외였다.

"너, 뭐하러 왔니?"

그녀의 뒤로 두 이종사촌 자매가 고개를 내밀고 있었으나 마치 거지를 보는 듯한 눈빛으로 그를 보고 있었다.

"우리에게 너를 먹일 여유는 없단다." 나중에 집에 돌아온 삼촌도 딱 잘라 말했다.

요컨대 삼촌 일가는 세이이치의 모습을 보자마자 그에게 무슨 일이 일어났는지 바로 알아차렸을 것이다. 그러므로 위로하기보다 성가신 존재로 본 것이다. 그렇다고 해도 세이이치 역시 달리 갈 곳이 없었다. 이곳에 눌러앉아 있을 수밖에 없었다.

그날부터 그의 고달픈 날들이 시작되었다. 학교에 가기는커녕 아침부터 밤까지 집안일을 해야 했다. 조금이라도 제대로 하지 못하면 얻어맞았고 그때마다 밥도 안 줬다. 두 이종사촌 자매는 대놓고 그를 괴롭혔고 이웃 아이들도 그에 동조했다.

"전쟁 거지."

어느새 세이이치는 그렇게 불렸다.

집에서 뭐든 없어지면 당연히 도둑이라는 의심을 받았고, 곧 주변에서 일어나는 의심스러운 일들은 전부 다 그의 짓이 되었다. 배고픔도 괴롭힘도 억울한 누명도 다 견디기 힘들었지만, 세이이치가 가장 힘들었던 건 삼촌 부부의 무심한 한마디였다.

"너는 왜 태어난 거니?"

무슨 일만 있으면 그 말을 들었다. 그의 존재 자체를, 가족과의 모든 기억을, 이제까지의 인생을, 완전히 부정하는 듯한 그 말을.

여기에 있다가는 망가진다.

왜 그렇게 느꼈는지 당시의 그로서는 이해할 수 없었다. 하지만 이대로 가면 자기 안의 무언가가 분명히 썩어버린다는 생각만큼은 점점 강해졌다. 세이이치는 삼촌 집을 나가기로 결심했다. 숙모가 서랍장 안에 숨겨둔 현금 가운데 그동안의 노동에 마땅하다고 판단한 만큼만 꺼냈다. 이건 도둑질이 아님을 증명하려고 그 이유를 일일이 메모해 남기기도 했다.

중대 결심을 하고 집을 나왔으나 그렇다고 갈 곳이 있는 것도 아니었다. 오사카로 돌아가봤자 의미가 없다는 사실도 알았다. 그렇다면 어디로 가야 할까.

도쿄.

오사카보다 큰 도시라고 하면 세이이치의 지식으로는 도쿄였다. 일본의 주요 도시가 공습으로 큰 피해를 얻었으리라는 사실 정도는 어른이라면 다 상상할 수 있었겠으나 아홉 살 소년에게는 무리였다.

아니, 당시의 어른들조차 명확한 목적도 없이 폐허가 된 고향을 떠나 도쿄로 온 사람이 많았으므로 아무도 그를 나무랄 수는 없다.

현금은 있었으나 표를 살 방법이 없어 무임승차해 도쿄에 가기로 했다. 아이라 가능했을 것이다. 그런데도 발각되어 도망치느라 도중하차를 거듭한 까닭에 도쿄까지 오는 데 사흘이나 걸렸다. 나고야에 내렸을 때는 잠깐 그냥 여기서 살까도 생각했으나 원래 계획을 바꾸지 않았다. 계획이라 해도 그저 상경이라는 두 글자가 머릿속에 있었을 뿐이다. 사실 어른들도 '도쿄에 가면 어떻게든 될 거야'라고 생각하기는 매한가지였다.

고생 끝에 우에노역에 도착해 역 앞으로 나왔을 때 몹시 놀라고 말았다. 나고야역 앞에서 보고 놀랐던 것보다 훨씬 큰 암시장이 펼쳐져 있었다. 현금만 있으면 무엇이든 먹을 수 있다, 그 사실을 알고 그는 흥분했다. 다만 가격이 너무 비싸서 무턱대고 쓰다가는 가지고 있는 돈이 순식간에 사라질 것이다. 그래서 하루에 감자 하나만 사기로 하고 그 감자를 아침과 밤 두 번에 나눠 조금씩 먹었다.

밤이 되면 잘 곳이 마땅치 않았는데 역 지하도에 들어가보니 당연한 듯 누워 있는 사람이 많았다. 잠든 어른들 사이에 아이들이 꽤 섞여 있어 더 놀랐다. 그들을 슬쩍 보자마자 세이이치는 바로 깨달았다.

……나처럼 가족을 다 잃었구나.

그런 아이들을 '전쟁고아'라고 불렀다. 그러므로 어른들도 이 애들이 전쟁의 희생자라는 사실을 알았다는 소리다. 그러나 그들이 고아들을 동정한 건 아니었다.

그들이 역 대합실로 들어가려고 하면 반드시 "나가!"라며 호통쳤다. 발에 차인 아이도 있었다. 대놓고 들개 대하듯 했다. 아니, 상대가 개라면 반격이 두려워 그렇게까지 거칠게 대하진 않을 것이다. 배고픔에 저항할 수 없는 아이여서 오히려 어른들도 세게 나왔을 것이다.

남자 어른들이 시작한 전쟁의 최대 희생자가, 전쟁고아였다.

세이이치는 하루에 감자 하나를 살 때, 그것을 아침과 밤에 먹을 때, 일단 주위를 살폈다. 자칫하면 도난당할지 모르기 때문이다. 그렇게 난폭하게 행동하지 않는 아이는 가만히 그를 응시했다. 감자를 먹는 그를, 그저 하염없이 바라봤다.

불쌍하다……라는 마음은 있었으나 음식을 나눠줄 여유는 없었다. 나 하나 사는 게 최선이었다.

왜 나랏일 하는 사람들은 이 아이들에게 주먹밥 하나 주러 오지 않을까. 그런 의문이 떠올랐으나 거리에는 '부랑아에게는 음식을 주지 말 것'이라는 전단이 공공연하게 붙어 있다는 연상 소년의 이야기를 떠올리고는 포기했다. 부랑아란 불결하면서 불량하다고 어른들이 판단한 사람들이다.

……우리는 나라에도 어른들에게도 버림받았어.

그는 이 지하도에서 이제는 다 이해했을 현실을 절감했다.

세이이치에게 지하도는 '집'과 같은 장소였으나 아무리 시간이 흘러도 익숙해지지 않는 게 있었다. 그와 같은 아이들의 눈이었다.

세이이치를 향하는 아이의 시선에 강한 기아가 느껴진다면 그나마 이해할 수 있었다. 그러나 그중에는 죽은 듯한 눈빛이 있었다. 죽은 사람 같은 눈이 나를 보고 있으면 갑자기 입맛도 사라졌다. 그래서 먹을 때는 주위를 경계하면서도 절대 시선을 마주하지 않으려고 애썼다.

세이이치가 지하도에서 잠자기 시작하면서 제일 무서워한 일은 특정 어른이 매일 찾아오는 것이었다. 그들은 누워 있는 아이들의 어깨를 흔들거나 등을 두드린다. 상대가 반응하면 그대로 지나간다. 하지만 반응이 없으면 안아서 어딘가로 데려간다.

처음 세이이치는 너무 약해진 아이들을 도와주는 사람이라고 생각했는데 곧 진상을 알게 되었다.

……죽은 아이를 치우는 거구나.

그렇게 사라진 아이 대다수가 그 직전에 죽은 듯한 눈빛을 보였다는 사실을 깨달았다.

……결국은 나도 저렇게 될까.

죽은 사람이라면 지긋지긋하게 봤다. 지하도 안만이 아니라 길을 걸어도 길가에 널브러진 사체를 만난다. 그저 누워 있을 뿐인 사람도 있으나 아마 대다수는 숨을 거뒀을 것이다. 그러므로 사체에는 익숙했으나 자신이 죽는 상상은 전혀 달랐다.

무서워, 무서워, 무서워…….

세이이치는 공습 때보다 더 압도적인 공포를 느꼈다. 물론 공습의 공포도 말로 표현할 수 없으나 그것은 그가 아무리 발버둥 쳐도 절

대로 벗어날 수 없다는, 체념을 느끼게 하는 것이었다. 그러나 지금
은 어떻게든 먹기만 하면 계속 살 가능성이 있어서 '죽음' 자체가 아
주 더 가깝게 느껴졌다. 이것이 압도적인 공포의 정체였다.

드디어 가진 돈이 바닥을 드러냈다. 이제 아무것도 살 수 없다. 아
무것도 먹을 수 없다.

이렇게 되기 조금 전에 세이이치에게 친구 두 명이 생겼다. 같은
또래의 나카하라와 가사미나미였다. 활발하고 수다스러운 나카하라
와 어른스럽고 과묵한 가사미나미는 전부터 세이이치를 점찍어놓
았던 듯하다. 물론 그의 돈을 훔치려는 게 아니라 빈집 털이 동료로
삼을 생각이었다고 한다.

세이이치는 나카하라의 제안에 주저 없이 승낙했다. 그리고 그는
마지막 현금으로 감자 하나를 사서 셋이 나눠 먹었다.

그들은 어느 정도 형태를 갖춘 집을 노렸다. 세이이치가 미리 폐
자재로 사다리 같은 걸 만들면 그걸 이용해 나카하라가 담을 넘어
안쪽에서 뒷문을 열어 가사미나미와 함께 숨어든다. 세이이치는 앞
현관과 뒷문이 다 보이는 모퉁이에서 집안사람이 오나 감시한다. 만
약 앞 현관으로 누가 다가오면 짧고 날카로운 휘파람을 한 번 불어
알린다. 그러면 두 사람은 뒷문으로 도망친다. 뒷문으로 다가오는
사람이 있으면 휘파람을 길게 불고 두 사람은 현관으로 도망치는 방
식이다.

빈집 털이로 들어간 집에서 현금을 숨겨뒀을 법한 서랍장 등을
뒤지는 일은 가사미나미가 담당하고 나카하라는 다른 곳을 뒤졌다.

이 역할 분담은 아주 효율적이었다. 감시 역할의 세이이치도 적임자였다. 집에 돌아온 식구가 발견하기 전에 두 사람이 도망칠 수 있었던 이유는 다 그 덕분이었다.

그렇지만 빈집 털이만으로는 셋이 먹고살기가 수월치 않았다. 일단 현금이 있을 법하면서도 숨어들기 쉬운 집을 찾아야 하는데 이게 힘들었다. 다음으로 같은 지역에서 빈집 털이를 계속하면 위험하므로 아무래도 멀리 나갈 필요가 있다. 그러다 보니 '고생은 많고 보람은 없을 때'가 늘어났다.

빈집 털이를 할 수 없을 때, 나카하라는 암시장 가게에서 날치기를 감행했다. 이는 얌전한 가사미나미에게는 너무 부담되는 일이라 늘 세이이치와 둘이 했다. 사실 훔치는 행위 자체를 할 배짱은 아직 세이이치에게도 없었다. 그래서 가게에서 음식을 날치기하는 일은 나카하라의 역할이었다. 그가 물건을 안고 도망치면 당연히 가게 사람이 쫓아온다. 그 사람을 따돌릴 수 있을 때, 세이이치에게 훔친 물건을 건넨다. 그리고 쫓아오는 사람에게 일부러 모습을 보이고 전혀 다른 방향으로 도망친다. 그 틈에 세이이치는 음식을 들고 이동한다. 그 뒤를 가사미나미가 쫓으면서 다른 추격자가 없는지 확인한다. 다음은 미리 정해놓은 장소에서 셋이 만난다.

그날도 똑같이 일이 진행되었다. 암시장 한가운데 도로가 나 있었고 나카하라가 노리는 가게는 길 건너편에 있어서 세이이치는 반대편에서 기다렸다. 최대한 주위 어른들 틈에 끼어서 길 너머를 주시하고 있었다.

"도둑이야! 거기 서!"

곧 커다란 외침이 들린 뒤 나카하라가 더러운 보자기 꾸러미를 품에 안고 군중 속에서 뛰쳐나왔다.

그 순간, 세이이치와 눈이 마주친 그는 씩 웃었다. 성공했어! 오늘은 먹을 수 있어! 이렇게 말하는 회심의 미소였다.

쿵! 둔탁한 충돌음이 주위에 울리고 다음 순간, 나카하라는 조수석에 젊은 일본 여성을 태운 미군 지프에 치였다. 그의 몸에서 흘러나온 핏물이 보자기에 싸여 있던 찌부러진 토마토 몇 개의 즙과 뒤섞여 순식간에 도로를 붉게 물들였다.

나카하라를 뒤쫓던 가게 사람은 사고 현장을 힐끔 보더니 바로 물러났다. 미군 병사는 가지고 내린 담요로 나카하라의 시신을 감싸 지프 짐칸에 실었다. 조수석의 여자는 차가 출발할 때까지 내내 다른 곳을 보고 있었다.

나카하라가 어디로 실려갔고 그 뒤로 어떻게 되었는지, 세이이치는 모른다. 제대로 땅에 묻히고 향이라도 올려졌길…… 바랄 뿐이다.

가사미나미는 전보다 훨씬 말수가 줄어 조용함을 넘어 무기력해졌다. 그와 둘이 전처럼 빈집 털이를 해도 제대로 되지 않아 둘은 전보다 훨씬 더 기아에 허덕였다.

어느 날, 가사미나미가 보이지 않아, 이제는 유일한 친구인 그를 찾아 헤맸다. 철로 근처까지 갔을 때 아이 하나가 철로에 뛰어들었다는 사실을 알게 되었다. 멀리서 확인했을 뿐이었으나 가사미나미로 보였다.

패전 후에는 아사와 병사, 동사하는 사람이 끊이지 않았다. 한편으로 스스로 목숨을 끊는 사람도 많았다. 그 안에는 아이들도 포함되어 있었다.

세이이치는 다시 외톨이가 되었다. 그런 고독을 훤히 들여다본 듯 아이들만으로 조직된 절도단에 "들어오지 않겠냐?"라는 제안을 받았다. 이대로 있다가는 자기도 언제 죽을지 모른다는 생각에 그는 제안을 받아들였다. 하지만 결코 마음이 편했던 건 아니었다.

보스인 사타케는 열서너 살이었을 텐데 항상 유들유들한 표정을 짓고 있어서 이미 '아저씨' 같은 분위기가 풍겼다. 음주와 흡연, 도박, 소문에 따르면 여자까지 손을 댄 명백한 불량소년이었다. 세상이 인정하는 '부랑아는 불량하다'라는 개념에 딱 들어맞았다. 그래선지 '아이들로 이뤄진 절도단'이라기보다 '버젓한 범죄 집단'을 만들어 강도나 다름없는 행위를 저지르고 다녔다. 따라서 범행 대상이 된 사람이 다치는 일도 드물지 않았다.

"우리가 이렇게 비참하게 사는 건 어른들 탓이잖아? 그러니 그런 어른들의 물건을 훔치는 건 당당한 일이야."

이것이 사타케의 생각이었다. 하지만 세이이치는 그의 거친 방식이 자신과 맞지 않아 너무나 고통스러웠다. 그러니 그의 '실적'도 떨어졌고 그에 따라 당연히 돌아오는 음식도 줄었다. 이렇게 되면 자연스럽게 집단에서 빠질 수 있을 줄 알았는데, 사타케는 그런 걸 '배신'이라고 여기고 보복한다는 소문이 자자해 함부로 도망칠 수도 없었다.

간신히 익숙해진 우에노를 떠날 수밖에 없겠다.

세이이치가 비장한 결심을 품으려던 순간 행정 기관의 '사냥'이 시작되었다. 도 직원들이 아이들을 잡아서는 한 마리, 두 마리……라고 머릿수를 세면서 트럭이나 삼륜 오토바이, 손수레에 차례로 실어 갔다. 그리고 '보호소'나 '양육원' '수용소'라고 불리는 시설로 그들을 끌고 가는 것이다. 드디어 국가가 전쟁고아를 보호하려고 움직인 게 아니다. GHQ의 공중위생복지국은 전부터 길거리 생활을 하는 대다수 부랑아를 문제로 보았다. 보다 못한 복지과장 네프가 일본 정부에 "일주일 이내에 어떤 조치든 해라!"라고 압박했다. 그 결과가 느닷없이 이뤄진 사냥이었던 것이었다.

따라서 시설의 아이들 취급은 열악하기 그지없었다. 끌려온 아이는 발가벗겨져 한겨울에도 냉수를 뒤집어썼다. 어떤 곳은 도망가지 못하도록 전원을 알몸 그대로 우리에 가뒀다. 식사는 지급되었으나 질과 양 모두 지독했다. 고로 탈주자가 속출했다.

시설에서 도망친 아이들한테서 그곳에서의 실태, 즉 길거리 생활 쪽이 아직은 더 인간적인 생활이라는 사실을 들은 세이이치는 미친 듯 도망쳐 다녔다. 사타케가 이끄는 절도단 아이들도 물론 마찬가지였다.

그러나 세이이치는, 결국 잡히고 만다.

트럭 짐칸에 실린 채 흔들리며 그는 일찌감치 도주를 생각했다. 그런데 아무래도 상황이 이상했다. 처음에 보이던 거리 풍경이 곧 사라지고 대신 시골 풍경이 나타났다. 시내를 빠져나와 점점 교외를 향해 달리는 듯하더니 조금씩 논과 밭이 보이기 시작했다. 물론 민가는 한 채도 보이지 않았다. 광대한 숲을 통과해 그 앞에 있는 산으로 들어갈 것 같았다.

……이런 곳에 고아 수용소가 있다고?

세이이치만이 아니라 다른 아이들도 이상한 상황에 불안을 느끼고 있을 때 어두컴컴한 숲속에서 트럭이 멈추더니 짐칸에서 모두를 내리게 하고 어른들은 한마디 없이 서둘러 트럭을 타고 사라졌다.

……버려졌어.

세이이치는 그 옛날 국가에 버려졌듯 지금 또 국가에 버려졌음을 깨달았다.

고아 수용소는 압도적으로 부족했다. 그래도 GHQ가 원하는 일은 해야 한다. 길거리에서 부랑아들을 소탕하기 위해 그들은 난생처음 본 산속에 버려진 것이다. 전쟁고아에 대한 이상적인 조치는 '보호'인데 현실은 '유기'였다. 여기에도 전쟁에 패한 일본의 이상과 현실이 존재했다.

세이이치와 아이들은 서로 힘을 합쳐 모두 산에서 내려왔다. 처음 만난 사람에게 물어보니 그곳은 이바라키현의 쓰치우라와 가깝다고 했다. 이후 다들 걸어서 우에노까지 돌아왔다.

세이이치는 이 경험을 계기로, 또 사타케와 헤어지기 위해 일을 갖기로 결심했다.

의지할 것은 하나였다. 전에 나카하라에게 들은 "호쇼지의 파친코 가게 주인은 인정이 많아"라는 소문이었다. 그저 그것뿐이었다.

보통은 '의지'할 여지가 전혀 없는 말이었으나 그에게는 달리 기댈 게 하나도 없었다. 게다가 호쇼지라면 우에노와 충분히 떨어져 있다. 그리고 무엇보다 그 소문을 알려준 게 나카하라였다는 사실이 무엇보다 소중했다.

그 너무나도 가는 실마리가 다행히 세이이치에게 일자리와 주거를 마련해준 걸 생각하면 죽은 친구가 그를 이끌어준 것만 같다……라는 말로 쇼코는 긴 이야기를 마무리했다.

"이렇게 자세한 이야기는 아버지도 남편도, 신이치 씨도 몰라요."

"세이이치가 당신에게만 한 말이군요."

그녀는 고개를 끄덕인 뒤 걱정스럽게 말했다. "그렇게까지 나를 믿어줬는데 아이가 태어났다고 개한테 소홀해지는 게 아닐까, 하고 문득 생각할 때가 있어요."

"기사이치 씨도 귀여워하시는 게 훤히 보이니까 틀림없이 괜찮을 겁니다."

하야타가 그렇게 대답하자, 쇼코의 얼굴이 금세 환해졌다.

"그 애가 우리 집에서 처음 일하기 시작했을 때는 아무래도 어른을 믿지 못하는 분위기가 있었어요. 일도 성실하게 하고 모두에게 예의 바르게 대하지만, 절대로 마음을 허락하지 않는…… 면이 있다고 할까요. 하지만 아버지가 목욕탕에 데리고 가 등을 밀어준 다음부터는 조금씩 변하기 시작했어요. 길거리에서 생활한 영향으로 옴이 심해서……. 아버지가 그걸 닦아준 게 그 아이에게는 아주 기쁜 일이었나 봐요. 그 뒤로는 조금씩 마음을 열었어요."

"……아가씨."

그때 조심스러운 목소리가 나고 상당히 졸린 듯한 표정의 양 씨가 나타났다.

"앗! 죄송해요. 음식이 없나요?"

"아뇨, 아직 괜찮습니다. 지금 형님은 마시기만 해서 거의 드시질 않아요." 양 씨는 웃으며 말했다. "실은 내일, 형님에게 히가시 히로히코라는 사람을 소개할 거예요. 내 중국인 친구의 지인인데 아가씨 출산 휴가에 맞춰 우리가 고용할 사람을 전부터 부탁하셨거든요."

"양 씨는 아버지가 그걸 잊을까 봐 걱정하시는군요?"

"평소라면 괜찮은데 오늘은 술을 많이 드시네요."

"응, 알겠어요. 나중에 아버지가 잊지 않도록 잘 말씀드릴게요."

"잘 부탁드려요. 그럼 안녕히 주무세요."

하야타와 쇼코는 주거 공간을 지나 자러 가는 양 씨를 배웅하고 연회 자리로 돌아왔다.

다음 날에는 히가시 히로히코 건까지 포함해 몇 가지 사건이 일어났는데 유감스럽게도 모두 안 좋은 문제들이었다. 물론 쇼코와 하야타는 그 마지막에 최악의 사건이 기다리고 있음을 알지 못했다.

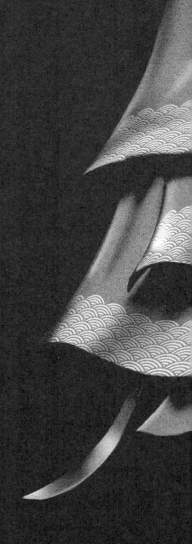

10장

그 날 의 시 작

어젯밤 '모토로이 하야타의 환영회'라는 이름의 연회는 새벽 3시가 되어서야 끝났다.

양쪄민이 돌아가고 조금 있다가 기사이치 쇼코와 신지도 집으로 돌아갔다. 그 전에 야나기다 세이이치는 주거 공간 구석에서 잠들었다. 이자키는 돌아가기 싫어하면서도 내일 근무가 있다며 울며 겨자 먹기로 자리를 떴다. 기사이치 기치노스케와 아케요가 번갈아 순사를 붙잡았으나 하야타가 설득해 돌아갔다.

이리하여 거나하게 취한 기치노스케, 구마가이 신이치, 아케요와 함께 이제는 슬슬 자리를 파해야 한다고 냉정하게 생각하는 하야타가 남았다.

그러나 파친코 가게는 오전 10시나 되어야 열고, 원래 아케요는 오전 내내 이불 속에 있다고 한다. 신이치는 하야타와 함께 옆집 카페 가리에에 묵기로 했다. 가리에의 2층이 하야타가 지낼 곳이었다. 파친코 가게 주거 공간에서 지내면 파친코 기계와 군함 행진곡 소리가 시끄러울 거라며 기치노스케가 배려한 것이다. 기치노스케가 가리에의 주인에게는 그에 상응하는 사례를 했다고 한다.

즉 내일 늦게 일어나도 전혀 상관없는, 세 사람만 남았다는 소리다. 그래서 하야타는 연회를 파하느라 고생했다. 내 환영회가 아니었나……라며 쓴웃음을 지으며 간신히 새벽 3시에 끝낼 수 있었다.

드디어 하야타와 신이치가 주거 공간을 나왔을 때 기치노스케와 아케요는 그대로 오늘 밤은 이곳에서 자겠다고 남아 있었으므로 둘이 다시 마시기 시작했을 가능성도 있다. 하야타도 거기까지는 그들을 챙기지 않았다.

"너는 여전히, 정말 성실하기 그지없구나."

가리에의 2층 다락방 같은 공간에 오를 때까지 하야타는 신이치의 말에도 입을 다물고 있었다. 하야타는 자신이 묵을 공간을 보자마자 의심스러운 표정으로 방을 둘러보며 입을 뗐다.

"설마 여기, 전에는 손님을 받았어?"

"사실은 그래." 신이치는 싱긋 웃고는 그 화제를 꺼냈다. "여자애가 도망치고 대신할 애를 못 찾아서 그쪽 장사는 끝냈다, 나는 그렇게 들은 게 다인데 아무래도 미군 병사 잭 때문이 아닐까?"

"아케요 씨의 이야기를 듣고 그렇게 생각한 거야?"

"아아, 덕분에 이렇게 우리 보금자리도 생기고. 잘됐어."

하야타는 이 말이 걸렸다.

"오늘 밤, 너를 여기서 재우는 이유는 술 마시는 바람에 전차가 끊겨서야."

"무슨 소리야! 너랑 내가 붉은 옷의 정체를 밝히고 붉은 미로의 안녕을 되찾아와야지."

"아니, 그런 얘기는 들은 적 없는데."

하야타가 바로 부정하니 신이치는 잠시 생각에 잠긴 시늉을 했다.

"……사실은 아케요의 이야기를 듣고 네 추리에 귀를 기울이고 있자니 이거 참 재미있겠다 싶어서 너를 돕기로 했어."

하야타는 제멋대로 말을 내뱉는 친구가 어이없었으나 바로 마음을 고쳐먹었다.

신이치가 있는 게 내게도 도움이 된다. 일단 그는 암시장을 잘 안다. 붉은 미로는 안내하지 못하는 곳도 있으나 아케요처럼 아는 사람도 있으니 탐정 활동에 큰 도움이 될 것이다.

"명탐정 조수면 되니까."

신이치는 그렇게 중얼거리고는 잠들어버렸다.

하야타는 그에게 담요를 덮어주고 자기도 침상에 들었다. 설마 막 돌아온 도쿄에서 다시 탐정 비슷한 짓을 하게 될 줄은 생각도 하지 못했다. 게다가 혹여 결과가 나오지 않더라도 딱히 문제는 없을 듯한 '일'이다.

하지만…….

붉은 옷이라는 존재에는 여전히 정체를 알 수 없는 부분이 많다. 그저 소문으로 지나칠 만한 그런 이야기에서 진짜 무언가가 기어 나올 듯한…… 위태로움이 있다.

하야타는 걸핏하면 무시무시한 공상에 훅 빠져드는 습성이 있다.

일단 내일은, 붉은 미로를 알아보는 차원에서 돌아다녀볼까. 그래서 현실적인 행동을 떠올려보기로 했다. 이 지역의 적나라한 모습을 직접 보면 붉은 옷에서 느껴지는 기이함도 옅어질지 모른다.

다음 날 아침, 하야타는 평소와 마찬가지로 눈을 떴는데 신이치는 완전히 곯아떨어져 도무지 일어날 기미가 보이지 않았다. 어쩔 수 없이 혼자 근처 식당에 가서 아침을 해결했다. 그리고 파친코 가게 주거 공간을 방문하니 의외로 기치노스케는 일어나 있었고 신지도 출근해 있었다. 다만 두 사람의 낯빛이 그리 좋지 않았다. 기치노스케는 숙취일 수도 있겠으나 아무리 생각해도 신지는 그럴 리 없는데. 참고로 세이이치는 열심히 개수대에서 빨래를 하고 있었다.

하야타는 아침 인사를 건네고 조심스럽게 무슨 일이 있느냐고 물었다.

"신지를 키워준 이 씨, 양아버지가 돌아가셨다네." 기치노스케가 침통한 표정으로 대답했다.

"……거참, 상심이 크시겠네요." 하야타는 우선 신지에게 애도의 말을 전하고 다시 기치노스케에게 물었다. "전부터 몸이 안 좋았다거나……?"

"조금 그랬다고 하네. 하지만 아무래도 부인에게도 병의 진척 상황을 제대로 알리지 않았다고 하는군. 그녀가 알고 있는 것보다 훨씬 안 좋았던 모양이야……."

"그 말은 곧 신지 씨도 전혀 몰랐다는 거네요."

더는 끄덕일 기운도 없는지 고개만 숙이고 있는 그를 대신해 기치노스케가 말했다.

"신지는 그게 큰 충격이라네……. 게다가 양아버지의 유언으로 녀석에게는 쓰야_{조문객이 한자리에 모여 참배하며 밤을 지새우는 행사}와 장례가 다 끝난 다음에 알리라고…… 하셨다는군."

"네……?"

하야타도 이 말에는 어떻게 반응해야 할지 알 수 없었다.

신세를 졌던 양아버지의 병을 제대로 알지 못했을 뿐만 아니라 그 임종을 지키지도 못했고 게다가 부고를 들었을 때는 조문 하나 올리지 못하는 상황이라니. 신지 씨는 왜 이런 일을 당해야 할까.

이 씨 부부와 그의 사이에 어떤 불화가 있었다고 생각할 수밖에 없다. 그러나 외부인인 그가 그 문제에 개입할 여지는 없다는 걸 알면서도 하야타는 몹시 마음에 걸렸다. 그러나 의기소침해 있는 신지 앞에서 더 캐물을 수는 없었다.

그러자 기치노스케가 뜻밖의 말을 꺼냈다. "신지, 잘 들어라. 너는 양아버지의 뜻을 잘 받아들여야 해."

"……."

"양아버지가 병을 숨긴 건, 너와 어머니에게 걱정을 끼치고 싶지 않아서야."

"……그건 저도 압니다." 신지가 모깃소리 같은 목소리를 냈다. "하지만 나를 쓰야에도 장례식에도 부르시지 않다니……."

"그것 또한 자식을 생각하는 양아버지의 마음이 아닐까."

기치노스케는 영문을 모르겠다는 표정의 신지를 달래주었다.

"이 씨 부부는 자네를 키운 부모야. 그런 두 사람을 자네가 친부모처럼 따른다는 건 나도 잘 알아. 하지만 부부에게는 역시 이전에 모시던 주인의 도련님이라는 의식이 늘 있었겠지. 그런 네가 어른이 되어 쇼코와 결혼하고 우리 집 데릴사위가 되었어. 부부는 아주 기뻐했지. 그때 좋아하던 부부의 표정을 나는 지금도 생생하게 기억한다. 그때부터 부부에게 너는 이미 기사이치 가문의 사람이 된 거야. 자기들 밑에서 자라 훌륭한 어른이 되었지. 기시 신지로 태어나 이 신지로 살았다가 다시 기사이치 신지로까지 성장했다는 생각을 틀림없이 품었을 거야. 그래서 더 자기 부부보다 기사이치 가문을 무엇보다 소중히 여기길 바랐을 테지."

"그, 그렇다고……."

"그래도 양아버지의 쓰야와 장례식에 아예 부르지 않은 건 너무했지. 그렇지만 그렇게까지 너를 내치는 건, 기사이치 가문의 사람이라는 자각을 지니길 바라는 양아버지의 마음이 아닐까 나는 생각한다."

"……."

"양어머니에게 여쭤보면 어떨까?"

"……네."

아직 완전히 이해하지는 못했는지 신지의 낯빛은 조금도 밝아지지 않았다.

"기사이치 씨의 의견을 듣고 정말 많은 걸 깨달았습니다."

하야타가 솔직한 감상을 밝히자, 기치노스케는 쑥스러운 표정을 지었고 신지는 그제야 양아버지의 생각을 받아들일 마음이 생긴 듯 보였다.

그런데 이후 기치노스케가 조의 봉투를 네 개나 준비하는 바람에 신지만이 아니라 하야타도 당황했다. 이런 경우는 기사이치 가문을 대표해 기치노스케의 이름을 적은 봉투 하나면 될 텐데 왜 세 개나 더 필요할까.

기치노스케는 당혹스러워하는 두 사람을 개의치 않고 먹을 갈았다. 그리고 파친코 가게의 간판을 쓴 멋진 달필로 네 개의 조의 봉투에 네 명의 이름을 적었다.

이 신지, 기사이치 신지, 기사이치 기치노스케, 그리고 이항녕의 이름을…….

신지에게는 '이' 씨와 '기사이치'라는 두 성의 봉투를 준비하고 그곳에 기사이치 가문의 대표인 자기 이름을 더한 다음 이 씨 부부의 죽은 아들 이름의 봉투까지 준비했음을 깨닫고 하야타는 뭐라 말로 표현할 수 없는 기분을 느꼈다.

저도 모르게 신지를 보게 되었는데 그는 소리 없이 울고 있었다.

"이걸 들고 가서 양아버지를 잘 보내드리고 오게."

"……고맙습니다."

"양어머니를 잘 위로해드리고."

신지는 일단 쇼코가 기다리는 집으로 돌아갔다가 신주쿠의 이 씨

집으로 가기로 했다.

"기사이치 씨와 쇼코 씨는 어떻게 하실 겁니까?" 하야타는 괜한 참견인 줄 알면서도 물어봤다.

"그쪽 양아버지 유언으로는 신지에게만 알리라고 했다는군……. 물론 쇼코는 받아들이지 않았지."

"그러면 두 분이……."

"몸이 무거운데 전차를 탈 수는 없으니 택시를 준비했네. 신주쿠까지 왕복이니까 엄청난 택시비가 나오겠지만." 기치노스케는 억지로 웃어 보이며 말을 이었다. "사실은 나도 가서 뵙고 싶은데 그쪽 양아버지의 마음을 생각하면 함부로 그럴 수는 없지. 조금 조용해지면 혼자 다녀와야지."

그때 양 씨가 출근했다. "형님, 안녕히 주무셨습니까?"

파친코 가게 쪽에서가 아니라 주거 공간 동쪽 문으로 들어와 아침 인사를 했다.

"양 씨, 어서 오게."

"그런데 형님……."

"아아, 이미 알아. 쇼코에게 들었어. 아니, 나도 잊은 적 없어. 다 알고 있었다고."

어젯밤, 양 씨가 말한 종업원 소개 이야기일 것이다. 기치노스케가 기억하고 있음을 알고 그도 안심한 듯하다.

"잘 부탁드립니다."

양 씨는 기치노스케에게 인사하고 파친코 가게 쪽 미닫이문으로 사라졌다. 가게 문을 열 준비를 하러 가는 것이리라.

"업무 전에 죄송한데……." 하야타가 조심스럽게 기치노스케에게 부탁했다. "붉은 미로의 전체 약도를, 정말 간단하게라도 좋으니까 그려주시겠습니까?"

"걸어서 돌아다니려면 필요하겠지."

기치노스케는 세이이치에게 적당한 종이를 가져오게 해서 달필로 지도를 그리기 시작했다.

그때 신이치가 아직 잠이 덜 깬 얼굴로 모습을 드러냈다. "좋으은 아침입니다아아!"

"이런! 모토로이 선생보다 늦게 일어난 녀석이 있구먼."

기치노스케의 잔소리를 들은 그는 순순히 고개를 숙였으나 그리기 시작한 지도를 보자마자 갑자기 참견을 해댔다.

"삼촌, 그건 아니죠!"

"어디가?"

"여기요. 아니, 이쪽도 이상해요."

그리고 두 사람은 시종일관 아웅다웅했다.

"내가 붉은 미로를 모를 리 없잖아?"

"그렇긴 한데 여기 틀렸다고요. 앗, 여기도……."

지도를 놓고 둘이 옥신각신하는데 양 씨가 나타났다.

"저, 형님. 이제 슬슬 가게를……."

"앗! 시간이 벌써 이렇게 됐나." 기치노스케가 손목시계를 보고 놀란 목소리를 냈다. "신이치. 너, 한가하지?"

"네? 왜요?"

신지의 양아버지가 돌아가셨다는 소식을 신이치에게 전했다.

"그래서 쇼코도 신지를 따라 양부모님 댁에 간다. 양 씨가 소개한 사람이 오는 것도 오늘 오후부터고. 그때까지 가게에는 나와 양 씨, 세이이치 세 사람밖에 없어. 그런데 나는 언제 일이 생길지 몰라. 그러니까 신이치, 오늘은 네가 가게 일 좀 봐줘."

"그러고 싶은 마음은 태산 같은데 제게는 명탐정 조수라는 중요한 역할이 있어서 아무리 삼촌이 부탁해도……." 신이치는 냉큼 거절하려 했다.

"네가 있어봤자 걸리적거릴 뿐이야."

"아무리 생각해도 가게는 일손이 부족하니까 여기서는 도와줄 사람이 필요해."

놓치지 않고 하야타와 기치노스케가 반박하자, 그도 반론하지 못했다.

"괜찮다면 저도 돕겠습니다."

게다가 하야타가 이런 말까지 내뱉은 탓에 신이치도 어쩔 수 없었다.

"알았어. 그럼 파친코 가게는 내가 맡을 테니까 너는 붉은 미로를 조사해."

하야타는 신이치에게 고개를 끄덕이고는 이어서 기치노스케에게 말했다. "제가 돌아왔을 때까지도 너무 바빠 힘든 상황이면 부디 편하게 말씀해주십시오. 미력이나마 돕겠습니다."

하야타는 거듭 감사하다고 인사하는 기치노스케와 성가신 일을 떠맡고 말았다는 듯한 신이치의 배웅을 받으며 붉은 미로 탐색에 나섰다. 그런데 기치노스케에게 했던 약속을 실행하지 못할지도 모른다는 예감이 들기까지 그리 많은 시간이 필요하지 않았다.

우선 호쇼지역 앞 광장까지 돌아간다. 그곳에서 신이치의 안내로 들어선 붉은 미로 출입구에서 기사이치유기장으로 이어지는 골목을, 어제와 같은 순서로 걸으려 했다. 하지만 그럴 수 없었다. 헤매고 헤맨 끝에 드디어 파친코 가게에 도착했다고 생각했으나 역시 아니라 체념했다. 그렇다면 최단 거리에 해당하는 경로를 가로지르자고 시도했으나 이 역시 실패로 끝났다.

호쇼지역에서 기사이치유기장 사이 정도는 쉽게 이동할 수 있도록 익혀두고 싶다는 하야타의 계획이 일찌감치 좌절된 것이다.

문득 정신을 차리니 벌써 점심때였다.

열심히 돌아다닌 덕에 배가 너무 고팠다. 뭔가 속을 채울 식사를 하고 싶다는 생각에 가게를 찾아다녔는데 '우동'이라는 간판이 눈에 들어왔다. '진짜'라는 두 글자가 작게 적혀 있어서 더 눈에 띈 것이다. '우동' 앞에 분명히 그렇게 적혀 있었다.

하야타는 이끌리듯 가게로 들어갔는데 다른 손님은 없었다. 점심때인데 이래도 괜찮은가.

"우리는 간판대로 진짜를 먹을 수 있다오."

조금 불안했으나 완고해 보이는 가게 주인이 갑자기 말을 걸어온 이상 카운터만 있는 좁은 자리에 앉을 수밖에 없었다.

"해조로 만든 면이 아니라는…… 뜻입니까?"

하야타가 조심스럽게 확인하니, 가게 주인은 비웃으며 말했다.

"손님, 그건 암시장 초창기 얘기지. 우동이나 소바를 만들지 못하니까 해조 분말을 대신 이용하고 아미노산으로 만든 간장을 써서 그럭저럭 우동 비슷한 걸 만들었어. 하지만 원래 재료가 해조류니까 금방 배가 고파지지. 우동은 속이 든든해야 하는데 말이야."

"그런데 지금은 진짜 우동을……."

가게 주인은 하야타의 말을 재빨리 끊고 말했다. "아니, 그렇지 않아. 해조 우동은 없어졌지만, 다른 가게에서는 싸구려 미국 밀가루로 만든다고. 도무지 우동이라고 할 수 없는 음식이지."

가게 주인은 이른바 '미제 밀가루'를 비판하고 있다. 미국산 밀가루라 처음에는 '아메리칸 분말'이라고 불렸고 줄여서 '메리칸분'이라고 한다고 들었는데 진짜 그러는지는 모른다.

"그쪽 밀가루로 만든 가짜 우동은 하얀데 우리는 일본 밀가루를 수타 방식으로 만든 진짜야. 보라고, 거뭇거뭇하잖아?"

가게 주인은 떠들면서 양손을 움직이는 통에 전혀 기다렸다는 느낌 없이 바로 우동이 나왔다.

"맛있다!"

면을 한 입 넣자마자 절로 칭찬이 쏟아졌다.

"그렇지?"

가게 주인은 만족스러운 듯 그 뒤로도 계속 떠들었는데 하야타는 적당한 때를 골라 물었다.

"그런데 괜한 질문일지 모르겠으나 이 가게에서 사시나요?"

"아니, 아니지, 손님. 아무리 나 혼자라고 해도 이렇게 좁은 데서는 못 살아." 주인은 특별히 불쾌한 기색 없이 씁쓸하게 웃었다. "호쇼지역 남쪽에 빈민굴이 있어. 그곳에서 매일 출근해."

굳이 '굴'이라고 표현한 건 자조를 담은 것이다.

"……길을 헤매시진 않나요?"

그 질문에 주인은 순간 굳은 표정을 지었다가 곧 다시 입을 열었다. "자기 가게까지 오는데 헤매는 녀석은 없지."

호쾌하게 웃었으나 어쩐지 허세를 부리는 듯 느껴졌다.

"당연하죠. 실례했습니다."

하야타가 바로 사과하니 갑자기 가게 주인의 미소가 사라졌다. 그리고 한참 입을 다문 채 생각에 빠진 표정을 짓고 나서 말했다.

"여기서 헤매지 않냐……라고 손님이 묻는 이유를 내가 묻지는 않겠습니다." 갑자기 정중한 말투가 되어 있었다. "내가 알려줄 수 있는 건, 아마 여기에 가게를 낸 사람 대다수는 자기 집에서 가게까지의 길 외에는 모를…… 겁니다."

"그 밖의 붉은 미로는 모른다?"

"일에 필요해서 가야 할 가게 정도는 알겠지만."

"붉은 미로 전체는 거의 파악하지 못한다는 말입니까?"

가게 주인은 무겁게 고개를 끄덕였다.

"손님이라면 그냥 얘기해도 될 것 같은데." 마치 자신을 설득하듯 말했다. "일부러 조금 멀리 돌아가요."

"집에서 가게까지?"

하야타가 바로 확인하니 가게 주인은 다시 말없이 끄덕였다.

"다른 가게 주인들도 마찬가지인가요?"

"⋯⋯아마도."

"왜죠?"

"여기서 가게를 낼 때 주위 가게 사람이 그렇게 알려줬으니까. 이유를 물으면 '헤매지 않기 위해서'라고 하지⋯⋯. 뭐, 이리저리 말은 많지만, 그 고장에 가면 거기 법을 따르라는 말도 있잖소. 그래서 사실은 가게까지 가장 빨리 가는 길을 몰라요."

하야타는 문득, 붉은 미로의 비밀을 얼핏 들여다본 듯한 느낌이 들었다.

이 땅에 관한 숨겨진 정보가 달리 또 없을까 싶어 캐물으려 했으나 가게 주인은 이미 원래 태도로 돌아와 아무리 속을 떠보려 해도 더는 나오는 게 없었다. 계산하려 했는데 통상 암시장의 우동 가격보다 훨씬 비싼 가격을 불렀다. 일본산 밀가루를 사용했으니까 어쩔수 없단다. 그래서 손님이 없었던 거였다. 그래도 맛있어서 상당히 만족한 데다 붉은 미로의 새로운 지식까지 얻었으므로 하야타는 불평하지 않기로 하고 기분 좋게 값을 치르고 가게를 나왔다.

오전에는 붉은 미로의 서쪽 구획을 걸었으니까, 오후부터는 북쪽과 남쪽, 그리고 동쪽의 주요 부분을 탐색하고 해가 질 무렵에 동쪽 끝에 있다는 고스트타운에 갈 계획을 세우고 있었다. 마지막 구획과 시간을 그렇게 설정한 이유는 최대한 아케요의 경험과 비슷한 환경에 자신을 놓고 싶었기 때문이다. 사실은 그녀가 갔던 길을 따라가고 싶었으나 그건 포기하기로 했다. 본인에게 물어도 정확한 표현은 불가능할 것이다.

이날 오후, 기사이치유기장에서는 몇 가지 문제가 발생했다. 하야타는 나중에 각자에게 들어 알게 되는데 들은 말을 정리하면 다음과 같다.

11장

그날 오후

기사이치유기장은 평소와 마찬가지로 손님이 많았다. 아침, 점심, 저녁을 나누면 역시 일을 끝내고 돌아가다가 들르는 사람이 많은 밤이 제일 혼잡했다. 그러나 '새벽 댓바람부터'든 '한낮'이든 파친코를 하려는 사람은 반드시 있다.

이 녀석들, 일도 안 하고 괜찮은 걸까.

구마가이 신이치는 자기 일도 아니면서 걱정했는데 그것도 처음뿐이었다. 제대로 돈을 내고 파친코 구슬을 사서 부정을 저지르지 않고 얌전히 기계 앞에 앉으면 다음은 그냥 내버려두면 그만이다. 그도 어쨌든 '종업원' 역할을 하는 과정에서 자연스럽게 배웠다.

일하지 않는데 어떻게 돈이 있지?

하지만 기어이 괜한 궁금증이 동하고 만다. 오늘은 쉬는 날이라는 등 개인적인 사정은 얼마든지 생각할 수 있다. 그런데 '이 녀석들'은 아무래도 그게 아닌 듯한데 이유는 모르겠다. 물론 다 그런 건 아니다. 손님 일부일 뿐인데 그런 녀석들이 아침과 오후에 집중해서 오는 게 아닐까……. 달랑 하루 도울 뿐인데도 신이치는 이상한 자신감으로 그런 결론을 내렸다.

실은 그렇게 보이는 사람이 아까부터 파친코 기계에 앉아 있는데 이 녀석이 너무나 수상했다.

열여섯이나 열일곱쯤이려나 아직 성인이 되지도 못했는데 묘하게 어른스러워 보인다. 그것도 좋은 의미에서가 아니다. 중년 남성이 인생에 느끼는 권태감 같은 게 이 녀석에게서 강하게 풍기고 있었다. 강한 혐오감이 느껴지는 기척을 몸에 두르고 있을 만큼 이 녀석은 길지도 않은 인생에서 도대체 무슨 짓을 해왔을까. 그게 좋은 경험이 아님은 확실했다.

물론 가게에 들어와 양쥐민이 담당하는 '구슬 판매·경품 교환소'에서 파친코 구슬을 사서 기계를 고르려고 가게 안을 어슬렁거릴 때까지, 그 행동만 보면 이상할 게 없었다.

하지만 신이치는 이 녀석이 절대 기계를 고르려고 하는 게 아님을 일찌감치 간파했다. 대놓고 가게 전체를 관찰하며 값을 매기는 불온한 냄새가 사방에 퍼졌기 때문이다. 그는 파친코 기계 뒤쪽 통로에 설치된 '부정 방지 감시용 구멍'을 통해 그 기척을 내내 살피고 있었다.

이윽고 남자는 파친코 앞에 앉아 구슬을 치기 시작했다. 한동안 얌전히 놀더니 곧 "구슬이 막혔어"라고 불평을 해댔다.

그런데 신이치가 확인하러 나가면 "두드렸더니 다시 돌아왔어"라며 바로 불평을 거둬들였다. 그런 수상쩍은 행동이 여러 번 있은 다음 신이치가 다른 손님을 상대하고 있을 때 다시 남자가 투덜대기 시작해 세이이치가 나올 수밖에 없었다. 쇼코와 신지가 이 씨 부부에게, 기치노스케는 붉은 미로 상업조합 임시 모임에, 양 씨는 자리를 뜰 수 없었다.

놈의 노림수는 세이이치가 아니었을까.

신이치는 갑자기 걱정되기 시작했다. 녀석은 이 가게에 소년 종업원이 있다는 사실을 듣고 그 아이에게 시비를 걸면 부정한 일을 할 수 있다고 생각한 게 아닐까. 그런데 불평해봤자 나오는 사람은 신이치뿐이다. 마침 그가 다른 손님을 상대하는 모습을 보고 드디어 기회가 왔다고 생각해서 새로운 불평을 늘어놓기 시작했다고 신이치는 추리했는데…….

녀석의 파친코는 신이치가 상대하고 있는 손님의 파친코와는 다른 통로에 있었다. 그래서 직접 보지는 못하나 두 사람의 대화는 들을 수 있었다. 녀석이 소리를 높이고 세이이치가 확인하러 나올 때까지 그들의 대화는 쉽게 신이치의 귀에 들어왔다. 그런데 둘이 대면했을 법한 순간부터 전혀 소리가 들리지 않았다.

열심히 귀를 기울이니 소곤소곤……거리며 대화하고 있음을 알 수 있었다. 도무지 손님과 종업원의 대화라고 할 수 없었다. 녀석은 파친코 기계에 불만이 있지 않았나. 틀림없이 상대가 아이임을 알아차리고 무섭게 위협해 여분의 파친코 구슬을 얻어내는 비겁한 행동에 나설 심산이라고 신이치는 예상했다.

그런데 그런 기척이 전혀 전해지지 않았다. 오히려 남몰래 밀담을 나누는 듯한 은밀함이 느껴져 신이치는 한순간 한기를 느꼈다.

……뭔가 이상한데.

신이치는 서둘러서 손님 응대를 마치고 다른 통로로 고개를 내밀었다.

"이제 됐어."

그 순간, 녀석은 문제가 해결되었다는 듯 말하고 세이이치를 쫓아버리는 시늉을 했다.

"손님……." 신이치가 나직한 목소리로 상대에게 따지려 했다.

"여기는 구슬이 영 안 나오네." 녀석은 툭 내뱉고는 얼른 가게에서 나가버렸다.

"어이, 세이이치……."

신이치는 세이이치가 걱정되어 녀석에게 무슨 말을 들었는지 물으려고 했으나 다시 새로운 손님이 들이닥치는 통에 가게가 갑자기 바빠졌다.

얼마 후 기치노스케가 조합 임시 회의를 마치고 돌아왔는데 아무래도 기분이 좋지 않았다. 나중에 들어 알았는데 슈아이지에 토지, 데키야에 점포 임대료를 따로따로 내는 건 위법이 아니냐는 소리가 날마다 커졌고 그 문제로 모임이 진통을 겪었다고 한다.

"일일이 가게를 지은 사람은 바로 우리 데키야라고!"

기치노스케의 주장은 틀리지 않았으나 이중 임대료가 문제인 것만은 확실하다. 붉은 미로의 미래를 생각해도 하나로 통합할 필요는 있을 것이다. 그렇다고 해도 이 문제를 해결할 적절한 대책이 지금은 없었다.

다만 기치노스케의 기분이 이토록 나쁜 이유는 이 소동의 중심에 제삼국인이 있다는 사실도 상당할 것이다. 제삼국인에 대한 평소 혐오가 한꺼번에 분출할 것 같아 그는 간신히 참았다고 한다. 그래서 더 울분이 가슴에 남아 있었을 것이다.

그런 이유로 기치노스케는 부루퉁한 얼굴로 돌아왔다. 곧 양 씨친구의 지인이 올 시간이라 기치노스케는 약속 시각보다 조금 일찍 돌아왔는데 문제의 상대가 나타나지 않았다. 기치노스케는 약속에 까다로워 칠칠하지 못한 사람을 아주 싫어했다. 거기에 모임 건까지 가세해 그의 불쾌함은 늘어나고 있었다.

"삼촌, 화가 많이 났네요."

신이치는 일 틈틈이 응접실에 있는 기치노스케의 상태를 보러 갔다가 경품 교환소에 있는 양 씨에게 결과를 알려줬다.

"히가시, 이 멍청한 자식은 뭘 하고 있는지."

당사자인 양 씨는 제정신이 아닌지 그때마다 지인에게 욕을 퍼부어댔다.

"양 씨, 잘 있었어?"

약속 시각에서 한 시간이나 지난 저녁에서야 상대가 가게를 찾아왔다. 마흔 전후의 왠지 활달해 보이는 남자였다.

"지금, 몇 시인 줄 알아!"

평소에는 온후한 양 씨가 가게임에도 호통을 쳐서 신이치는 놀랐으나 무리도 아니라 바로 동정했다. 아마도 양 씨는 신세를 지고 있는 기치노스케에게 죄송한 심정이 가득했을 것이다.

"오늘 오후부터라고 했잖아."

그러나 상대는 사과는커녕 새삼스럽다는 태도로 받았다.

"아직 해가 지지 않았으니까 괜찮잖아."

"형님을 기다리게 해놓고 무슨 소리야?"

"그야 대륙적으로 대범하게 생각하자고."

"너는 안 그래도……."

양 씨는 무슨 말인가 하려다가 화들짝 놀라며 입을 다물었다.

"시, 신이치 씨, 죄송해요."

그러곤 신이치에게 잠시만 '구슬 판매·경품 교환소'를 봐달라고 부탁하고 취업 지원자와 함께 안쪽 응접실로 들어갔다.

자, 과연 어떻게 될까.

신이치는 흥미진진했다. 기치노스케는 명백히 화가 나 있다. 그렇지만 사람은 필요하다. 상대는 양 씨 소개이므로 일단 신용할 수는 있다. 다만 방금 양 씨와의 대화를 들은 신이치는 저런 상태로 기치노스케를 대하면 화만 돋우어 고용은커녕 얻어맞기 십상이다, 충분히 그리 예상할 수 있었다.

과연 상황은 어디로 굴러갈까…….

신이치는 안쪽 응접실에 귀를 기울이고 있었다.

"나를 우습게 보다니!"

무시무시한 고함이 울려 퍼지고 곧 조금 전의 남자가 가게 안을 쏜살같이 통과해 도망치는 모습을 보고 신이치는 어리둥절해졌다.

역시 삼촌을 화나게 했나. 그렇게 생각하는 한편으로 저렇게까지 격노하게 하다니 남자는 도대체 무슨 짓을 한 걸까. 그게 너무 궁금해 견딜 수 없었다. 그렇다고 자리를 떠날 수는 없었고 세이이치에게 맡길 수도 없었다. 신이치가 안으로 들어가버리면 가게에는 세이이치 혼자 남는다.

양 씨, 얼른 돌아와요.

안달을 내며 기다리고 있는데 의기소침해진 양 씨가 나타났다.

"……제가 할게요."

신이치에게 말하더니 힘없이 교환소 자기 자리에 앉았다.

신이치는 서둘러 응접실로 날아갔는데 상당히 불쾌한 표정의 기치노스케가 있었다. 아마도 조금 전까지는 부동명왕처럼 분노의 형상을 하고 있었을 게 분명한데 양 씨와 얘기하며 그나마 분노를 조금 잠재웠을 것이다. 그런 흐름이 손에 잡힐 듯 보인 만큼 신이치의 호기심은 당장이라도 터질 듯했다.

"삼촌. 방금 왔던 남자, 무슨 문제라도?"

기치노스케는 골난 표정으로 잠자코 이력서 한 장을 내밀었다.

"어허, 이력서를 가져오다니 어쩐지 첫인상과는 전혀 다르네요."

신이치는 솔직히 감탄했다.

"이름을 잘 보라고."

기치노스케는 여전히 불쾌한 상태였다. 게다가 이력서에 적힌 '히가시 히로히코東宏彦, 동굉언'라는 이름을 봐도 이미 들은 이름이라는 것 외에 특별히 알 수 있는 게 없었다.

"그 이력서를 내게 내밀다가 놈은 실수로 이 편지를 떨어뜨렸어."

이어서 기치노스케는 받는 사람에 '진언굉陳彦宏'이라고 적힌 봉투를 내밀었다.

"아니, 이거……."

이력서와 봉투에 적힌 이름을 번갈아 보다가 신이치는 "앗!" 하고 소리를 질렀다.

"그러니까 일본인 히가시 히로히코라고 온 남자가 사실은 중국인, 천옌훙이라고 읽어야 하나? 어쨌든 천 씨였다고요?"

"맞아." 기치노스케는 커다란 한숨과 함께 고개를 끄덕였다. "천이 일본인으로 속이겠다는 걸 양 씨는 필사적으로 말렸다고 해. 중국인이라고 해서 내가 딱히 차별하거나 채용하지 않는 일은 없다고."

"하지만 천 씨는 들으려 하지 않았다?"

"이제까지 차별을 너무 많이 받아 동포인 양 씨의 말이라도 쉽게 받아들이지 못했겠지. 그 점은 동정해. 하지만."

"그래도 거짓말한 사람을 고용할 수는 없다?"

"그래. 어중간한 일본어를 능숙하게 한 게 오히려 독이 되었어."

"완전히 속일 수 있다고 자신했던 건가요?"

"겉모습만 보면 모르니까." 기치노스케가 큰 한숨을 내쉬었다. "동양인은 외모가 다르니까 서양인에게 차별당하지?"

"당연하죠. 백인의 흑인 차별도 핵심은 피부색이 문제니까요."

"동양인끼리는 겉모습은 비슷한데 왜 차별할까……?"

"하지만 삼촌도 천 씨를 용서할 생각은 없으시잖아요."

"일본인으로 속이는 일에 힘쓰지 말고, 일을 열심히 하는 데 노력했다면 좋았을 텐데."

"양 씨는……."

기치노스케는 생각에 잠긴 표정으로 말했다. "그동안 일을 성실하게 해줬고 상대가 밀어붙여서 어쩔 수 없었다……라는 양 씨의 말을 믿어. 그러니 이번에는 그냥 넘어가기로 했어. 그리고 솔직히 쇼코가 곧 아이를 낳는데 양 씨마저 없으면 이 가게는 운영이 안 돼."

"종업원 모집은……."

어떻게 할 거냐고 신이치가 물으려고 하는데 노크 소리가 나고 세이이치가 고개를 내밀었다.

"죄송해요. 손님이 몰려들고 있어요."

"아니, 벌써 시간이 이렇게……."

기치노스케와 신이치는 바로 가게로 나왔다. 퇴근하는 남자들이 집중되는 시간대인 듯 확실히 가게 안은 북적였다. 그중에는 미군 병사도 있었는데 가게 손님들은 이미 익숙한지 아무도 신경 쓰지 않았다.

그때부터 저녁 7시가 넘을 때까지는 일단 성황을 이뤄 아주 바빴다. 그 뒤로는 조금 한가해졌는데 파친코에서 논 남녀가 모두 한잔하러 가기 때문이다. 단골 가운데는 '파친코 가게에서 술집'이라는 순서를 반드시 지키는 사람도 여럿 있었다. 물론 '술집에서 파친코 가게'로 오는 사람도 있었고, 소수이기는 하나 '파친코 가게에서 술집에 갔다가 다시 파친코 가게'로 오는 강자도 있었다. 그래서 8시 넘어 9시에 문을 닫을 때까지도 여전히 바쁜 게 일상이었다.

"이제 곧 쇼코 부부가 올 테니까 그러면 세이이치는 좀 쉬어라."

기치노스케는 손님이 줄어드는 상황을 살피며 소년을 배려했다.

"네⋯⋯."

그러나 대답하는 세이이치의 상태가 어딘가 이상했다.

"왜 그러니? 왜 그리 기운이 없어. 배라도 아프니?"

세이이치는 자신을 걱정하는 기치노스케에게 무슨 말인가 하려 했다. 신이치는 그 모습을 보며 아까 왔던 불온한 손님이 원인이라고 짐작했다.

"삼촌에게 할 말이 있으면 지금 해라. 한잔하고 오는 손님이 곧 들이닥칠 테니까."

신이치는 세이이치를 재촉했다. 이렇게 등을 떠밀지 않으면 틀림없이 말하기 힘든 일이라고 생각했기 때문이다.

"내게 할 말? 그러니?"

"⋯⋯네."

대답하는 목소리는 한없이 약했으나 세이이치가 뭔가 결심한 듯한 느낌을 신이치는 강하게 받았다.

"그래? 자, 그러면 뒤를 좀 부탁하지."

기치노스케는 신이치에게 말하고 세이이치를 데리고 응접실로 사라졌다.

성가신 일이 아니었으면 좋겠는데…….

신이치는 그렇게 바랐으나 그 불온한 손님의 존재와 그 후 세이이치의 태도를 돌이켜보면 유감스럽게도 그 바람은 이루어지지 않을 듯했다. 짧기도 길기도 한 어중간한 시간이 흐른 뒤 세이이치가 고개를 축 늘어뜨리고 안에서 나왔다. 그리고 신이치에게 기치노스케가 부른다고 전했다.

소년의 일이 너무나 궁금해 본인에게 묻고 싶은 마음이 태산 같았으나 기치노스케가 부르는데 바로 안 갈 수도 없어서 일단 신이치는 서둘러 응접실로 갔다.

미닫이문을 닫으면서 물었다. "무슨 일이 있었습니까?"

"오늘 오후, 어린 손님이 왔었니?"

반대로 질문이 날아와 그 어른스러운 소년의 이야기를 자세히 전했다.

"그렇게 수상한 녀석인데 왜 쫓아버리지 않았어?" 갑자기 기치노스케에게 혼났다.

"하지만 삼촌, 저는 그때 다른 손님을 상대하고 있었고 세이이치와 손님이 옥신각신하는 소리도 들리지 않았어요. 그래서 당장 어떻게 할 수 없었다고요. 대신 그 손님 문제를 처리하자마자 그 녀석에게 갔어요. 그러자 녀석이 바로 돌아갔고 세이이치에게 물어보려고 했는데 손님들이 들이닥치는 바람에."

"그래? 사정은 잘 알았다." 기치노스케가 툭 고개를 떨궜다.

신이치에게 벌컥 화를 낸 데 사과하는 뜻이자 세이이치 일로 충격을 받았기 때문일지 모른다.

"도대체 어떤 놈입니까? 세이이치의 지인인가요?"

"……사타케라는 이름의 남자야. 예전에 아이들로 구성된 절도단의 보스였다는구나."

"네……?"

신이치는 자신의 나쁜 예감이 적중했다는 사실에 화가 났다.

"그러고 보니 전에 쇼코 씨에게 얼핏 세이이치의 과거에 대해 들은 기억이 있어요."

"나도 마찬가지야."

"하지만 그렇게 자세히는…….."

"응. 나도 몰랐다. 사이가 좋았던 두 친구와 빈집 털이를 했다는 얘기는 들었는데. 하지만 그건 괜찮아. 저 애의 과거가 어떻든 지금은 열심히 일하고 있어. 게다가 절도도 살려면 어쩔 수 없었겠지. 하지만 사타케의 수법은 어른 범죄자와 다를 게 없어."

"세이이치는 빠지고 싶었군요."

"그때 마침 부랑아 사냥이 있어서 덕분에 사타케한테서 도망쳤다는구나."

"그런데 새삼 이곳을 찾아왔다고요?"

"게다가 사타케는 우리 집을 털 계획을 세우고 세이이치에게 협조하라고 강요했어. 만약 말을 듣지 않으면 과거에 저지른 나쁜 짓을 다 까발리겠다고 위협했대."

"젠장, 비겁한 새끼!"

신이치는 사타케에게 엄청난 분노를 느꼈으나 아무래도 기치노스케는 그것만이 아닌 듯 영 떨떠름한 표정을 짓고 있었다.

"삼촌, 왜 그러세요?"

"물론 세이이치는 아무 잘못이 없어. 사타케와 어울린 것도 그때 뿐이고. 하지만 저 애는 왜 놈이 찾아왔다는 사실과 그런 무서운 계획을 제안받은 걸 바로 밝히지 않았을까……."

기치노스케의 우려를 너무나 잘 이해할 수 있었다. 하지만 거기까지 세이이치에게 요구하는 건 너무 심하지 않나……. 신이치는 그렇게 생각했다.

"삼촌 기분은 알겠어요. 하지만 아까 설명했듯 사타케가 다녀가고 갑자기 손님이 늘었잖아요."

"사실은 내가 돌아오자마자 얼마든지 얘기할 수 있었어."

"그때 삼촌은 조합 건과 히가시 히로히코를 기다리는 일로 상당히 짜증이 나 있었어요. 세이이치도 그런 상황을 알았던 만큼 더 얘기하기 힘들었을 겁니다."

"얘기를 듣고 보니 그렇구나."

기치노스케도 곧 이해한 듯했으나, 그렇다고 그의 마음이 완전히 후련해진 건 아닐 것이다.

"늦어졌습니다."

그때 신주쿠에서 돌아온 쇼코와 신지가 응접실로 들어왔다.

"고생했어. 양어머니 마음이 안 좋으시지? 괜찮으신가?"

"……네. 기사이치 형님에게 꼭 안부 인사 전하라고 하셨어요."

힘없이 대답하는 신지의 낯빛은 그리 좋지 않았다. 양아버지의 조문을 다녀왔으니 당연히 표정이 어두운 건 알겠는데 아무래도 다른 이유가 있는 듯했다. 게다가 신지만이 아니라 쇼코마저 굳게 입을 다물고 있었다.

기치노스케도 바로 알아차렸는지 걱정스럽게 물었다. "도대체 왜 그러니? 무슨 일이 있었나?"

"아버지, 양아버지의 유언과 그걸 지키고 싶어 하시는 양어머니의 마음을 어떻게든 저희도 받아들이려고 해요."

신이치는 쇼코의 의미심장한 대답을 듣는 순간 나쁜 예감에 사로잡혔다.

"그게 무슨 소리냐?"

기치노스케의 질문에 네 개의 조의 봉투 가운데 양어머니는 '기사이치 기치노스케'의 봉투만 받고 나머지 세 개는 "마음만으로 충분합니다"라고 말했다고 쇼코는 대답했다.

"아니, 뭐라고?"

물론 기치노스케도 상대의 마음을 충분히 이해했을 것이다. 그렇다고 해도 데키야의 두목이라는 체면이 있다. 쉽게 "아, 네, 그렇습니까?"라고 받아들일 수는 없었다. 한편으로 이 씨 부부의 신지에 대한 마음도 통감했다. 그 마음을 함부로 여길 수도 없다.

신이치는 테이블 위에 놓인 세 개의 봉투를 바라보며 기치노스케의 갈등이 손에 잡힐 듯 느껴져 도무지 가만히 있을 수 없었다.

"……그래?"

기치노스케는 신이치와 마찬가지로 세 개의 봉투로 시선을 던지며 조용히 중얼거리고 힘없이 고개를 떨구었다. 그리고 신지와 단둘이 이야기하고 싶다고 했다.

신이치도 쇼코도 이에 우려를 표했으나 그렇다고 기치노스케가 신지에게 호통을 칠 것 같지는 않았다. 그저 둘이 이 일을 놓고 이야기를 나누고 싶어 한다는 느낌이 신이치에게는 들었다. 쇼코도 같은 결론에 도달한 듯해 두 사람은 서로 눈짓을 건네고 응접실을 나왔다.

의외로 두 사람의 이야기는 금방 끝났다.

파친코 기계 뒤쪽에 놓인 종업원 의자에 신이치와 쇼코가 앉아서 얼마 기다리지도 않았는데 신지가 모습을 드러냈다.

"삼촌은?" 순간적으로 신이치가 물었다.

신지가 완전히 풀이 죽은 모습으로 입을 열었다. "한잔하러 간다는, 말씀만……."

"아버지, 화나셨어?"

쇼코의 질문에 신지는 여전히 고개를 떨구고 있었다.

"……슬프신 것 같아."

그런 말이 흘러나왔다.

"여러모로 일이 너무 겹쳤어."

신이치는 하늘을 올려다보고 나서 조합에서 논쟁이 있었던 일, 양씨 소개로 온 히가시 히로히코의 일, 사타케가 세이이치를 찾아온 문제를 대충 정리해 두 사람에게 설명했다.

"안 좋을 때는 나쁜 일이 연달아 생긴다는데 거기에 조의 봉투 세

개까지 돌아온 거야. 그러니까 삼촌은⋯⋯."

신이치는 말을 이으려다가 자신의 실언을 깨달았다.

"아니, 조의 봉투는 나쁜 일에 포함되지 않지. 미안하네."

그러자 쇼코가 고개를 저으며 말했다. "아버지로서는 이 씨 부부의 마음을 충분히 알면서도 그래도 거절당했다는⋯⋯ 기분을 떨칠 수 없을 거예요."

"횟술이나 마시지 않으면 좋으련만."

불행하게도 신이치의 이 걱정은 적중하고 말았다. 게다가 누구도 전혀 예상하지 못한 대참사가 되어⋯⋯.

⋯⋯여기까지의 이야기를, 하야타는 나중에 알게 된다.

그 전에 하야타는 붉은 미로의 북쪽과 남쪽을 정신없이 헤매고 방황하며, 기치노스케가 그리고 신이치가 수정한 지도의 문제점을 수없이 발견했다. 그런데도 여전히 붉은 미로는 오리무중이었다. 덕분에 동쪽 끝 고스트타운에 도착했을 때는 완전히 해가 진 뒤라 주변은 캄캄해진 상태였다.

그는 고스트타운에서도 당연히 헤맸다. 손전등을 준비해와 불빛에 곤란함은 없었으나 그게 문제가 아니었다. 붉은 미로의 다른 구획과는 확연히 다른 공기가 그곳에 흐르고 있었기 때문이었다. 그다지 넓지도 않을 텐데⋯⋯.

하야타는 반쯤 폐허가 된 골목에서 골목으로, 유령처럼 돌아다니는 신세였다. 어떻게든 전체적인 그림을 머릿속에 그리려 했으나 왠지 모순이 생기고 만다. 골목과 골목이 잘 이어지지 않았다. 마치 그가 걸을 때마다 골목이 스스로 구조를 바꿔 붉은 미로 고스트타운 자체의 정체를 숨기려는 것처럼.

그래서 하야타가 기사이치유기장으로 돌아왔을 때는 이미 파친 코 가게는 문이 닫혀 있었다. 그는 응접실과 면한 골목을 걷다가 그 제야 자기가 목적지에 왔음을 깨달았다.

어라, 이 창은…….

가리에의 커피가 배달된 작은 창문 아닌가. 그 왼쪽 옆에는 닫힌 문이 보였다. 혹시나 해서 열어봤는데 꿈쩍도 하지 않았다. 그래서 현관이 있는 앞쪽으로 돌아가려는데 문 건너편 골목 어둠에 숨어 있 는 사람의 그림자가 보였다. 언뜻 보기에 한 사람은 세이이치처럼 보였다. 그러나 소년이 고개를 돌리고 있는 바람에 정확히 보이지 않아 그냥 가게 앞쪽으로 갔다.

그러자 현관에 양 씨가 있었다.

"안녕하세요. 벌써 문을 닫았나요?"

하야타가 싹싹하게 말을 걸었으나 방금 본 세이이치와 마찬가지 로 다들 분위기가 이상했다.

"……아아, 오늘 밤은. 오늘은 끝, 끝냈어요."

대답은 하는데 어딘가 어색하다. 그런 양 씨 옆에 한 남자가 있는 데 왠지 하야타한테서 고개를 돌리고 있는 느낌이다.

그는 눈치껏 그들을 그냥 지나쳐 점포 동쪽 골목으로 돌았다. 앞 현관이 잠겨 있으므로 이제는 주거 공간 쪽 문밖에 없다. 그 앞에 신 지와 아케요가 있어서 하야타는 조금 놀랐다. 조금 의외의 조합이었기 때문이다.

"어머! 하야타 씨!"

그녀가 마치 영어 이름으로 자신을 부른 느낌이 든 것은, 그녀가 미군 병사를 상대로 하는 밤의 여자라 영어 단어를 자주 썼기 때문일 것이다.

"어디 갔다 왔어?"

"여기 붉은 미로를 다 돌아다녔는데 거의 한나절이 걸렸네요."

"오호호. 호기심도 유난…… 아니, 수고했어." 아케요는 서둘러 실언을 수습했다. "그래서, 뭔가 알아냈어?"

"아뇨, 그저 헤매기만 했어요."

한바탕 크게 웃는 그녀를 보며 하야타는 쓴웃음을 건넸다.

"아케요 씨는 무슨 일이에요? 해가 저물면 붉은 미로에 절대 안 들어오실 줄 알았는데."

"그럴 생각이었는데……." 그녀가 옆 거리에를 가리켰다. "이 카페의 커피가 너무 좋아. 하루에 한 잔은 꼭 마셔야 하는데 오늘 시간이 없었어. 그러다 보니 벌써 이런 시간이 되어버렸네? 형님의 파친코 가게를 지나 동쪽으로만 안 가면 되니까 오고 말았지. 그리고 돌아가려는데 신지 씨가 집에서 쫓겨난 아이 같은 얼굴로 여기 우두커니 서 있어서 무슨 일이냐고 묻던 참에 하야타 씨가 온 거야."

"무슨 일 있어요?"

하야타도 확실히 의기소침해 있는 신지에게 질문을 던진 때였다.

으아아아아아아아악!

엄청난 절규가 아주 가까운 곳에서 울렸다.

"어, 뭐지?"

"지금 이건……."

파친코 가게 안에서 들려온 듯했다.

"두 분은 여기 계세요."

하야타는 바로 두 사람에게 주의를 주고 눈앞의 문을 통과해 주거 공간으로 들어가 왼쪽에 보이는 미닫이문을 열고 가게 안으로 들어갔다. 그런 그의 두 눈에 종업원용 휴게실 책상 위에 이쪽으로 고개를 돌린 채 누워 있는 쇼코의 모습이 보였다. 선혈이 낭자한 하반신을 보건대 그녀의 숨이 이미 끊긴 것만은 한눈에 알 수 있었다. 게다가 책상 건너편에는 기치노스케가 양손과 상반신에 그녀의 선혈을 뒤집어쓴 채 넋을 놓고 바닥에 주저앉아 있었다.

그의 양손에는 그녀의 배에서 끄집어낸 것으로 보이는 태아가 덜렁 놓여 있었다.

12장

참극

"……기사이치 씨."

모토로이 하야타는 조용히 말을 걸었다.

"꺄아아아악!"

그와 동시에 그의 뒤에서 무지막지한 절규가 울렸다.

황급히 돌아보니 아케요가 두 눈을 부릅뜨고 온몸을 벌벌 떨고 있었다. 하야타의 말을 듣지 않고 따라 들어온 모양이다.

"아케요 씨, 역 앞 파출소까지 빨리 가주시겠어요?"

"……쇼, 쇼, 쇼코…… 씨야?"

"네, 피해자는 쇼코 씨입니다. 그러니까 역 앞 파출소까지 가서 이자키 순사에게 알리세요."

"……재, 잭이야. 잭더리퍼가, 나, 나, 나타났어."

"그건 아직 모릅니다. 일단 역 앞의……."

"······아, 아, 알았어."

아케요가 드디어 그 자리를 떠나 바깥 골목으로 달려 나갔다.

"무슨 일이에요?"

그녀와 교대하듯 주거 공간에서 양쭤민의 목소리가 들려왔다. 아무래도 옆에는 기사이치 신지와 야나기다 세이이치도 있는 듯했다.

"셋 다 거기 가만히 계세요!"

하야타는 자기 몸으로 문을 막고 신지와 세이이치가 조금이라도 휴게실을 보지 못하도록 배려하면서 어떻게 이 소식을 전할지 고민했다.

"그런 데서 뭐해?"

다행히 신이치가 나타나서 급히 손짓해 현장을 보여줬다.

"······으윽."

천하의 신이치도 너무 놀라 한동안 입을 열지 못했다.

"삼촌."

하야타와 마찬가지로 아주 조용히 기치노스케에 말을 걸었다. 하지만 상대는 여전히 넋을 놓은 채 미동도 하지 않았다.

"어이, 설마 삼촌도······."

신이치가 죽은 게 아닌지 의심할 만큼 전혀 반응이 없었다.

"그렇지는, 않아······."

하야타가 말하는 동안 기치노스케의 몸이 서서히 무너져 내렸다. 그 모습이 절명하는 듯 보여 두 사람 다 초조하기 이를 데 없었다.

"삼촌만이라도 옮길까?"

"현장을 함부로 건드려서는 안 될 것 같아."

"어이, 이봐. 현장이라니⋯⋯."

그때 비로소 신이치는 이 일의 중대함을 깨달은 듯했다.

"너⋯⋯ 삼촌이, 쇼, 쇼코를⋯⋯."

"아니야. 그렇다고 단정할 수는 없어."

"다, 당연해!"

"하지만 말이야, 이 현장을 보면 낙관하기는 어려워."

"친딸이라고. 게다가 이렇게⋯⋯."

신이치는 분노를 드러냈으나 하야타는 오히려 냉정했다.

"잘 생각해봐. 여기서 기사이치 씨와 가까운 네가 멋대로 그를 움직여 현장을 훼손하면 경찰이 어떻게 생각할지. 기사이치 씨에게도 좋을 게 없을 거야."

신이치는 험악한 얼굴로 말없이 하야타를 노려봤으나 곧 표정을 풀었다. "⋯⋯네 말이 맞아. 미안하다."

그러곤 고개를 툭 떨궜다.

"사과할 필요는 없어. 네 반응은 너무나 타당했으니까. 내가 객관적일 수 있는 이유는 기사이치 씨도, 쇼코 씨도 만난 지 얼마 안 되었기 때문이지."

"탐정이니까⋯⋯라는 이유도 있겠지."

"말도 안 되는 소리 좀 하지 마."

하야타는 신이치가 가벼운 말을 건네 그나마 안심했다.

"⋯⋯내가 알리고 올게."

신이치가 주거 공간을 바라보며 말했기 때문에 양 씨와 신지, 세이이치에 대한 설명은 그에게 맡기기로 했다.

잠시 후 미닫이문 너머에서 신지의 것으로 들리는 통곡이 들려왔다. 하야타의 가슴이 미어터질 만큼 너무나도 격렬하고 비참한 통곡이었다.

그가 아내를 보겠다고 이쪽으로 오면…….

어떻게 해야 좋을지 몰라 난처했는데 다행히 그 걱정은 기우로 끝났다. 신이치가 말렸는지, 아니면 그로부터 시신의 상태를 듣고 확인할 마음이 생기지 않았는지.

예상보다 빨리 파출소의 이자키가 일찌감치 형사들을 데리고 나타나서 하야타는 깜짝 놀랐다. 당연히 그 혼자 먼저 오리라고 생각했는데 다시 생각하니 순사의 안내가 없으면 형사들은 붉은 미로 안에서 길을 잃을지 모른다. 이자키의 기지가 큰 힘을 발휘했다.

하야타는 형사들이 시키는 대로 발견 경위를 전하고 책상 위의 쇼코와 바닥에 쓰러진 기치노스케의 신원을 밝혔다. 이어서 자신과 주거 공간에 있는 네 명에 대해서도 간단히 설명했다.

그때 MP가 나타났다.

피해자는 일본인인데……. 하야타가 의아해했는데 파출소로 달려간 아케요가 "잭더리퍼가 나타났다!"라고 얘기한 탓이 아닐까. 만약 미군 병사 잭의 범행이라면 이 사건은 흐지부지될지 모른다. 일본인 피해자와 미국인 범인이라는 관계는 GHQ가 가장 경계하고 싫어하는 사건이기 때문이다.

사나다라는 이름의 경부는 일단 기치노스케의 의식을 되돌리려 했다. 그러나 반응이 전혀 없는 걸 보고 그를 호쇼지역 북쪽에 있는 고마이병원으로 이송했다.

이후 현장 검증을 하는 한편 하야타를 비롯해 한 사람씩 사정 청취를 시작했다. 응접실에서 이뤄진 조사에는 물론 MP도 동석했다. 모든 절차가 끝나고 경찰이 철수했을 때는 이미 날짜가 바뀌어 있었다. 현장 경비를 맡은 경관을 제외하면 하야타와 신이치가 마지막으로 기사이치유기장을 나왔다.

"나는 일단 아침에 병원에 가서 삼촌 상태를 보고 올게."

"회복되어 있기를 바라겠지만……."

하야타의 말투에서 느낀 게 있는지 신이치는 날카로운 눈빛을 던졌다.

"하고 싶은 말이 있는 듯한 말투인데, 왜 그래?"

"벽이 들어."

하야타가 그렇게 말하고 가리에 쪽으로 걸음을 옮기니 신이치도 얌전히 따라왔다.

'벽이 듣는다'라는 그의 표현이 '벽에 귀가 있고 장지문에 눈이 있다'라는 말임을 바로 알아차렸기 때문이다. 붉은 미로의 가게 주인과 종업원 가운데는 하야타와 마찬가지로 좁은 가게의 2층에서 먹고 자는 사람도 있다. 방심하고 골목에서 이야기를 나누면 그들에게 들릴 염려가 있다.

가리에의 2층으로 올라갔다.

"설마 너, 삼촌을 의심하는 건 아니겠지?" 신이치가 험악하게 물었다. 다만 그의 표정에는 걱정하는 감정도 다소 포함되어 있었다.

"그건 아니야." 하야타는 친구의 걱정을 간파하고 일단 친구를 안심시키려 딱 잘라 부정했다. "피해자는 친딸이야. 게다가 그녀는 기사이치 씨의 첫 손주를 임신하고 있었어. 어떻게 범인일 수 있겠어."

"당연해. 하지만……." 신이치는 상당히 불안한 표정을 지었다. "네게 발견된 상황이 너무 안 좋으니까."

"……본 대로 경찰에 얘기했어."

"그래……? 그러면 어쩔 수 없지."

"하지만 기사이치 씨가 그 처참한 현장을 보자마자 착란을 일으킨 결과 피해자의 복부에서 태아를 꺼냈다……라고도 볼 수 있어."

"삼촌이……?"

"물론 진범이 그랬을 수도 있어. 그렇다면 그 엽기적인 행동의 동기가 문제가 되겠지만……."

"만약 삼촌이 그랬다면 저도 모르게 아이를 구하려고…… 했다는 말이야?"

"가령 태아를 꺼낸 게 진범이라고 해도 기사이치 씨가 양손으로 안은 건 할아버지로서 부자연스러운 행위는 아니다……라는, 이런 이유를 얼마든지 댈 수 있지."

"그, 그렇지." 신이치의 낯빛이 조금 밝아졌다가 바로 원래대로 돌아왔다. "그런데 너, 왜 그렇게 걱정해?"

"제대로 확인해봐야 알겠지만, 응접실에서 다른 사람들이 사정 청취할 때 열심히 들은 바로는."

신이치는 말없이 고개를 끄덕였다.

"어쩌면 범행이 일어났을 때 가게 안에는 기사이치 씨와 쇼코 씨 두 사람만 있었던…… 것 같아서."

"뭐……?"

"주거 공간 쪽 문 앞에는 신지 씨와 아케요 씨가, 파친코 가게의 앞쪽 현관에는 양 씨와 다른 사람 하나가, 응접실의 닫힌 문 근처에는 세이이치와 또 다른 사람이, 각각 서서 이야기하고 있었어. 그리고 다들 아무도 출입하지 않았다고 증언했어."

"……."

"파친코 가게의 동서쪽 벽에는 창이 세 개씩 있지만……."

"폐점한 뒤라면 문은 다 닫았을 거야. 가령 잠그는 걸 잊었다고 해도 그 하나에서 범인이 나왔다면 신지와 아케요, 세이이치가 무조건 목격했을 테고."

"그런데 그런 증언은 나오지 않은 것 같아."

"주거 공간 북쪽 벽에는 창이 두 개가 있어. 하지만 역시 폐점과 동시에 그쪽 창도 다 잠가. 게다가 북쪽 가게와의 공간이 너무 좁아 그 골목에 들어가기는 상당히 어려워."

"응접실의 작은 창은?"

"너도 커피 배달 때 봤잖아. 그곳을 통과할 수는 없어."

"그러니까, 기사이치유기장은 범행 당시에 밀실 상태였다는 소리야."

"그 밀실 안에서 쇼코가 살해되고……."

"그녀 옆에는 양손을 피로 물들인 기사이치 씨만 있었고……."

신이치가 격렬하게 머리카락을 헝클어뜨리며 말했다. "아무리 동기가 없더라도 경찰은 삼촌을 범인이라고 생각……하겠구나."

"게다가 기사이치 씨는 상당히 폭음한 상태였다고 해."

"……큰일이네."

"기사이치 씨에게 주정 부리는 버릇이 있다는 사실을 경찰이 아는 건 시간문제야."

신이치는 잠시 생각에 잠긴 후 입을 열었다. "아침이 되면 일단 고마이병원에 가서 삼촌 상태를 살펴보고 경찰을 비롯해 관계 기관을 돌며 정보를 모아볼게."

"그쪽에 연줄이 있어?"

하야타가 물으니 신이치는 어이가 없다는 듯 대답했다.

"너한테도 말했잖아. 우리 동기 대다수는 정부나 대기업에 나름 괜찮은 지위에 있다고. 아직 젊어서 대단한 자리에 오른 사람은 적어. 하지만 다 그런 위치의 오른팔로 일하고 있다고. 여전히 아무것도 안 하고 빈둥대는 사람은 너랑 나뿐이야."

"같이 갈까?"

"응. 처음에는 나도 그렇게 생각했어. 다들 너를 보고 싶어 할 테니까. 우리 둘이 휘말린 사건이라면 무슨 정보든 알려주려 할 거고 편의도 봐주지 않을까 싶어서." 그러곤 신이치는 싱긋 웃었다. "오히려 너만 가는 게 효과가 더 클지 모르지."

"나는 어디로 가서 누굴 만나야 하는지 하나도 몰라."

"그건 내가 알려줄 수 있어. 하지만 아무것도 모르는 네게 맡기기보다 역시 내가 적임자이겠지. 게다가 너는 그동안 탐정으로서 사건을 조사해줬으면 해."

"양 씨를 비롯한 관계자의 이야기를 듣고 사건까지의 상황을 파악해두라고?"

"역시 머리가 잘 돌아간다니까."

"하지만 말이야, 그것 때문에 현장의 밀실 상태가 더 증명될지도 몰라."

그러자 신이치의 얼굴이 진지해졌다. "그렇다면 명탐정 모토로이 하야타가 밀실의 비밀을 풀면 되잖아?"

"쉽게 말하지 마."

솔직히 하야타에게 그 역할은 너무 부담되는 일이었다. 그러나 붉은 옷 건을 의뢰받은 이상, 그 의뢰인인 기사이치 기치노스케가 휘말린 사건에 나서는 일은 지극히 당연했다. 게다가 상대는 신이치가 '삼촌'이라 부르며 따르는 사람이다. 친구를 위해서라도 최선을 다하고 싶었다.

아침 식사를 끝내자마자 신이치는 길을 나섰다.

기사이치유기장의 종업원 휴게실에서는 아침부터 경찰이 현장 검증을 재개했다. 그와 함께 관계자의 사정 청취도 다시 응접실에서 이루어졌다. 하야타, 신지, 양 씨, 세이이치, 아케요의 순서였다. 물론 이야기할 내용은 어젯밤과 같았다. 만약 조금이라도 달라지면 전원은 사나다 경부의 지적에 가까운 질문 공세를 받았다. 참고로 신이치의 외출은 경부의 분노를 사는 바람에 하야타가 대신 사과해야 했다.

양 씨나 세이이치와 함께 있었던 사람은 그 자리에 없었고 아케요는 아침에 약한 탓인지 기운이 없어 보였다. 아니, 그건 다른 넷다 마찬가지였다.

쇼코가 처참하게 살해되어 죽고 그 범인이 기치노스케일지 모른다······라는 의구심에 시달리고 있을 테니 무리도 아니다. 입 밖으로 꺼내지는 않지만, 모두가 그렇게 생각하는 게 분명했다.

하야타는 어젯밤 신이치와 상의해 오늘 오전 중에만 가리에를 통째로 빌리기로 했다. 가게 주인에게는 구마가이 조고로가 그동안의 임대료를 내는 걸로 상황을 정리했다.

하야타는 경찰의 두 번째 사정 청취가 끝나는 순서대로 어제 일어난 일을 전원에게 들었는데 정리하면 다음과 같다.

오전 중. 기사이치 신지와 쇼코가 신주쿠의 이 씨를 방문. 모토로이 하야타는 붉은 미로를 탐색.

오전 10시. 기사이치유기장 개점.

오후 2시경. 기사이치 기치노스케가 조합 임시 회의에 참석.

오후 2시 반경. 사타케가 손님으로 기사이치유기장을 방문.

오후 3시 반경. 사타케가 기사이치유기장을 나감. 그동안 그는 야나기다 세이이치와 비밀 이야기를 함.

오후 4시경. 기치노스케가 조합 임시 회의에서 돌아옴.

오후 5시경. 양쮀민의 소개로 히가시 히로히코(천옌홍)가 기치노스케의 면접을 받으러 옴.

오후 7시 넘어. 세이이치가 사타케의 일을 기치노스케에게 털어놓음.

오후 8시 넘어. 신지와 쇼코가 기사이치유기장에 돌아옴.

오후 8시 반 전. 기치노스케가 술을 마시러 나감.

오후 8시 반경. 아케요가 가리에에 옴.

오후 9시 전. 사타케와 천옌홍이 기사이치유기장에 다시 나타나, 각각 세이이치와 양 씨를 불러냄.

오후 9시. 기사이치유기장 폐점. 신이치가 하야타를 찾기 위해 나섬.

오후 9시 넘어. 양 씨가 천 씨와 기사이치유기장 현관 옆에서, 세이이치가 사타케와 응접실 건너편 골목에서 각각 몰래 만남. 한편 양 씨와 세이이치는 가게를 나오기 전에 종업원 휴게실에서 장부를 쓰기 시작한 쇼코에게 인사.

오후 9시 15분경. 기치노스케가 잔뜩 취한 상태로 기사이치유기장으로 돌아옴. 신지가 주거 공간에서 골목으로 나오고 아케요가 가리에에서 나옴.

오후 9시 반경. 하야타가 기사이치유기장으로 돌아와 종업원 휴게실에서 살해된 쇼코와 망연자실한 상태의 기치노스케를 발견.

오후 9시 반 넘어. 신이치가 기사이치유기장으로 돌아옴.

이처럼 사건 개요를 정리하며 하야타는 기치노스케의 울분이 얼마나 많이 쌓였을지 손에 잡힐 듯 그려져 더 걱정이 되었다.

일단 조합 회의에서 다툼이 있었고 이어서 양 씨가 소개한 천 씨에게 속을 뻔했으며 세이이치가 예전에 어울린 질 나쁜 동료가 기사이치유기장을 털 계획을 세웠음을 알았고 게다가 이 씨 부부를 위해 준비한 네 개의 조의 봉투 중 세 개가 돌아오고 말았다……. 그야말로 잇따라 문제가 발생했고 그때마다 기치노스케의 분노는 커졌을 것이다. 아니, 마지막 조의 봉투 건은 화낼 기력조차 없었을 것이다.

기치노스케는 술을 마시러 나갔고 돌아왔을 때는 거의 만취 상태였다고 신지가 증언했다.

나가서 돌아올 때까지 약 40분밖에 걸리지 않았다. 어느 가게에 갔는지 아직 밝혀지지 않았는데 왕복 5분에서 10분이라고 해도 그곳에서 마신 시간은 35분에서 40분 남짓에 불과하다. 그렇게 짧은 시간에 그토록 취할 수 있나.

가스토리와 바쿠탄이라면 가능하다.

하야타는 그렇게 생각했다. 기치노스케라면 고급 위스키에서 맥주까지 어떤 종류의 술이든 마음껏 마실 수 있었을 것이다. 대다수는 돈이 없어 싸고 금방 취하는 가스토리와 바쿠탄을 선택할 수밖에 없지만 말이다. 혹시 이날 기치노스케는 일부러 이 둘을 마신 게 아닐까.

가스토리는 첫 잔을 들이켤 때 코를 움켜쥐지 않으면 넘기지 못할 정도로 고약한 냄새가 난다. 악취라고 할 수 있을 정도지만 참고

넘기는 순간 입 안에서 목구멍, 목에서 위장으로 강렬한 자극을 느낄 수 있다. 특히 위가 불타는 듯해 정신이 없어진다. 일반적인 사람은 두 잔만 마셔도 취하고 석 잔째에 뻗는다.

바쿠탄도 마찬가지다. 문자 그대로 위에서 폭탄이 터지는 듯한 느낌이 든다. 그 폭풍과 불길이 목구멍을 타고 올라와 입으로 뿜어져 나오는 게 아닌가 할 정도로 위력이 대단하다. 절대 다른 이름을 붙일 수 없는 술이다.

혹시 기치노스케는 이 두 종류의 술을 들이부은 게 아닐까. 그래서 술꾼이었던 그가 그토록 짧은 시간에 술기운이 심하게 돌고 만 것이다.

하야타는 여기까지 추리하다가 생각했다. 어쨌든 기사이치 씨는 회복할 텐데 혹시 그에게 어젯밤 기억이 돌아오지 않는다면 상황은 더 까다로워질 것이다.

경찰은 정오가 지나서 기사이치유기장에서 물러났다. 다만 참극의 현장은 손대지 말고 현상을 그대로 유지하라고 명령했다. 하야타와 가게 사람은 경찰 허가를 받아 종업원 휴게실에 향을 올렸다. 그게 지금 쇼코에게 할 수 있는 최선의 일이었다.

기사이치유기장은 출입 금지가 되어 당분간은 영업할 수 없게 되었으므로 신지는 세이이치를 데리고 기사이치의 자택으로 돌아갔고 양 씨도 빈민가의 집으로 돌아갔다.

신지는 기사이치가 입원한 고마이병원에 가야 할지 망설이는 듯했다. 아내가 처참하게 살해되고 그 현장에 장인이 있었으니 그로서는 너무나 혼란스러운 게 당연한데 신지는 결국 세이이치를 돌봐야 한다는 구실로 집에 틀어박히는 걸 선택한 듯했다. 물론 신지도 세이이치도 양 씨도 기사이치 기치노스케가 경찰에 체포될지를 크게 걱정하고 있는 것만은 틀림없다.

하야타는 세 사람의 질문 공세에, 어느 정도 회복될 때까지 입원 조치가 계속되겠으나 사정 청취가 가능해지면 본인으로부터 이야기를 들을 테고 이후의 일은 그때 다 결정될 거라고 신중하게 대답했다.

"하지만 기사이치 씨의 혐의가 짙다는 것만은 틀림없을 겁니다."

이렇게 덧붙여 암암리에 나름의 각오가 필요함을 전했다.

하야타는 신이치가 정보 수집을 끝내고 돌아올 때까지 기사이치 유기장 주위를 살펴봤다. 특히 앞쪽 현관의 미닫이문, 주거 공간의 문, 닫혀서 안 열리는 응접실 문까지 세 군데를 중점적으로 조사하고 이어서 가게 안에 설치된 환기용 창문과 주거 공간과 응접실 창도 점검했다.

주거 공간에 있는 두 개의 창문 때문에 꽤나 고생을 했는데, 신이치의 말처럼 북쪽에 인접한 가게와의 사이가 너무 좁았다. 평소 거의 사용하지 않는 듯 쓰레기도 마구 쌓여 있었다. 이 골목으로 범인이 드나들었다면 반드시 흔적이 남았을 것이다.

주거 공간을 통과하면 신발 종류를 취급하는 가게 '도도로키야' 측면이 나온다. 기사이치유기장의 응접실 북쪽이 이 가게만큼 움푹 들어가 있다. 골목이 좁고 더러운 정도는 마찬가지여서 도도로키야도 이곳을 사용하지 않고 있음을 알 수 있었다.

하야타는 일단 조사를 끝내고 가리에 2층에서 사건 직전 각자의 세세한 행동을 다시 점검했다. 그 작업이 끝날 때쯤 마침 상당히 피곤한 표정으로 신이치가 돌아왔다.

"힘들었지? 수고했어."

하야타가 위로의 말을 건네니 신이치는 "아, 뭐"라며 가볍게 응하고 오늘 여기저기서 만난 건국대학 동기들 이야기를 시작했다.

"그래? 녀석들은 잘 지내고 있군."

하야타는 정말 기뻤다. 동기생 가운데 전사한 사람이나 여전히 생사를 모르는 사람도 있다. 그러나 지금, 신이치가 이름을 댄 친구들은 확실히 새로운 인생을 살고 있었다. 우수한 놈들이니 틀림없이 다 성공할 것이다. 두 사람은 한바탕 동기생들 이야기로 한껏 흥분했다.

"자, 이제부터는 사건 이야기야."

신이치가 하던 이야기를 마치려는 듯 그렇게 말하고 하야타를 계단 아래로 데려갔다.

"이 가게는 오전 중에만 사용하는 거 아니었어?"

"그러기로 했는데 오후에만 가게를 열고 오전에만 우리에게 빌려주는 게 영 성가시다고 주인이 말해서……. 그래서 마침 좋은 기회니까 완전히 가게를 쉬고 지바 쪽 본가에 돌아가겠다고 했어. 아버지도 그만큼의 임대료를 내겠다고 했고. 그러니까 당분간 우리 마음대로 쓰면 돼. 커피와 술도 마셔도 되고."

"온종일 돌아다녔으니 너는 술 생각이 날 수도 있겠지만⋯⋯."

하야타가 말을 다 끝내기 전에 신이치는 카운터 안으로 들어갔다.

"확실히 한잔하고 싶지만, 지금은 머리를 맑게 유지해야 해. 커피로 하자."

그러곤 바로 물을 끓이기 시작했다.

"커피를 끓이는 동안 내가 정리한 사건 전후의 관계자 움직임을 설명할 테니까 보충할 게 있으면 말해."

신이치는 알았다고 고개를 끄덕였으나 하야타가 말하는 동안 내내 입을 다물고 귀를 기울였다.

"자, 다 됐어."

하야타가 이야기를 딱 끝냈을 때 커피가 나왔다.

"어때? 여기 가게 주인과 비교해도 꽤 괜찮지?"

신이치는 카운터 안에서 나오지 않고 그대로 자리에 앉아 커피를 마시기 시작해서 하야타도 입을 댔다.

"응. 맛있네."

"그렇지? 나도 카페를 해볼까?" 신이치는 어디까지 진심인지 모를 말투로 커피를 마시면서 말했다. "정리를 참 잘했네. 내가 덧붙일 건 특별히 없어."

"하나 걸리는 건, 양 씨를 찾아왔던 천 씨, 세이이치를 찾아왔던 사타케가 다시 파친코 가게에 나타났을 때 네가 왜 둘 다 몰랐느냐는 거야."

"볼 낯이 없다." 신이치는 힘없이 고개를 떨구며 말했다. "양 씨

말로는 천 씨는 현관에서 고개만 내밀고 신호를 보냈대. 세이이치는 가게 안에 다시 들어온 사타케를 먼저 발견하고 쫓아 보내려고 어쩔 수 없이 나중에 만나기로 약속했고. 천 씨는 그렇다 쳐도 사타케를 놓친 건 내 책임이야."

"너도 일하고 있었잖아."

"응. 파친코 기계 뒤에서. 하지만 내내 감시 구멍으로 가게를 보고 있을 수는 없으니까. 그래도 내 잘못이야. 삼촌이라면 틀림없이 사타케를 경계했을 거야."

"또 오지 않을까 하고?"

"그런 놈들은 좀처럼 포기하지 않거든. 게다가 세이이치는 번듯해 보이는 파친코 가게에서 일하고 있잖아. 사타케 같은 놈이 과거 잘 써먹던 수법을 쉽게 버리지는 않겠지."

"그래도 덕분에, 이런 표현이 적당할지는 모르겠지만, 범행 당시 점포는 완전히 밀실 상태임을 알게 되었지만⋯⋯."

"⋯⋯응."

"기사이치 씨의 상태는?"

사실은 신이치가 돌아오자마자 제일 먼저 물었어야 할 이야기였다. 하지만 신이치가 주저하는 듯해 하야타도 묻기를 망설이고 있었다. 그래서 둘 다 동기생 얘기에 열중하며 핵심적인 이야기를 뒤로 미루고 있던 것이다.

"병원에서 의식이 돌아왔어. 하지만⋯⋯."

"기억이 없어?"

"……거의 말을 못 해."

하야타는 신이치의 말투가 마음에 걸렸다.

"한마디도?"

"……느닷없이 뭔가를 한바탕 중얼거리는데 도통 무슨 소린지 모르겠어."

"무슨 말을?"

"그게 말이야. '……가부'나 '……호라'나, 아니면 '……기리'라고."

"주식회사의 '주'주식을 가부라고 발음함일까?"

"데키야 가운데 주식회사를 하는 사람은 없어."

"그렇지. '호라'에서는 허풍이나 동굴이, '기리'에서는 날씨안개를 가리키는 기리나 목공 도구자재를 잘라내는 기리가 떠오르는데."

"전혀 관계없는 소리 같잖아."

"경찰은?"

"처음에는 사건의 단서라고 생각한 모양인데 아무리 조사해도 뭔지 모르니까 지금은 실없는 소리라고 생각한대."

"기사이치 씨는 만나봤어……?"

"아니, 만나지 못했어. 가족이 아니라며."

그 말은 병원에 달려가지 않은 신지를 암암리에 비난하는 듯 들렸다.

"의사는 뭐라고 얘기해?"

"응. 의사는 두 가지 사실을 단언했어. 첫째는 삼촌이 완전히 만취했다는 사실. 둘째는 엄청난 정신적 충격을 받은 게 틀림없다는 사실. 그리고 후자의 이유는 처참하게 살해된 딸의 시신을 직접 본 탓이라고 의사는 진단했어."

"하지만 경찰 생각은 달라?"

"주정을 부리다 딸을 죽여버린 다음 술이 깨고 나서 자기가 믿을 수 없는 짓을 저질렀음을 깨닫고 머리가 돌아버렸다는 소견이지."

"하지만 아무리 주정이 있다고 해도 동기도 없이……."

하야타의 지적에 신이치는 심각한 표정을 지으며 말했다. "경찰의 그 소견을 뒷받침하는 게 바로 네가 지적한 부분이야. 범행 당시 가게는 밀실 상태였다는 사실이지."

"다른 사람은 범행을 저지를 수 없었다?"

"그래서 삼촌이 범인이 된 거지."

"논리는 통하겠지만, 아무리 그래도 피해자와 용의자의 관계를 너무 무시한 거 아닌가."

"그러니까……." 신이치는 물끄러미 하야타를 바라보며 말했다. "이 밀실의 비밀을, 네가 풀어줬으면 좋겠어."

13장

싸구려 판잣집의 밀실

"응. 알았어."

하야타는 대답하고는 바로 질문을 던졌다.

"기사이치 씨가 그 짧은 시간에, 어떤 가게에서 어떤 술을 얼마나 마셨는지를 경찰은 알아냈어?"

"아니, 아직 모르는 것 같아. 하지만 말이야, 삼촌은 가스토리와 바쿠탄을 마셨을 거야."

신이치의 생각도 하야타와 같은 듯했다.

"고민이 많을 때는 제대로 된 술은 부족한 느낌이 들게 마련이야. 네 환영회 때 삼촌이 취하기는 했어도 평온했던 것도 그 때문이야."

"충분히 취한 듯 보였는데……."

"그렇게 보였다는 게 딱 알맞게 취했다는 증거야."

"주정을 부리기 시작하면 더는 손쓸 수 없게 되니까?"

신이치는 미간을 찌푸리며 말했다. "그러니까 삼촌은 가스토리와 바쿠탄을 마셨을 게 분명해. 하지만 그렇다면 가게를 특정하기는 상당히 어려울 거야."

"경찰 조사에 '네, 우리 가게였어요'라고 말할 수 없단 소리야?"

"밀주니까." 신이치는 복잡한 표정을 유지한 채 말했다. "그렇다고 아버지 연줄로 뒤져봐도 결과를 기대하기는 힘들어."

"안 될까?"

"술에 취한 남자가 임신 중인 딸을 참살했다……. 이미 붉은 미로 안에 소문이 퍼졌을 거야. 그런 상황에서 '그 남자가 마신 술이 우리 거예요'라고 말하고 나설 사람이 있을까?"

"없겠지." 하야타도 충분히 이해했다. "기사이치 씨의 폭음은 거의 사실로 인정되고 있어. 경찰로서는 증거를 확보하고 싶겠지만, 그렇다고 꼭 필요한 건 아니라는 말이지?"

"아마도." 신이치는 맞장구를 치고 사건 검토로 화제를 돌렸다. "흉기는 식칼이야. 어제 신주쿠에서 돌아오는 길에 쇼코가 새 냄비와 함께 사 온 거야."

"거참 안타까운 일이군." 하야타는 자연스럽게 나온 말을 내뱉고 다시 확인하듯 물었다. "사 온 물품을 현장인 종업원 휴게실에 놓아뒀다는 거야?"

"아무래도 그런 것 같아."

데키야가 암시장에서 하는 역할은 여러 종류지만, 군수공장을 운영한 경영자에게 가지고 있는 재료로 냄비나 솥을 만들게 해서 새로운 장삿거리를 제안한 사람도 그들이었다. 그래서 철모 대부분이 주전자가 되었다. 또 군용 칼 생산자에게는 식칼이나 나이프, 손도끼를 만들라고 권했다. 마찬가지로 비행기 재료인 두랄루민이 프라이팬이나 도시락통, 젓가락이 되었고, 또 알루미늄 찻잔과 쟁반이 탄생했다.

그런 상품이 초기 암시장에서 팔렸다. 물론 재고가 없어질 때까지라는 조건이 붙은 어디까지나 대용품이었다. 곧 정식 제품이 나오기 시작했는데 쇼코는 아마도 그걸 사 왔을 것이다.

"그렇다면 살인은 계획한 게 아니라 우발적으로 일어났다는 게 되나?"

"그러면 삼촌이 더 불리해질 것 같은데⋯⋯." 신이치가 묘하게 말을 흐려서 하야타가 계속하라고 재촉했다. "실은 현장에 이해하기 힘든 물건이 떨어져 있었어."

"뭔데?"

"주사기야."

"설마, 필로폰?"

대일본제약이 판매한 상품이 '히로뽕'이고 그 정체는 메스암페타민이라는 각성제였다. 피로와 졸음을 없애는 데 효과가 있다며 제2차 세계대전에서 독일군이 도입했고 일본군도 그 뒤를 따랐다. 전쟁 중에는 군수공장에서도 사용되었다.

패전 후, 그 재고가 한꺼번에 시장에 풀려 서민 사이에 퍼졌다. 너무나도 어리석은 전쟁으로 심신이 모두 피폐해진 사람들에게 이 약은 문자 그대로 마약이었다. 한 번 맞기만 해도 무한하다고 느껴질 만큼 기운이 났으니까 그야말로 마법의 약이었다. 하지만 일시적인 쾌락은 사용자에게 엄청난 대가를 요구했다. 각성제에 중독되면 몸만이 아니라 마음마저 병들고 끝내는 인격이 무너져 폐인이 되었다.

그런 약을 1951년 '각성제 단속법'이 시행될 때까지 각 약품 회사가 태연히 시판했다. 약국에 가면 주사기와 세트로 팔았는데 대일본제약의 히로뽕이 가장 많이 팔려 이 명칭이 어느새 대명사가 되었다.

당시는 '피로를 뽕 없애준다'라고 해서 '히로뽕'이라는 이름을 붙였다는 소문이 돌았는데 실은 그리스어의 'philoponos'가 어원이다. 이 단어는 'philo'사랑하다와 'ponos'일의 합성어로, 요컨대 '일을 사랑하는 약'을 의미했다. 군대에서 '일'이란 '전쟁'이었고 병사가 전쟁을 사랑하게 각성제를 사용했다. 무엇보다 'ponos'에는 고통이라는 뜻도 있음을 생각하면 뭐라 표현하기 힘든 공포가 느껴진다.

참고로 일본군은 히로뽕을 '고양이 눈 알약' 혹은 '돌격 알약'이라고 불렀다. 전자는 병사가 밤에도 아무렇지 않게 '일'을 계속했기 때문이고 후자는 특공대원이 이용했기 때문이다.

"하지만 삼촌은 중독자가 아니야. 물론 쇼코도 신지도……."

"양 씨나 세이이치는?"

하야타는 혹시나 해서 확인했는데 신이치는 그 질문에도 고개를 저었다.

"그렇다면 진범이 가져왔을 가능성이 크네."

"히로뽕을 맞은 탓에 엽기적인 살인을 자행하고 말았다……."

"그 처참한 현장이 약의 영향 때문이라고?"

"약 중독이 진행되면 상당히 심각한 환각을 본다고 해."

"……."

"혹은 엽기적인 살인을 저지르기 위해서 진범이 일부러 히로뽕을 맞았다……."

"……아무리 그래도 추리의 비약이 너무 심한 거 아니야?" 하야타는 잠시 생각에 잠겼다가 다시 말했다. "일단은 어젯밤, 관계자의 움직임을 정리하자."

"그래. 쇼코가 종업원 휴게실에 혼자 있게 된 건 9시 폐점 후야. 이건 틀림없어."

"그걸 양 씨와 세이이치가 가게를 나오기 전에 확인했어. 정확하게 말하면, 그녀를 마지막으로 본 사람은 신지 씨지만……." 하야타는 보충하듯 말을 이었다. "폐점 절차를 먼저 복습해보자. 일단 양 씨가 현관의 미닫이문을 닫고 자물쇠로 잠근 다음 다시 두 개의 빗장을 걸어. 두 문은 미닫이문이라 문을 닫고 열쇠 구멍에 열쇠를 넣고 돌리면 오른쪽 문 측면에서 갈고리가 튀어나와 왼쪽 문 구멍에 걸리는 구조야."

"그것만 억지로 열면 그냥 열릴 수 있어서 삼촌은 문 위아래에 빗장을 설치했다고 들었어."

"한쪽 문에 회전하는 널빤지 모양의 금속을 대고 다른 한쪽에는 그것을 거는 장치를 설치했어. 아주 간단한 잠금장치인데 그것을 미닫이문 위아래에 설치한 게 결정적인 한 수였지."

"그러니까 현관은 삼중 잠금장치에 의해 닫혔다는 얘기네."

"현관문 열쇠는 주거 공간 옷장에 있었고 다음 날 개점까지는 사용하지 않는대."

"미리 똑같은 열쇠를 만들어놓는 건 쉬울까?"

"그러게. 양 씨가 현관문을 잠그는 동안 신지 씨와 세이이치가 환기하려고 열어놓은 가게 창문을 닫아. 창문은 가게의 동서쪽 벽에 세 개씩 있고 창문의 잠금장치는 나사 손잡이를 돌려서 잠그는 방식이야. 세 사람이 문단속을 시작하면 쇼코 씨가 그날 장부를 쓰기 시작해. 기사이치 씨가 있는 날은 그가 쓰고 그녀가 돕는데 늘 한잔하러 갈 때가 많아."

"아, 그랬겠지."

"문단속이 끝나면 양 씨와 세이이치는 쇼코 씨에게 인사하고 주거 공간 쪽 문을 통해 가게 밖으로 나와. 양 씨는 집에 가려고, 세이이치는 붉은 미로를 돌아다니려고."

"그게 세이이치의 일과지? 원래 목적은 받은 월급으로 필요한 용품을 사거나 뭘 사 먹으려는 걸 테니까 술을 마시는 삼촌보다 훨씬 귀엽네."

과거 부랑아였던 그에게 자신이 번 돈으로 음식을 산다는 행위는 상상 이상으로 훨씬 가슴 떨리는 경험이었으리라. 하야타에게도 그 모습이 손에 잡힐 듯 생생하게 떠올랐다.

"마지막으로 남은 주거 공간의 북쪽 창문은 언제나 신지 씨가 닫아."

"옆 가게와 아주 좁은 틈밖에 없어서 그 창을 열어둔다고 해도 의미는 없겠지만."

"붉은 미로의 점포 밀집 상태를 보면 가게와 가게 사이에 그나마 공간이 있는 것도 사치이지 않을까?"

"그렇지." 신이치는 성의 없이 맞장구쳤다. "쇼코를 마지막으로 본 사람이 신지라면 그도 종업원 휴게실에 있었단 말이야?"

"신지 씨는 보통, 그녀와 함께 종업원 휴게실에 남아 있기도 하고 주거 공간에서 일이 끝나기를 기다릴 때도 있대."

"그런데 어젯밤은 전자였다?"

하야타는 흥미를 보이는 신이치에게 냉정하게 말했다. "네가 생각하는 건 아무래도 아닌 것 같아. 신지 씨가 종업원 휴게실에 남아 있던 시간은 쇼코 씨에게 말을 건 2, 3초에 불과했다고 해. 그래서 양 씨가 주거 공간에서 나오면서 신지 씨에게도 인사할 수 있었고."

"그다음에는 종업원 휴게실에 들어가지 않았다?"

"기사이치 씨가 취해서 돌아올 때까지 15분간, 신지 씨는 주거 공간에 있었다는 소리야."

"그러니까 그동안 가게 안에는 신지와 쇼코만 있었다……."

"응. 하지만 신지 씨도 기사이치 씨와 마찬가지로 쇼코 씨에게 손댈 동기가 전혀 없어."

"가게 밖으로 나온 뒤의 양 씨와 세이이치는?"

"주거 공간 쪽 문 앞에서 둘은 좌우로 갈라섰어. 양 씨는 앞쪽 현관까지 가서 그곳에서 기다리고 있던 천 씨와 서서 이야기하기 시작했어. 세이이치는 가게 북쪽의 좁고 긴 공간을 통과해 응접실에 면한 골목으로 나와 그 건너편 골목에 몸을 숨기고 있던 사타케와 만났고."

"거기를 지나갔다고?"

"한시라도 빨리 사타케와 만나서 그를 쫓아버리려고 했대. 본인은 그렇게 말했어."

"사타케와 천 씨 말이야. 경찰은 그들의 행방을 쫓고 있다고 해. 하지만 그들이 기사이치유기장 살인사건을 알았다면 틀림없이 도망칠 거야."

"둘을 찾아내는 건 힘들까?"

신이치는 고개를 끄덕이며 말했다. "그래서? 양 씨와 세이이치는 그들과 도대체 무슨 이야기를 했다는 거야?"

"그게 둘 다 비슷해."

"설마 가게를 털 계획이었다고?"

"물론 양 씨와 세이이치는 딱 잘라 거절했다고 했어."

"사타케는 그렇다 쳐도 천 씨마저……."

"기사이치 씨에게 경멸당한 앙갚음이었다고 하더라고."

이 말에 신이치도 어이가 없는 듯했다. "정말 말도 안 되는 원한이군. 하지만 그렇다면 두 사람이 쉽게 물러났을 것 같지 않은데."

"상당히 집요하게 추궁했다는데 양 씨와 세이이치도 뜻을 굽히지 않았지." 여기서 하야타는 곤란한 표정을 지으며 말을 이었다. "상대와의 대화 내용을 숨기지 않고 경찰에 얘기했잖아? 그만큼 그들은 분명 정직하겠지…….”

“지나치게 정직한 이유는 달리 숨기는 게 있다……라는 말이기도
한가?”

“둘 중 누군가 상대의 힘에 밀려 둘이 가게에 숨어들었다. 그 모
습을 본 쇼코 씨가 나무라자, 같이 들어간 상대가 순간적으로 죽여
버리고 말았다…….”

“털겠다고 생각해낸 녀석들은 다 상대니까.”

“옆 주거 공간에 있던 신지 씨가 알아차리지 못한 이유는 쇼코 씨
가 소리를 지르지 않았기 때문일지 몰라.”

“숨어든 둘 중 하나가 양 씨나 세이이치라면 쇼코는 설득해 말리
려고 했을 테니까.”

“신지 씨와 기사이치 씨가 범인이라고 생각하기보다 훨씬 받아들
이기 쉽지만, 큰 문제가 하나 있기는 해.”

“……밀실 말이지?” 신이치의 표정이 단숨에 험악해졌다. “가게
현관의 문단속은 열쇠와 두 걸쇠까지 삼중 상태였어. 네가 말한 대
로 미리 열쇠를 맞춰둘 수는 있어. 하지만 바깥에서 걸쇠까지 풀고
가게 안으로 들어와 범행하고 밖으로 나가 다시 걸쇠까지 거는 건
아무리 생각해도 불가능해. 그리고 응접실 문은 완전히 닫힌 상태로
열리지 않아. 이 점은 경찰도 여러 번 확인했어.”

“경찰 조사에 따르면 가게에 있는 여섯 개의 창문은 전부, 안쪽에
서 다 제대로 잠겨 있었다고 해. 그리고 주거 공간의 창밖, 그 좁은
골목에는 명백히 누군가가 들어갔던 흔적이 있었는데…….”

"세이이치가 급히 지나갔기 때문이라고 본다는 건가?"

하야타는 잔뜩 굳은 채 고개를 끄덕이며 말했다. "응. 게다가 두 창문은 역시 안쪽에서 잠겨 있었어."

신이치가 질문을 던졌다. "주거 공간 쪽 문은?"

"양 씨와 세이이치가 돌아간 후 기사이치 씨가 돌아올 때까지 아무도 들어오지 않았다고 신지 씨가 증언했어. 그리고 기사이치 씨와 교대하듯 신지 씨가 밖으로 나왔고."

"그때 쇼코는……?"

"이미 살해되었는지 아닌지는 알 수 없어. 신지 씨가 바깥 골목에 모습을 드러낸 직후 가리에서 아케요 씨가 나와 그와 서서 이야기를 나눴어."

"신지가 교대하듯 밖으로 나간 건 삼촌과 둘이 있으면 어색해서 겠지?"

"만취한 기사이치 씨가 시비를 건다거나 하는 일은 딱히 없었다고 해. 하지만 신지 씨는 응접실은 손님 접대 공간이니까 응접실 테이블에 놓여 있던 조의 봉투를 주거 공간에 가져다놨어. 기사이치 씨가 그걸 본 듯해. 신지 씨는 다시 형님이 화를 내기 전에 나가자고 생각하고 밖으로 나왔고."

"상황을 생각하면 올바른 판단이었네."

"여기서 문제는 언제 기사이치 씨가 종업원 휴게실에 들어갔느냐…… 하는 거야."

"삼촌이 돌아온 오후 9시 15분경부터 네가 현장에 들어간 9시 반경까지 약 15분이 비어."

"집에 돌아오자마자 휴게실에 들어갔다고 하면 범행은 충분히 가능해."

"하지만 삼촌은 만취해 있었어. 그 15분 동안 주거 공간에 늘어져 있었다고 해도 이상할 게 없어."

"그러곤 휴게실에 갔다가 믿을 수 없는 딸의 모습을 발견하고 저도 모르게 태아라도 구해야겠다고 생각했다……."

"그리고 잠시 제정신이 들어 순간적으로 소리를 질렀다, 그걸 너희들이 들었고."

"논리적으로는 완벽하지만 그렇다고 해서 기사이치 씨의 혐의가 엷어지지는 않을 거야."

"……그렇지."

신이치가 어두운 표정을 지어 하야타는 밀실로 화제를 돌렸다.

"우연히도 가게 안으로 들어갈 수 있는 세 출입구 앞에 각각 두 사람씩 감시하듯 서 있는 상태였어. 응접실 문은 닫혀서 열리지도 않고."

"하지만 신지와 아케요 외에는 상대를 믿을 수 없잖아." 신이치는 험악한 표정으로 단언했다. "네가 돌아올 때까지 신지 일행의 앞을 통과해 주거 공간으로 돌아온 사람은 아무도 없었고?"

"신지 씨도 아케요 씨도 분명히 그렇게 증언했어."

"얄궂게도 범행 당시 그곳 문이 유일하게 열려 있었는데."

불평하듯 읊조리는 신이치의 말을 받아 하야타가 대답했다.

"열려 있었다고 할 수 있는 곳이 하나 더 있어."

"뭐! 어딘데?"

"응접실의 작은 창."

"앗! 맞다."

"그 창문의 돌려 잠그는 장치는 고장 나 있어서 전혀 사용할 수 없었어."

"하지만 그 작은 창이라면 방범상으로는……." 신이치는 말을 이으려다 말고 소리쳤다. "그렇구나! 아이라면 들어갈 수 있어."

하지만 그는 바로 뭐라 형용할 수 없는 표정을 짓더니 입을 다물고 말았다.

"어때?" 하야타가 물어도 그는 침묵만 지켰다. "너는 금방 그 조그만 창으로 사타케가 숨어들었다고 생각하지 않았어?"

"그랬지……."

"뭐가 문제인데?"

신이치가 고통스러운 표정을 지었다. "가게에서 본 녀석은 아이인 주제에 어른스러웠어. 아니, 이미 아저씨 같은 분위기였어. 그건 녀석의 몸도 마찬가지였고."

"그러니까 작은 창을 통과할 수 없다?"

"응……. 그게 가능한 사람은 세이이치뿐일 거야."

두 사람 사이에 잠시 침묵의 시간이 흘렀다. 밀실의 유일한 출입구를 통과할 수 있는 사람은 하필 야나기다 세이이치뿐임을 알았기 때문이다.

"하지만 말이야……." 드디어 하야타가 입을 열었다. "사타케의 강요로 세이이치가 작은 창으로 들어갔다고 해도 원래는 바로 옆문을 열라는 명령을 받았을 거야. 하지만 그 문은 제대로 열리질 않아. 완전히 닫힌 문이지."

"그렇지."

"게다가 세이이치는 그때 종업원 휴게실에 쇼코 씨가, 주거 공간에 신지 씨가 있다는 걸 알고 있었어. 신지 씨가 어디 있는지 단정할 수는 없었겠지만, 응접실을 통해 안을 들여다보면 얼마든지 알 수 있다고."

"사타케가 그 말을 들었다면 두 사람이 돌아간 다음이 숨어들기 적당하다고 생각했을 거란 말이지? 아니, 그럴 필요도 없어. 어차피 세이이치가 주거 공간에 사니까."

"가령 세이이치가 작은 창문으로 숨어들고 만약 쇼코 씨가 그 모습을 봤더라도 그녀에게 손을 댈 이유는 없어. 무엇보다 쇼코 씨는 세이이치를 보더라도 그가 숨어들었다고 생각하지 않을 테니까."

"그렇기는 하지. 어머, 놀러 나간 거 아니었어? 그렇게 조금 이상하게 생각할 뿐이겠지. 게다가 사타케 그 자식만 없으면 세이이치 본인에게는 동기가 전혀 없어."

"다만……." 하야타가 말하기 힘든 듯 말을 흐렸다. "기사이치 씨는 동기가 없는데 밀실 상태의 현장에 있었다는 사실만으로 핵심 용의자가 되었어. 세이이치도 같은 표현을 사용하면 아무리 동기가 없더라도 밀실에 출입할 수 있는 유일한 인물이라는 사실에서 그에게도 혐의를 씌울 수 있지 않을까?"

"아직 어린애야."

"패전 후의 혹독한 환경 속에서 아이들은 범죄자가 될 수밖에 없었어."

"그것과 이건……."

"과연 다른 이야기일까?"

하야타의 질문에 신이치는 뭐라고 대답할 수 없었다.

"아무리 상대가 아이라고 해도 친아버지가 딸을 참살했다고 생각하는 것보다는 더 이해하기 쉽지 않을까?"

"하지만……." 신이치는 고뇌하는 눈빛이었다. "세이이치에게는 동기가 없어. 아니, 그건 삼촌도 마찬가지지만……."

"그래서 둘의 혐의는 지금 비슷해. 적어도 우리는 그렇게 생각해야 해."

"……알았어." 신이치는 각오를 다지듯 고개를 끄덕이며 말했다. "가게 현관으로의 침입과 탈출은 정말 불가능해?"

"양 씨는 그렇다고 하더라도 그곳에는 천 씨가 있어. 자네가 기대하는 건 이해해. 하지만 세 군데 중에서 여기가 가장 견고해."

"문의 잠금장치는 미리 준비한 열쇠라면 해결할 수 있는데 문제는 걸쇠군."

"네가 돌아오기 전에 가게 주위를 한 번 다 살펴봤어. 새삼스럽지만 그 결과 이 가게는 싸구려 판잣집이라는 걸 깨달았지. 그러니까 틈을 찾으려고 하면 얼마든지 찾을 수 있어."

신이치의 얼굴이 확 밝아졌다. "그렇다는 건 그 틈을 이용한 탐정소설 같은 트릭을 이미 상상했다는 거지? 그렇다면 이미 사건은 해결된 거나 마찬가지 아닌가."

"그런 셈인가?" 하야타는 신이치의 가벼운 말에 씁쓸하게 웃었다. "확실히 걸쇠는 탐정소설에서 자주 등장하는 철사나 실을 이용한 트릭을 생각할 수 있어. 좀 더 복잡한 구조의 걸쇠라도 마찬가지야."

"그렇다면……." 신이치는 기대에 가득 찬 눈빛을 던졌다.

하야타는 고개를 절레절레 흔들며 말했다. "싸구려 판잣집인 탓에 문을 잠근 뒤에도 현관의 미닫이문에 걸쇠를 걸려면 실은 살짝 열린 문의 틈을 양손으로 닫을 필요가 있어."

"그래?"

"따라서 안쪽에서 사람이 힘을 쓰지 않는 한 그 두 개의 걸쇠를 거는 건 어려워."

"기타큐슈의 탄광 주택도 이른바 싸구려 판잣집 밀실이었잖아. 이 탄광 주택 살인사건의 진상이 이 사건에도 응용되지 않을까?"

"쉽게 말하지 마." 하야타는 바로 대답하면서도 일단은 검토해봤다. "현장 상황이 달라서 역시 무리야."

"……그렇지." 천하의 신이치도 이해한 듯하다. "밀실 부분에서 막혔으면 다음은 뭘 생각해야 할까?"

"동기지." 하야타는 대답한 다음 그대로 말을 이었다. "범행 기회로 따지면 일단 기사이치 씨이고, 다음이 신지 씨인데 이 둘에게는 다 동기가 없어."

"양 씨와 세이이치에게도 동기는 없지만, 함께 있던 천 씨와 사타케는 수상해. 쇼코 개인에 대한 동기가 아니라 가게를 털려다가 들켜서 문제가 되었다는 전개를 생각할 수 있지만……."

"이 두 사람이 있던 앞쪽 현관과 응접실 앞에서는 가게 안으로 들어갈 수 없어."

"결국은 또 밀실 문제로 돌아가나?" 신이치는 대놓고 투덜댔다. "역시 네가 밀실의 비밀을……."

"응. 밀실을 검토하면서 실은 숨겨진 동기가 없는지도 찾을 필요가 있어."

하야타가 그렇게 대답하자 신이치의 상당히 어두운 목소리가 들려왔다.

"누구의?"

"어젯밤 범행이 일어났을 당시, 기사이치유기장 근처에 있던 모든 사람의……."

"너, 그 말은……?"

신이치는 순간 분노를 드러내려 했으나 진정해야 한다고 생각했는지 담배를 피우려 했다.

"아? 담배가 없네. 어이, 한 대만 줘봐." 빈 담뱃갑을 구기고는 하야타에게 부탁했다. "젠장, 너는 담배 안 피우지……?"

신이치는 안타깝다는 표정을 지으며 일어났다.

"어쩔 수 없지. 잠깐 사러 나갔다 올게."

"곧 자정이야. 열린 가게가 없을 거야."

"어떻게든 할게."

신이치는 그렇게 말하고 가리에를 나갔다. 담배라면 기사이치유기장에 얼마든지 있을 테지만 거기에 손을 대지 않는 게 너무나 그다웠다. 하야타는 얌전히 친구를 기다리면서도 기사이치유기장 전체 구조도를 그리며 정신없이 머리를 굴렸다.

이번 사건을 해결할 돌파구는 과연 무엇일까.

흉기는 피해자가 사 온 물품임을 이미 알고 있다. 그러나 현장에 남은 주사기는 여전히 수수께끼다. 이게 범인이 가져온 물건이라면 단서가 되지 않을까. 또 기사이치 씨가 아니라 범인이 태아를 꺼냈다면 그 동기가 문제가 된다. 이는 살인 동기 이상으로 중요하지 않을까.

……동기는 뭘까.

모든 일은 여기에서 비롯된 게 아닐까. 사건의 동기만 알면 가령 밀실의 비밀이 풀리지 않더라도 될 듯하다. 아마도 현장이 밀실이 된 건 우연일 것이다. 왜냐하면 세 개의 출입구 앞에 각각 두 사람이 서서 이야기를 나누는 상황은 아무리 생각해도 너무나 우연한 상황이다. 그 상황은 진범이 의도해 만들 수 있는 일이 절대 아니다. 천 씨가 양 씨를, 사타케가 세이이치를 다시 찾은 것도 어디까지나 본인들의 의지에 따른 것이다. 신지가 주거 공간에서 밖으로 나온 것도, 마침 그때 아케요가 가리에를 나온 것도 마찬가지다.

이리하여 기사이치유기장의 밀실은 탄생했다.

그러나 우연히 밀실이 되었다면 진범은 어떻게 그곳을 드나들었나? 핵심은 여전히 알 도리가 없다. 우연히 밀실이 되었다면 진범은 그 덕을 봤다는 말인가. 그토록 범인에게 유리한 전개가 정말 일어났다는 말인가.

……아냐. 잠깐만.

하야타는 여기까지 추리하다가 퍼뜩 깨달았다.

반대일 가능성도 있다. 우연히 밀실이 된 건물 상황을 알아차린 범인이 지금 이를 이용해 범행하면 자신이 의심받을 우려는 절대 없다……고 순간적으로 판단했을지 모른다. 그렇다면 범인은 당연히 이 밀실에 드나들 방법을 알고 있었다는 소리다.

풋.

하야타는 힘없이 웃었다.

결국은 밀실의 비밀을 풀어야 할 듯하다. 신이치가 알면 "너는 도대체 같은 자리를 얼마나 빙빙 돌 셈이야?"라며 한심해할 게 뻔했다.

그때 가게 앞이 소란스러워졌다.

하야타가 문을 열자마자 신이치가 가게 안으로 뛰어 들어왔다.

"……나, 나타났어."

"뭐가?" 하야타는 영문을 몰라 어리둥절해했다.

신이치는 그를 바라보면서 초조하게 말했다. "다, 당연히 붉은 옷이지!"

"어, 뭐?"

"게다가 놈이, 사, 사라져버렸어."

14장

붉은 옷, 나타나다

구마가이 신이치의 말을 정리하면 다음과 같다.

그도 물론 기사이치유기장에 가면 늘 담배가 있다는 사실은 알고 있었다. 돈만 놔두면 별문제가 없다는 사실도 알았다. 하지만 기사이치 기치노스케가 없을 때 마음대로 그런 일을 벌이고 싶지 않은 기분이 강했다. 그래서 신이치는 기치노스케가 전에 데리고 갔던 술집 '스타'에 가기로 했다. 그곳이라면 주인과 친하니까 담배 정도는 얻을 수 있다. 만약 주인이 가게에서 자지 않더라도 가게 안에 들어갈 방법이 있었다.

스타는 지금 가게 주인이 맡아 이름을 바꾸기 전에는 매춘 술집이었던 과거가 있다. 따라서 다락방 같은 2층에 가게 뒤로 도망칠 수 있는 구조가 아직 남아 있는데 지붕 일부를 드러내는 방법이라 딱히 자물쇠를 채우지 않는다. 즉 문제의 장소만 알면 가게에 숨어

드는 건 매우 쉽다. 암시장 점포는 아무리 문단속을 잘해도 이런 맹점이 있을 수 있으므로 특별히 주의해야 한다.

신이치는 자신이 하는 행위의 심각성을 나 몰라라 하고 스타에 들어가 어렵지 않게 담배를 찾고는 돈을 놔두고 가게를 나왔다. 아직 지나다니는 사람이 있었으나 늦은 시간대라 장사를 접은 술집도 많아 거리를 걷는 남자들의 수는 눈에 띄게 줄어 지붕을 올라갈 때도 내려올 때도 다행히 아무도 보지 못했다.

신이치가 스타 가게 앞쪽으로 나와 다시 거리로 돌아가려 했을 때였다.

"꺅!"

반대편에서 여성의 짧은 비명 소리가 울렸다.

"이봐!"

그는 무슨 일이냐고 묻듯 소리를 지르며 그쪽을 향해 달리기 시작했다.

바로 양 갈래 길이 나왔고 왼쪽 골목에 쓰러진 젊은 여자를 발견했다. 그와 동시에 오른쪽 골목을 재빨리 살폈으나 아무도 없었다.

"괘, 괜찮으세요?"

완전히 겁을 먹은 여성을 부축해 일으키려는데 바닥에 떨어진 식칼을 발견했다. 황급히 여자의 몸을 살펴봤으나 얼핏 봐서는 옷 어디에도 베인 흔적이 없었고 다치지도 않은 듯했다.

다만 여성의 복부가 부풀어 올라 있음을 알 수 있었다.

……임산부인가?

신이치는 그 사실을 깨닫고는 온몸에 소름이 돋았다.

"어, 어, 어떻게 된 일입니까?"

그때 신지가 나타나서 신이치는 깜짝 놀랐다.

"이런 데서 뭐하고 있어?"

그러나 신지 본인은 구멍이 뚫릴 정도로 여성을 응시할 뿐 제대로 대답하지 못했다.

"뭐야? 무슨 일이야?"

이어서 이자키 순사가 앞쪽 골목에서 뛰쳐나왔고 그의 뒤에서 흑인 병사와, 너무나 뜻밖에도 아케요가 나타났다.

"아, 당신은……?"

이자키는 신이치와 신지의 얼굴을 보고 하야타의 환영회를 떠올린 듯했다.

"역시, 나타났어!"

아케요는 친숙한 세 남자는 거들떠보지도 않고 벌벌 떨고 있는 젊은 여성만 응시했고, 흑인 병사는 그녀 옆에 서 있었다.

"무슨 일이 있었는지, 얘기할 수 있겠어요?"

신이치가 부드럽게 달래며 물으니 젊은 여성은 동요한 기색으로 말했다.

"이, 이쪽 골목에서, 거, 거기까지 왔는데…… 가, 갑자기 껴안아서…… 시, 시, 식칼이 보이고……. 비명을 질렀더니 어디선가 '이봐!'라는 소리가 들렸고……. 그, 그랬더니 갑자기, 그, 그 사람이 도망쳐서……."

"어디로?"

신이치의 질문에 그녀는 손으로 가리키며 대답하려 했다.

"……모, 모르겠어요."

결국은 생각하기 싫다는 듯 고개를 저었다.

"그리고?"

"다, 당신이……." 그녀는 그렇게 말하면서 드디어 신이치의 얼굴을 자세히 보는 듯했다. "당신은 이 근처 가게에서 일하고 있나요?"

"저쪽에……."

신이치가 스타에서 온 왼쪽이 아니라 오른쪽 골목을 가리켰다.

"어머니가 하는 '야요이테이'라는 선술집이 있는데…… 늘 폐점 후 장부 정리를 제가 와서 도와요."

들어보니 그녀의 이름이 '야요이'라 어머니가 딸의 이름을 가게에 붙였다고 한다.

"범인을 봤나?"

그때까지 신이치를 조심스럽게 대하던 이자키가 드디어 그녀에게 질문을 던졌다.

"……아, 아뇨."

이자키는 고개를 절레절레 흔드는 야요이에게 재차 물었다.

"남자였지?"

"네……. 앗, 하지만 그냥 느낌이라…… 꼭 그렇다고는……."

"일본인인가?"

"……모르겠어요."

"젊었나?"

"……그것도 모르겠어요."

"적어도 어른이겠지?"

"그런 것 같은데……."

이자키는 단서가 될 만한 게 하나도 없어 실망한 모양이다.

"그녀를 잠시 부탁하지."

신이치는 잠시 야요이를 아케요에게 맡기고 이자키와 신지, 흑인 병사를 데리고 골목 끝까지 가서 이미 닫힌 좌우 가게를 주시하며 걸었다.

"범인은 이쪽으로 도망친 게 분명해."

"어떻게 단언하죠?"

이자키가 물어 신이치가 대답했다.

"야요이 씨의 비명을 듣고 나는 바로 달려왔어요. 그때 범인과 마주치지 않았으니까 내가 온 쪽으로 도망치지 않은 건 분명합니다. 그리고 그녀가 가게에서 걸어온 골목도 바로 살펴서 확인했는데 아무도 없었어요. 만약 범인이 그쪽으로 도망쳤다면 적어도 뒷모습은 내가 봤을 겁니다."

"그렇군요."

신이치는 설명을 끝내고 다음 갈림길에서 걸음을 멈췄다.

"저는 이쪽에서 왔어요."

신지가 오른편으로 구부러진 골목을 가리켰다.

"본관과 아케요 씨 일행은 이쪽에서 왔습니다."

이자키가 왼쪽으로 뻗은 골목을 가리켰다. 흑인 병사도 말없이 고개를 끄덕였다.

"당신은 아케요 씨의 온리, 조지 씨 아닙니까?"

"예스."

신이치의 질문에 흑인 병사가 상황과 어울리지 않게 환한 미소로 대답했다. 네 사람은 왼쪽 끝까지 걸어갔는데 곧 다시 갈림길이 나타났다.

"본관은 여기서 달려왔습니다."

"나와 아케요, 이쪽."

이자키가 오른쪽, 조지가 왼쪽 골목을 가리켰다.

"야요이 씨의 비명이 잘 들렸나요?"

신이치의 질문에 셋이 동시에 고개를 끄덕였다.

"그 비명을 들은 순간 셋 다 달리기 시작했고?"

그 질문에도 셋이 거의 동시에 고개를 끄덕였다. 아무래도 조지는 일본어를 말할 줄은 몰라도 거의 알아듣기는 하는 듯했다.

"이자키 순사님이 아케요 씨와 조지 씨를 만난 곳은 어디입니까?"

"본관이 이 모퉁이를 도는데 뒤에서 기척이 나 돌아보니 두 사람이 같이 달려오고 있었어요. 그리고 곧 앞쪽에 신지 씨의 뒷모습이 보였고 직후에 야요이 씨를 부축하고 있는 신이치 씨가 보였습니다."

신이치는 아케요 일행이 있는 지점까지 돌아갔다.

"야요이 씨가 습격당한 장소에서 신지가 온 골목, 이자키 순사님이 달린 골목, 아케요 씨와 조지 씨가 달린 골목까지의 구간에서 열

린 점포는 하나도 없어요. 즉 범인은 가게로 도망쳐 들어갈 수 없었
어요."

"하지만 달리, 다른 골목도 없어요."

이자키의 이야기를 듣고 신이치는 혹시나 해서 물었다. "아무도
범인과 마주치지 않았죠? 그렇죠?"

역시 셋이 거의 동시에 고개를 끄덕였다.

"이런 말도 안 되는 일이……."

이자키가 나지막하게 중얼거리고 신지와 조지에게 의심의 눈초
리를 던졌다. 전자는 기사이치유기장 살인사건 피해자의 남편이고
후자는 잭과 같은 미군 병사였기 때문일 것이다.

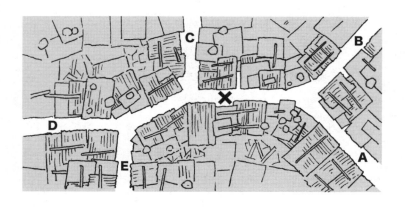

"내가 있던 골목을 A, 야요이 씨가 온 골목을 B라고 하죠. 신지는
C에서, 이자키 순사님은 D, 아케요 씨와 조지 씨는 E에서 왔다고 하
고요. 야요이 씨가 습격당한 지점은 가위표로 표시하죠. 아까도 말

278

했듯 범인은 A와 B로 도망칠 수 없어요. 그렇다면 C, D, E 중 하나로 도망쳤을 텐데."

"그러나 그 세 골목에서는 본관을 비롯해 야요이 씨의 비명을 듣고 달려온 사람들이 있습니다."

즉 이자키는 이 네 명 가운데 누군가가 범인이라고 생각하는 게 아닐까. 물론 이자키 본인은 제외할 테니까 나머지 세 명이 범인이겠지. 그중에 둘은 커플이었다. 그렇다면 범인은 신지밖에 없다.

신이치는 이자키가 그런 눈빛으로 물끄러미 신지를 응시하는 듯한 느낌이 들었는데 이자키의 시선이 갑자기 조지 쪽으로 향했다.

커플 하나는 미군 병사이고 다른 하나는 밤의 여자이자 병사의 온리이다. 이 둘을 정말 믿을 수 있을까. 혹시 조지의 정체가 잭더리퍼……일 가능성은 없을까. 만약 그렇다면 아케요는 틀림없이 그를 감쌀 것이다.

……이런 이자키의 마음속 목소리가 또렷하게 신이치에게 들려왔다.

아니, 아니야. 잭더리퍼는 백인 병사였다. 흑인 병사가 아니다. 이 두 사람은 무고하다는 말인가. 아무래도 신지가 수상하다.

……그런 이자키의 의심이 신이치의 손에 잡힐 듯했다.

"모두, 파출소까지 같이 가주시지요." 이자키가 아케요와 야요이가 기다리는 곳까지 돌아왔을 때 말했다.

"파출소, 거기 너무 좁잖아요."

신이치는 기회를 놓치지 않고 재치 있게 전원을 가리에로 이끌었다. 상대가 이자키였기에 가능했을지 모른다. 사나다 형사에게 먼저 연락이 갔다면 이리 쉽게 풀리지는 않았을 것이다. 순사가 일단 사정 청취부터 해야 한다고 생각한 덕분이다.

신이치의 기지 덕분에 하야타도 이자키가 사정 청취하는 동안 사람들의 이야기를 듣고 일찌감치 사건의 자세한 내막을 파악할 수 있었다.

이자키가 가장 집요하게 질문한 내용은 그렇게 늦은 밤에 붉은 미로를 걷고 있었던 각자의 이유였다. 피해자인 야요이는 어머니의 선술집을 돕고 집에 가는 길이었고, 가장 빨리 현장에 달려간 신이치는 떨어진 담배를 사러 갔었다. 이자키는 이 두 사람의 주장을 흔쾌히 인정했다. 그러나 나머지 셋은 달랐다.

"오늘 내내 세이이치와 함께 있었는데…… 그러다 보니 답답해져서…… 기분이나 풀려고 일단 밖을 돌아다녔어요……. 문득 정신을 차리니 붉은 미로 안이었고요."

이자키는 더듬더듬 얘기하는 신지에게 대놓고 불신감을 드러내며 물었다. "일부러 온 게 아니다?"

"……네. 역 근처까지 간 건 분명히 기억합니다. 이대로 가면 붉은 미로로 들어가니까 오히려 멀어지려고 했는데."

"그런데도 어느새 붉은 미로로 들어왔단 말인가?"

"……그렇습니다."

"그 장소에 그 시간에 있었던 이유는?"

"제가 붉은 미로에 들어왔음을 깨닫고 바로 나가려고 했는데 너무 초조했던지 길을 헤매고 말았습니다…….”

“아주 잘 아는 곳일 텐데.”

“그건 어디까지나 역 앞에서 파친코 가게까지…….”

이자키는 끈질기게 질문 공세를 퍼부었으나 신지의 진술에도 흔들림은 없었다. 모호하기만 한 내용이라 이자키도 더는 추궁할 여지가 없었을 것이다.

한편 아케요와 조지는 그 이유가 명확했다.

“우리가 기사이치 형님을 도우려고 했지.”

“어떻게?”

“그야 당연히 진범을 잡는 거지.”

아케요는 어이가 없다는 듯 대답했는데 이 말에는 이자키만이 아니라 하야타와 신이치도 놀라 몸을 뒤로 젖히고 말았다.

“밤의 붉은 미로는 지긋지긋하다고 하지 않았나?”

저도 모르게 신이치가 끼어들어 질문했는데 아케요는 남편 자랑이라도 하듯 입을 열었다.

“조지와 같이 있잖아. 누굴 잡으려면 그가 도움이 될 테니까.”

“그렇다고 무턱대고 붉은 미로를 돌아다녀봤자…….”

“붉은 옷을 못 만날지도 모르지. 하지만 형님을 위해 무슨 일이든 하고 싶었어.”

“……고맙습니다.” 신지가 조용히 중얼거리고 고개를 숙였다.

“틀림없이 신지 씨도 나랑 같은 심정이지 않았을까? 쇼코 씨가 살해되어 엄청난 충격을 받아 정신없이 걸어 다녔다는 말도 사실일 거야. 하지만 마음 깊은 곳에 형님의 누명을 벗기고 싶다는 생각이 있어서 붉은 미로로 오고 말았을 거야."

"그런데……." 이자키가 아케요의 열변을 완벽하게 무시했다. "당신도 붉은 옷이 범인이라고 생각하나?"

야요이를 향해 그렇게 물었으나 정작 당사자는 당혹스러울 뿐이었다.

"그렇게 말씀하시니 붉은 옷이었던…… 것도 같고. 하지만 뭔가 불그스름한 걸 본 기억은 없어서……."

결국은 별다른 수확 없이 사정 청취가 끝났다.

야요이는 이자키 순사가 집까지 바래다주었고 아케요와 조지는 함께 돌아갔으며 신지는 혼자 세이이치가 기다리는 집으로 돌아갔다.

다음 날 아침, 신이치는 다시 정보 수집을 위해 외출했기 때문에 하야타는 어젯밤 현장을 보기로 했다. 그전에 신이치가 간단한 지도를 그려준 덕택에 그다지 헤매지 않고 스타에 도착할 수 있었다.

골목을 걸으면서 좌우를 살펴봤으나 아직 열지 않은 가게가 많았다. 술집이어도 점심 장사를 하는 가게는 오전 중에 일단 문을 열지만 빨라도 오전 11시는 되어야 할 것이다. 물론 아침, 점심, 저녁 세 끼를 제공하는 식당은 벌써 장사를 시작했으나 이 언저리는 그런 집이 적은 듯 몇 집밖에 보이지 않았다. 하야타는 세 번째 골목을 도는 지점까지 왔을 때 현장의 거리감을 확인하고 다시 스타 앞까지 돌아왔다.

신이치는 이곳에서 야요이의 비명을 듣고 첫 번째 갈림길까지 달렸다. 하야타도 똑같이 달려봤다. 그리고 왼쪽 골목이 시야에 들어오자마자, 오른쪽 골목으로 재빨리 시선을 던졌다. 범인이 야요이 씨를 덮쳤다가 신이치의 호통에 도망쳤다면…….

그런 일련의 흐름을 재현하니, 범인이 지도에 표시된 B 골목으로 들어갔다면 신이치가 도망치는 범인의 뒷모습을 분명히 봤을 것이다. 그런 판단을 명확히 내릴 수 있을 만큼 골목은 꽤 길었다.

하야타는 B 골목을 걸으면서 신중하게 좌우 점포를 점검했다. 다음 모퉁이에 도착할 때까지 점검을 계속했는데 어디에도 숨을 만한 곳은 보이지 않았다. 가게와 가게 사이에 빈틈이 없었고 혹여 있더라도 고양이나 지나다닐 법한 폭이었다. 그러므로 도주 중인 범인이 순식간에 몸을 숨길 곳은 없었다는 얘기다.

첫 번째 갈림길로 돌아와 야요이가 습격당한 가위표 지점을 조사했다. 그러자 근처 가게와 가게 사이에 성인 한 명이 간신히 들어갈 수 있는 틈을 발견했다. 어떤 목적을 지니고 만들어진 게 아니라 어쩌다 그런 공간이 생긴 것이다. 한낮이라면 이 틈을 봐도 딱히 눈길을 줄 일은 없겠으나 완전히 어두워진 밤이라면 숨어 기다리기에 상당히 적합한 장소가 아닐까.

아마도 범인은 이곳에 몸을 숨기고 야요이가 지나가기를 기다렸을 것이다. 붉은 미로에 드나드는 사람이라면 여러 가게의 온갖 소문을 들을 게 분명하다. 따라서 선술집 '야요이테이'의 딸이 임신했고 어머니의 장부 정리를 돕는다는 사실도 틀림없이 자연스레 알았을 것이다.

하야타는 그렇게 생각했다.

야요이가 습격당한 현장에서 앞으로 나아가 다음 갈림길에서 멈췄다. 그 오른편은 신지가 온 C 골목이다. 신지가 이쪽으로는 범인이 도망치지 않았다고 증언했으므로 굳이 그리로 가지 않고 바로 전진했다. 그러면서 만에 하나를 대비해 좌우 점포를 다시 확인했다.

세 번째 갈림길에 도착했다. 오른편은 이자키의 D 골목이고 왼편이 아케요와 조지의 E 골목이다. 셋 다 신지와 마찬가지로 자기가 있는 쪽으로 범인은 오지 않았다고 단언했다. 역시 여기까지 오는 동안 도망갈 다른 골목도, 틈도 전혀 존재하지 않았다.

……잠깐만.

하야타는 그 순간 신이치가 스타에 드나드는 방법을 떠올렸다.

범인은 점포 지붕으로 올라간 게 아닐까.

그 추리를 염두에 두고 다시 스타까지 돌아와 세 번째 갈림길까지 B 골목도 포함해 걸었다. 하지만 쉽게 지붕으로 올라갈 수 있는 곳은 보이지 않았다. 또 가령 있다고 하더라도 현장으로 달려온 다섯 명 몰래 올라가기는 상당히 어려울 것이다.

이번에는 골목의 밀실인가.

하야타가 수없이 같은 골목을 왕복하고 있으니 여기저기 가게 문을 열기 시작한 사람들이 대놓고 의심스러운 눈길을 그에게 던졌다.

이제 슬슬 물러날 때가 되었나.

그가 자리를 떠나려고 하는데 이자키가 나타났다. 순사 뒤에는 사나다 경부가 있는 걸 보니 여기까지 안내한 모양이다.

"앗, 탐정 선생!"

"안녕하세요."

하야타는 어색한 상황을 인사로 얼버무리고 자리를 뜨려 했다.

"여기서 뭘 하고 있나?"

사나다가 몸을 쏙 앞으로 내밀며 길을 막고 나서자 그는 크게 곤란해졌다. 아침 산책이라고 하기에는 너무나도 시간이 많이 흘러 그냥 넘어가기는 어려울 듯했다.

"어젯밤 사건을 나름대로 조사하고 있었습니다." 어쩔 수 없이 마음을 다잡고 솔직히 말했다.

"이쪽으로 오게."

사나다는 아직 열지 않은 가게 앞으로 그를 인도했다. 골목이 좁아 잠깐 서서 가볍게 얘기하는 것조차 큰일이었다.

"그래서 뭘 알아냈나?"

"경부님, 저 같은 아마추어 탐정을 인정하시나요?"

하야타가 호기심이 생겨서 물으니 사나다는 의외라는 표정을 지었다.

"당신은 기사이치 기치노스케로부터 이 붉은 미로에 출몰한다는 소문의 붉은 옷을 조사해달라는 의뢰를 받았다고 들었는데⋯⋯."

"네."

"그 의뢰인이 딸 살인사건의 중요 용의자가 되었어. 당신으로서는 당연히 사건에 관여하지 않겠나?"

"이해해주셔서 감사합니다."

하야타가 기뻐하는데 사나다는 갑자기 심각한 표정을 지었다.

"그렇다고 당신의 탐정 활동을 특별히 인정했다는 말은 아니야. 조금이라도 수사에 방해가 된다 싶으면 바로 쫓아버릴 테니까."

"잘 알겠습니다."

하야타는 인사하고 그 자리를 떠나려 했다.

"그래서, 뭘 알아냈냐고?" 사나다가 다시 따지고 들었다.

"아뇨, 수사 방해로 여겨지면 큰일이니까 지금은 얌전히 돌아가려고요."

"오호, 날 놀리는 건가?"

"말도 안 됩니다. 어디까지나 겸허한 판단입니다."

"그렇군."

이자키는 대치하는 두 사람 사이에서 안절부절못했다. 하야타는 그 마음이 느껴져 안타까운 마음에 정말 바로 돌아가려 했다.

"그러면 어젯밤 건으로 뭔가 알아낸 게 있으면 부디 알려주시지 않겠습니까?"

놀랍게도 사나다가 고개까지 숙이는 게 아닌가.

"아니, 왜 이러십니까? 저 같은 게……."

"아니, 아니지. 다른 이에게 가르침을 청할 때는 이 정도는 해야 예의지."

"경부님이 한 수 위네요."

하야타는 쓴웃음을 짓고 지도를 펼쳐, 어젯밤 사람의 움직임을 복습한 결과 범인이 도망칠 곳은 전혀 없었음을 설명했다.

"음, 이자키의 보고서와 거의 같군." 사나다가 그 사실을 인정하고 덧붙였다. "다만 당신 조사로 범인이 숨었을 법한 장소를 추측할 수 있었고, 또한 범인이 점포 지붕에 올라 도망쳤다고 추리할 수도 있군. 그 두 가지는 의미가 커."

"그렇게 말씀하시니……."

하야타는 은근히 기쁜 마음이 들어 저도 모르게 감사의 말을 꺼내려다가 당황했다. 그런 그의 반응을 알아차리지 못한 듯 사나다는 아주 자연스럽게 다시 질문을 던졌다.

"당신은 이 불가해한 상황을 어떻게 생각하나?"

"솔직히 아직 모르겠습니다." 하야타는 일단 무난하게 답했다.

"기사이치유기장 살인사건 피해자의 남편이 그 자리에 있었는데?" 사나다는 단숨에 급소를 파고들었다.

"그를 의심하시나요?"

"그런 생각이 들지 않겠나?"

"그 말씀은 경찰은 쇼코 씨 살인사건의 범인을 기사이치 기치노스케 씨가 아니라 데릴사위인 신지 씨라고 생각하신다는 겁니까?"

그래서 하야타도 다른 각도에서 공격해 들어갔다. 물론 적당히 답을 피하리라 생각했다.

"살인사건의 범인이 그 소문의 붉은 옷이라는 증거는 하나도 없어. 마찬가지로 어젯밤 사건도 붉은 옷의 짓이라고 단정할 수는 없지. 성폭행을 목적으로 한 성범죄자일 수도 있고. 애당초 붉은 옷이 실제로 존재하는지조차 상당히 모호하지 않나?"

좋은 의미에서 예상이 빗나갔다. 게다가 사나다는 계속 말했다.

"그러므로 여전히 기사이치 기치노스케의 혐의가 가장 강하지."

신지를 의심하는 듯 말해놓고 실제로는 기치노스케가 여전히 가장 중요한 용의자라고 인정하는 발언을 했다.

이 경부, 좀처럼 작전이 먹히질 않네.

하야타는 속으로 중얼거리면서 다시금 상대에게 질문을 던졌다.

"기사이치 기치노스케 씨의 혐의가 농후하다는 사실은 너무나 잘 압니다. 그러나 어젯밤에 기괴한 사건이 일어났고 이 두 사건에서 찾아볼 수 있는 묘한 공통점이 아무래도 마음에 걸리는데 경부님은 어떻게 생각하십니까?"

서로의 속내를 캐내려는 상황에서는 질문을 질문으로 받음으로써 예상 밖의 정보를 얻을 때가 있다. 그는 아마추어지만 탐정 활동을 하며 그 점을 배웠다.

"그 공통점이란 게 뭔가?"

"두 현장 모두 밀실이었습니다."

순간 경부는 답이 궁한 듯 보였다. "그러므로 두 사건의 범인이 동일 인물이다?"

"밀실 안에 있었기 때문에 피해자의 아버지가 범인이다, 역시 밀실 안에 있었으므로 피해자의 남편이 범인이다, 그렇게 생각하는 게 확실히 합리적이기는 하죠. 하지만 둘 다 핵심인 동기가 없습니다."

"그건 수사 중이야."

"그리고 동기라고 하면 현장이 밀실이 된 이유도 포함되지 않을까요?"

"범인이 일부러 그렇게 만들었다는 말인가?"

"아뇨. 어디까지나 우연의 산물일 수도 있죠. 하지만 핵심은 왜 밀실이었냐, 그 비밀을 풀면 사건의 진상도 보일 듯합니다."

"당신, 참 재미있는 사람이군."

"그리고 공통점은, 하나 더 있습니다."

"뭔가?"

"피해자들이 둘 다 임산부라는 점입니다."

하야타가 이 사나다와의 대화에서 얻을 수 있었던 정보는 결국은 하나였다. 그것도 사실은 그가 알아차렸다는 정도에 지나지 않을지 모른다. 하지만 아마도 틀림없을 것이다.

경찰은 기사이치유기장 살인사건의 범인을 거의 기사이치 기치노스케라고 단정하고 있다. 다만 그렇게 생각하는 근거는 거의 상황 증거에 의존하고 있을 것이다. 경찰은 가장 중요한 동기를 아직 파악하지 못하고 있다. 전쟁 전이라면 날조할 우려가 있었으나 패전 후의 민주 경찰은 그럴 수 없으니 그나마 다행이었다.

하야타는 두 사람과 헤어진 뒤 기사이치의 집을 찾아가 어젯밤 일을 신지에게 물었다. 이어서 아케요가 새로 빌린 아파트에 들러 똑같은 질문을 던졌다. 그녀의 아파트는 호쇼지역 북쪽에 있었는데 환영회 때 어디 있는지 들었다. 조지에게도 사정을 물어보고 싶었으나 "그와 얘기해봤자 아마 소용없을 거야"라고 해서 포기하고 마지막으로 역 앞 파출소로 이자키를 찾아갔다.

보초를 서고 있던 순사는 특별히 싫어하는 기색 없이 하야타의 질문을 받아주었다. 다만 어젯밤 사건에 관해서는 말했으나 기사이치 유기장 살인사건에 관한 질문에는 거의 입을 열지 않았다. 경찰관으로서는 당연하다. 무엇보다 일개 순사인 그가 사나다 같은 형사들의 수사 내용을 얼마나 자세히 알고 있을지도 의문이었다.

하야타는 신이치와 신지, 아케요 세 사람과 이자키의 이야기에 어긋난 부분이 없음을 확인하고 가장 핵심적인 질문을 던졌다.

"경찰은, 야요이 씨 사건을 어떻게 보고 있나요?"

"사나다 경부는 새로운 무차별 폭행 사건으로 생각하고 있어요."

"붉은 옷과는 관련짓지 않고 있군요."

"그건 그녀들 사이의, 어디까지나 소문이니까요."

그녀들이란 물론 '밤의 여자'를 가리킨다. 하지만 붉은 미로를 품은 호쇼지역 파출소에 근무하는 순사는 붉은 옷 건을 '어디까지나 소문'으로 받아들이지 않고 있음을 하야타는 느낄 수 있었다. 공식적인 발언은 어디까지나 경찰관으로서 어쩔 수 없이 한 말이 아닐까.

하지만 더 붙들고 늘어져 속내를 듣는 일은 이자키를 더 곤란하게만 할 뿐 무익한 일임을 하야타도 알고 있었던 만큼 그대로 이야기를 진행했다.

"그럼 기사이치 쇼코 살해와의 관련은 어떨까요?"

"그런 질문에는 대답할 수 없어요." 이자키는 딱 잘라 거절했다. "본관은 어젯밤과 같은 무차별 폭행 사건이 다시 일어나지 않기를 바랄 뿐입니다."

그렇게 덧붙임으로써 개인적인 의견을 암암리에 전하는 듯 보였다. 게다가 그는 말과는 달리 무차별 폭행 사건의 재발로 붉은 옷의 실재가 다시금 인정되어 기사이치 기치노스케의 무죄가 증명되는 일련의 흐름을 상상하는 듯도 보였다.

"오늘 밤도 붉은 미로를 순찰하시나요?"

"전부터도 순회로에 포함되어 있었습니다. 요즘 여러 사건이 이어지고 있으니 더욱 안전 확인이 필요해져 중점적으로 순찰할 계획입니다. 무차별 폭행 사건이 또 일어나는 사태가 발생하면 자경단이 조직될지도 모르고요. 그것만은 피하고 싶습니다."

"수고하시네요."

하야타는 저절로 군대식 경례를 붙이려다가 간신히 멈추고 고개를 숙여 인사한 후 파출소를 나왔다.

그날 저녁, 하야타는 붉은 미로에 온 뒤로 벌어진 다양한 일들을 돌아보며 가리에로 돌아왔는데 신이치가 이미 와 있었다.

"일찍 왔네."

"응. 그런데 수확이 좀 있었어."

신이치는 그렇게 대답하면서도 석연치 않은 표정을 짓고 있었다.

"아무래도 좋은 소식은 아닐 것 같네."

하야타가 걱정했듯 신이치의 입에서 나온 말은 너무나도 어두운 이야기뿐이었다.

15장

동기의 문제

"시신을 부검한 결과, 수면제가 주사된 사실이 밝혀졌어."

구마가이 신이치의 첫 보고에 모토로이 하야타는 솔직히 놀랐다.

"진범이 주사를 놓았다……는 말인가?"

"당연히 그렇겠지."

"잭은 상대에게 수면제를 먹였어."

아케요가 말해준 미군 병사에 관한 소문을 하야타가 말하자, 신이
치도 그것을 떠올린 듯했다.

"범인이 잭더리퍼란 말이야?"

"놈이 아니라면 범인은 왜 수면제를 주사했을까?"

신이치는 일단 생각나는 대로 말했다. "수면제 강도……라거나."

"혹은 피해자의 배에서 태아를 꺼내기…… 위해서이거나."

신이치도 당연히 그 생각을 했을 텐데, 역시 자기 입으로는 말하

지 못한 듯하다.

"경찰 소견은?"

"일단 양쪽 다 수사할 모양인데 솔직히 상당히 곤혹스러워하고 있는 모양이야."

"그렇겠지."

하야타는 사나다 경부의 얼굴을 떠올렸다.

"만약 수면제 강도라면 죽일 필요까지는 없었어. 태아를 꺼내려는 게 동기였다면 진범은 상당한 미치광이라고 할 수 있지. 아무리 기사이치 기치노스케 씨에게 주정 부리는 버릇이 있었다고 해도 이 사건의 범인으로 보기에는 상당히 어려울 거야."

"그 점만은 우리에게 유리한데……."

신이치는 그래도 쇼코가 당한 처참한 행위가 밝혀진 탓인지 동요를 감추지 못했다.

"하지만 사나다 경부라면, 피해자의 의심을 사지 않고 수면제 주사를 놓을 사람은 아버지밖에 없다고 주장할 거야."

하야타가 우려를 표하니 신이치가 고개를 절레절레 흔들었다.

"쇼코는 종업원 휴게실에서 자주 졸았어. 게다가 당일은 아침부터 신주쿠의 이 씨 댁에 갔으니까 틀림없이 피곤했을 거야. 꾸벅꾸벅 졸고 있었을 가능성도 커."

"잠들어 있었다면 누구나 주사를 놓을 수 있겠군." 하야타는 그렇게 말하다가 퍼뜩 어떤 생각을 떠올렸다. "두 가지 추리 사이……일 가능성도 있겠군."

"무슨 소리야?"

"진범의 목적은 쇼코 씨의 살해에 있었어. 아무리 졸고 있었더라도 손을 대는 순간 소리를 칠 수도 있어. 그래서 미리 수면 주사를 놓아 그녀의 저항을 막았어. 그리고 살인을 저질렀다." 하야타는 거기서 핵심적인 질문을 던졌다. "그녀의 사인은?"

"복부의 과다 출혈이야. 일단 배를 찌른 다음 배를 가른 것 같아. 이 두 행위가 같은 인물에 의한 것인지, 다른 인물의 짓인지, 당연히 판단할 수 없어. 부검을 담당한 교수의 소견은 적어도 범인은 외과의가 아니라는 거야."

"관계자에 외과의가 있었으면 제외할 수 있어서 다행이었겠군."

"지금 우리에게는 전혀 도움이 안 되는 정보지."

"사망 추정 시각은?"

"당일 오후 8시 반부터 10시 반인데 이것도 아무 도움이 안 돼. 범행은 오후 9시 이후부터 9시 반 사이라는 걸 알고 있으니까." 신이치는 투덜거리며 하야타를 봤다. "네 추리를 경찰에 전할까?"

"아니, 사나다 경부라면 그 정도는 생각할 거야. 수면제 강도 선을 쫓는 한편으로 살인사건으로서 두 가능성을 검토하겠지."

"두 가지가 뭔데?"

"하나는 진범이 쇼코 씨를 찔러 죽인 다음 기사이치 씨가 태아를 꺼내려 한 것. 다른 하나는 기사이치 씨가 범인이고 모두 그가 했다는 것."

신이치는 잠시 생각에 잠긴 후 입을 열었다. "만취해 주정 부릴 상태였던 삼촌이 주사를 놓을 정도로 냉정한 행동을 했다고?"

"복부에는 다른 자상은 전혀 없어 보였는데……."

"응. 맞아. 그건 틀림없어."

"그런데도 경찰은 기사이치 씨를 범인으로 생각했어. 즉 경찰은 만취 상태인 기사이치 씨라도 범행은 충분히 가능했다고 보고 있다는 증거겠지."

신이치는 다시 생각에 잠겼다가 말했다. "진범이 쇼코를 살해하고 태아를 꺼냈다는 설은 없을까?"

"설로서는 가능한데 가능성은 적어."

"왜?"

"피가 튀는 문제가 있어."

신이치는 자기혐오에 빠진 표정을 지었다. "그 점을 깨닫지 못하다니 나는 정말 바보구나."

"기사이치 씨는 네 가족이나 마찬가지니까 그렇게 객관적으로 볼 수 없지."

"그렇다고 해도 너무 한심해……."

풀이 죽은 친구에게 힘을 주려고 하야타가 말했다. "사방에 튀는 피 문제를 생각하면 첫 번째 진범이 쇼코 씨를 칼로 찔러 죽인 다음 기사이치 씨가 태아를 꺼내려 했다는 설이 가장 유력해."

"그렇지. 식칼로 배를 찌르기만 하면 거의 피가 안 튈 테니까."

"다만 그에 맞는 용의자가 딱 한 사람 있어."

"잭더리퍼?"

"그러면 피가 튀는 것까지 미리 대책을 세우고 범행했을 거야."

하야타는 중요한 지적을 하고 나서 신이치에 물었다. "MP는 어때?"

"처음에는 움직였던 것 같은데 그 뒤로는 잠잠해."

"음, 잭더리퍼, 그러니까 미군 병사의 짓이 아니라고 MP 측은 판단했다……?"

"아니면 놈의 범행이라고 단정해서 이미 손을 썼거나……."

"그는 이번 사건 전에 강제 송환되었다며?"

하야타의 질문에 신이치는 미간을 찌푸렸다.

"밤의 여자들 사이에서는 그런 소문이 확실히 돌았어. 하지만 사실이 어떤지는 모르지. 지난 이틀 동안, 나도 이리저리 알아봤는데 미군 내부 소식은 정말 깜깜이야."

"미군 병사 잭 건이라 더 그렇겠지."

"놈에 대해서는 계속 알아보겠지만, 밤의 여자가 아니라 쇼코가 당했어. 그런 사건이 잭더리퍼의 짓으로 여겨질까?"

"전처럼 밤의 여자를 노리는 건 천하의 잭이라도 무리라고 생각했다, 그래서 새로운 희생양을 찾아서……."

"왜 쇼코가 걸렸을까?"

"기사이치유기장 손님으로 왔다가 종업원으로 일하는 그녀를 알았을지 모르지."

"……맞아. 가게 손님에는 미군 병사도 있지."

"하지만 잭더리퍼 범인설에는 큰 문제가 버티고 있어."

"밀실?"

"물론 그것도 있지. 하지만 그보다 범행 시간대에 기사이치유기장 주변에 특별히 미군 병사를 봤다는 목격담이 나오지 않는다는 게 더 중요해."

"미군 병사를 자주 접하더라도 범행 시간대에 가게 근처에 있었다면 분명 누군가 봤겠지?"

"그런데 그런 증언이 나오지 않고 있어."

"놈이 범인이라면 모든 게 다 정리될 텐데."

그 경우, 잭더리퍼가 일본 경찰에 체포되어 일본 법원에서 일본 법률로 재판을 받는 일은 절대 없으리라는 사실을 신이치도 알고 있다. 그도 쇼코의 원통함을 풀 길이 없음을 안다. 그래도 '다 정리된다'라고 생각한 것은, 딸을 죽였다는 죄를 기사이치 기치노스케가 뒤집어쓰는 일만은 어떻게든 막고 싶은 것이다. 하야타는 친구의 바람을 너무나도 통감하고 있었다.

"제일 먼저 물어봤어야 했는데 기사이치 씨 상태는 어때?"

"……여전하대."

"아직 고마이병원에 계셔?"

"아니, 지금은 경찰서 구치소로 옮겨 계속 조사받고 있어. 아무래도 진전이 전혀 없는 듯하지만……."

"아무 말도 하지 못해서?"

"응. 의사 소견은 정신적인 타격이 너무 커서 말할 수 없다……라는 건데 경찰 생각은 다른가 봐."

"……묵비라고?"

신이치가 한숨과 함께 고개를 끄덕였다.

"범인이라 묵비하고 있다, 경찰은 그렇게 보고 있다고?"

"다만 삼촌의 동기에 대해, 여전히 경찰도 설명하지 못하고 있어. 그들이 기대고 있는 건 만취와 주정뿐이라고." 신이치의 표정이 잠시 밝아졌다. "우리가 변호사를 알아봤으니까 이대로 경찰이 명확한 동기를 제시하지 못하면 석방될지도 모른데. 시간은 걸릴지 모르겠는데 희망은 있어."

"그 변호사는 믿을 만해?"

"우리의 우수한 동기들은 법조계에도 있으니까 걱정하지 마."

"그렇구나." 하야타는 감탄하면서도 늘 마음에 걸렸던 문제를 꺼냈다. "범행 동기와 관련해서, 조금 마음에 걸리는 점이 하나 있어."

"뭔데?"

"네가 칼로 살인을 저지른다고 생각해봐. 너는 어디를 찌를까?"

하야타의 당돌한 질문에 신이치는 바로 대답했다.

"단칼에 죽일 생각이라면 당연히 심장이지."

"상대가 저항할 수 없는 상태라면?"

"더욱 그렇지. 경동맥도 생각할 수 있어. 하지만 그곳이야말로 엄청난 피가 튈 우려가 있으니까." 신이치는 대답하고는 바로 질문을 던졌다. "쇼코에게 수면제 주사를 놓고 왜 배를 찔렀느냐는 말이지? 그게 걸려?"

"살해가 목적이라면 네가 말한 대로 심장을 노렸을 가능성이 커. 그러나 진범은 피해자의 복부를 찔렀어."

"왜일까?"

"목적이 쇼코 씨의 살해가 아니라 태아 살인이라면⋯⋯."

"뭐, 뭐라고?" 신이치는 머리가 혼란스러운 듯했다. "그러니까 아기만 죽일 수 있었다면 가령 그녀가 살더라도 진범은 개의치 않았다⋯⋯라고 말하고 싶은 거야?"

"바로 거기에 동기의 문제가 있을지 몰라."

"태아 살해로 진범은 뭘 원했다는 거야?"

"기사이치 씨로부터 가족을 빼앗는 것."

"뭐⋯⋯!"

"그건 딸을 죽여도 달성할 수 있기는 해. 하지만 진범은 출산 전 손주의 생명을 거둠으로써 기사이치 씨에게 더욱 깊은 절망을 줄 수 있다고 생각하지 않았을까?"

"도대체 그런 동기가, 언제 어디, 누구에게 생길 수 있지?"

"중일전쟁 때 중국에서, 일본군에게 가족을 살해당한 사람에게."

신이치는 한동안 꿈쩍도 하지 못했으나 곧 두 눈을 부릅떴다.

"⋯⋯진범이 양 씨라는 거야?"

"그 사람에게 혐의를 두려면 적어도 기사이치 씨가 중국에 건너갔던 시기와 장소, 양 씨의 그쪽 생활이 일치할 필요가 있겠지만."

"그렇기는 하지만⋯⋯." 신이치는 새삼 또 믿을 수 없다는 표정을 지었다. "아니, 이건 제대로 확인해야만 해. 알겠어. 삼촌의 군 경력을 조사해볼게."

"나는 양 씨부터 중국에서의 생활을 알아낼게."

순식간에 두 사람의 역할 분담이 이루어졌다.

"동기의 근간은 별개로 하고 태아 살해가 목적이었을지 모르는 진범 후보가 또 있어."

하야타가 그렇게 말을 시작하자, 신이치는 각오를 다진 듯했다.

"설마 그거 혹시 세이이치야?"

"그가 패전 후에 당한 혹독한 일과 그가 쇼코 씨에게서 모성을 느낀 사실에서 태어날 아이에게 강한 질투심을 가졌다고 해도 이상할 건 없어."

"그 애가 진범이라면 밀실의 비밀도 바로 사라져."

"사건 관계자 가운데 그 밀실을 출입할 수 있는 유일한 사람이 세이이치니까."

"그래서 어떻게 할 거야?"

"그의 경우는 조사라고 해도 본인에게 직접 이야기를 들을 수밖에 없어."

"네게 부탁해도 될까?"

하야타는 고개를 까딱 끄덕이며 제안을 받아들였다.

"하지만 말이야……." 신이치는 머리를 마구 헝클어뜨리며 말했다. "양 씨와 세이이치를 의심해야 한다니……."

"전자는 기사이치 씨에 대한 과거의 복수이고, 후자는 현시점에서의 일종의 자기 보존이 동기가 되지."

"혐의를 둘 수 있는 사람은 이 둘뿐이야?"

신이치의 질문에 하야타는 바로 대답하지 못했다.

"왜 그래? 내게 감출 필요는 없어."

"아니, 과거의 복수일지 모른다는…… 의미에서는 양 씨에 가까운데 실제로는 있을 수 없겠으나 용의자가 하나 더 있기는 해……."

"그게 누구인데?"

"……신지 씨야."

이 말에는 신이치도 당황한 듯했다.

"아, 나도 사실은 쇼코의 데릴사위로 녀석은 어울리지 않는다고 생각했어. 그 마음은 지금도 변함없지만……." 신이치는 솔직한 감정을 숨김없이 토로하고 덧붙였다. "하지만, 아무리 그래도 녀석이 아내를 죽이는 건 무리야."

"실은 나도 같은 생각이지만……."

"그리고 과거의 복수라는 게 무슨 소리야? 그 두 사람에게 그런 일이……."

"복수의 상대는 양 씨와 마찬가지로 기사이치 씨겠지."

신이치는 잠시 침묵을 지킨 뒤 말했다. "설명 좀 해봐."

"무엇보다 이는 양 씨보다 더 모호한 상황 증거에 근거한 추리에 불과해."

"그래도 괜찮아."

"이 씨 부부에게 입양되기 전, 기시 신지로 살았을 때 아버지가 도박에 빠지는 바람에 그는 일가가 뿔뿔이 흩어져야 하는 불행한 처지가 되고 말았어. 그런 말을 쇼코 씨에게 들었는데 그 전에 아버지가 도박하게 만드는 사건이 일어났고 그게 가족 불행의 원인……이 되었다는 부분이 마음에 걸렸어."

"쇼코에게 나도 같은 이야기를 들었어."

"하지만 기사이치 씨 부녀는 그 사건을 딱히 조사하지 않았지."

"신지도 더는 얘기하고 싶어 하지 않았겠지."

"응. 그런데 내 마음에 걸린 건, 기사이치 씨가 과거에 도박 관련해 한 번, 주정을 부리는 바람에 큰 실수를 해서 뼈아픈 경험을 했다……는 이야기야."

"어이, 이봐. 설마……."

"지금은 달리 단서도 증거도 없어. 하지만 이 두 가지가 같은 도박이었다면 어떨까?"

"내 집안의 불행에 삼촌이 관련되어 있다……는 사실을 신지가 최근에 알게 되었다고?"

"어디까지나 일개 추리에 불과해." 하야타는 일단 전제한 다음 말했다. "게다가 아무리 기사이치 씨에 대한 복수라고 해도 사랑하는 자기 아내를, 그것도 임신 중인 아내를 살해할 수 있을지……."

"아니, 아니야. 있을 수 없어." 신이치는 조금의 주저도 없이 부정했다. "양 씨와는 달리 태아 살해가 목적이었다 해도 신지를 보면 생각할 수 없어. 있을 수 없는 일이야."

"아무래도 그렇지?"

깊이 생각에 빠진 하야타를 보고, 신이치가 말을 걸었다.

"그래도 너는 그 기묘한 공통점이 마음에 걸리는구나? 그렇다면 기시 가문의 과거를 조사해보면 되잖아."

이후 두 사람은 다시 역할을 분담했다.

신이치는 경찰과 병원 등의 관계자와 기관을 계속 돌아다녀야 했으므로 기사이치 기치노스케의 군 경력을 조사하는 것 외에는 하야타가 맡기로 했다. 즉 일본군에 살해당한 양쯔민의 가족과 야나기다 세이이치의 쇼코에 대한 마음, 과거에 기시 가문이 겪었던 사건을 하야타가 조사하게 된 것이다.

하야타는 이제 곧 11시가 된다는 사실을 깨닫고 제안했다.

"우리도 붉은 미로를 순찰하러 나가볼까?"

"그렇지. 가게 문을 닫은 여성들이 딱 목욕탕에 갈 시간이구나."

신이치도 바로 제안에 응했다.

"그 여성들 가운데 특별히 임산부를 신경 써야 해."

하야타의 말에 신이치가 갑자기 당혹스러운 표정을 지었다.

"어디의 누가 해당하는지 지금 당장은 알 도리가 없잖아."

"네가 아는 범위에서 그런 여성이 없어?"

신이치는 잠시 생각하더니 말했다. "그러고 보니 쇼코보다 나이가 좀 위인 지인 가운데 그런 사람이 있었던 것 같은데……."

"……식당 집 아가씨 아니었나?"

"아! 틀림없이 하마마쓰야라고……."

"사토코 씨야. 환영회 때 쇼코 씨가 했던 말이 기억나."

"너는 참, 그 짧은 시간에 여러 사람에게 많은 이야기를 들었다."

신이치는 완전히 감탄한 표정을 지었다.

"술집이 아니라 식당이라면 벌써 문을 닫고 돌아가지 않았을까?"

하야타가 걱정했으나 친구는 문제없다는 태도였다.

"아니야. 암시장 식당의 손님은 실은 서로 근처에서 장사하는 사람들이 많아. 특히 술집 같은 데는 종업원뿐만 아니라 손님이 배달을 부탁할 때도 있어. 물론 일반 손님만 상대하는 식당도 있지만, 그런 가게는 붉은 미로에서 얼마 안 될 거야."

"일단 가보자."

하야타가 재촉해 가리에를 나왔는데 신이치가 갑자기 당혹스러운 표정을 지었다.

"장소가 어딘지 모르는데……."

"대강의 위치는?"

"……저쪽, 동쪽이야." 그는 손가락으로 가리켰다. "고, 고스트타운 근처일지도 몰라."

"그렇다고 사토코 씨가 그곳을 통과해 돌아가지는 않겠지."

하야타는 그렇게 대답했으나 자신이 헤맸던 고스트타운의 모습이 뇌리를 스쳐 기분이 좋지 않았다. 그래도 둘은 망설이지 않고 그대로 붉은 미로의 동쪽을 향해 걷기 시작했다.

"어젯밤처럼 아케요 씨가 오늘 밤도 오면 위험할 텐데."

"큰일이야." 신이치는 못마땅한 표정을 지었다.

"아케요 씨는 기사이치 씨의 무죄를 입증하려고 진범인 붉은 옷을 잡을 계획이었다고 사정 청취에서 말했지?"

"그 녀석은 지금까지 삼촌의 신세를 많이 졌으니까."

"너무 위험하니까 그만하라고 말렸는데 조지랑 같이 있으니 괜찮다고 우기면서 거부하더라."

"고집이 세니까, 그 사람은……." 신이치의 말투는 반쯤 화가 난 듯, 반쯤은 어이없는 듯했다. 이어서 아케요의 무모함을 깨끗하게 인정했다. "하지만 조지가 곁에 있으니까 괜찮지 않을까?"

두 사람이 고생 끝에 하마마쓰야를 발견했을 때 이미 제등의 불이 꺼져 있고 가게 문도 닫혀 있었다. 그래도 가게 안에 인기척이 있어서 가보니 주인이 얼굴을 내밀었다. 아무래도 사토코의 아버지인 모양이다.

"하마마쓰 씨, 밤늦게 죄송한데 실은……."

신이치가 간단하게 사정을 설명하자마자 상대의 낯빛이 변했다.

"우, 우리 딸이, 형님 댁 쇼코 씨와 가, 같은 일을……?"

"아닙니다. 그런 일을 당했다는 게 아니라 어디까지나 조심해야 할 듯해서요."

"바, 바로 갑시다."

가게 문단속도 내팽개치고 서둘러 딸의 뒤를 쫓으려는 하마마쓰를 일단 신이치가 달랬다. 그리고 하야타도 도와 얼른 문단속을 마쳤다.

"사토코 씨가 돌아갈 집은 어느 쪽에 있습니까?"

"붉은 미로의 동쪽입니다."

그 대답에 하야타와 신지가 서로의 얼굴을 마주 보자, 하마마쓰 씨도 그들의 걱정을 알아차린 듯했다.

"늘 고스트타운을 지나가지 말라고 당부하기는 했는데……." 하마마쓰도 말하면서 역시 걱정스러운 모양이었다.

"하지만 따님은 그곳을 이용하나요?"

"……지름길이라고, 전에 말했어요. 하지만 아이가 생긴 다음부터는 더는 안 다닐 텐데……."

그래도 너무 피곤해 얼른 집에 가고 싶을 때는 홀린 듯 그 길을 택할지도 모른다고 하야타는 생각했다. 아마 신이치도 같은 생각이었을 것이다.

신이치는 고스트타운으로 들어가는 골목 앞까지 도착해 자택까지의 길을 물었다. 그러나 하마마쓰 본인은 언제나 멀리 돌아 가게까지 출근하고 있는 듯 만족할 만한 답을 주지 못했다.

"하마마쓰 씨는 평소 가시는 대로 집까지 가세요. 만약 중간에 따님을 만나더라도 저희에게 알려주실 필요는 없습니다. 그리고 부디 고스트타운은 지나가지 말라고 사토코 씨에게 주의해주시길 바랍니다."

"두 분은?"

"우리는 고스트타운 안으로 들어가 댁 방향으로 가겠습니다. 그리고 혹시 따님을 따라잡으면 그대로 집까지 바래다드리죠."

"잘 부탁합니다."

하마마쓰는 깊이 고개를 숙이고 서둘러 자리를 떠났다.

서두르는 신이치를 따라 고스트타운으로 들어가 그 좁은 길을 걷기 시작했다. 그러자 바로 주위의 어둠이 짙어짐과 동시에 훅 습도가 오른 느낌이 들었다. 그런데도 한기와 비슷한 느낌이 들었다. 끈

끈한 공기가 불쾌한데 그 안에 냉기가 숨어 있는 듯해 아무래도 불쾌했다.

"여기서 헤어질까?"

첫 번째 갈림길 앞에서, 신이치가 제안했다.

"집을 향해 걸으며 각자 사토코 씨를 찾자는 말인가?"

"그래. 사실은 방향 감각을 잃어 이곳에서 헤맬지도 모르지만."

한밤중에 고스트타운을 혼자 방황하는 일은 마뜩잖았으나 지금은 사토코 씨의 무사를 확인하는 게 먼저였다. 신이치는 오른쪽 골목으로, 하야타는 왼쪽으로 나아갔다.

야요이를 습격한 게 붉은 옷이라는 보장은 없다. 경찰이 생각하듯 무차별 폭행범일지 모르고 혹여 붉은 옷이었다고 해도 오늘 밤에 또 나타날지는 모를 일이다. 다시 출몰하더라도 그 장소가 고스트타운이라는 법도 없다. 무엇보다 하마마쓰야의 사토코가 목표라는 증거는 하나도 없다. 모든 게 불확실했다.

하야타는 냉정하게 생각하면서도 왠지 마음이 소란스러웠다. 이것도 고스트타운이 주는 부정적인 감각이겠지. 그런 그의 걱정이 맞아떨어지듯 잠시 더 걷고 있는데 바로 근처에서 여성의 비명 소리가 들렸다.

16장

붉은 옷, 다시 나타나다

하야타는 소리가 나는 쪽으로 달리기 시작했다.

"거기!"

"무슨 일이야!"

그런 외침이 계속 들리더니 바로 갈림길이 나타났다. 재빨리 좌우를 살피고 왼편 골목으로 뛰어들자마자 신이치의 등과 그 너머에 쓰러져 있는 여성의 모습이 눈에 들어왔다.

신이치의 뒤를 쫓아 하야타가 골목으로 들어갔다.

"야! 거기 움직이지 마!"

여성 너머에서 고함치는 커다란 목소리가 울리고 무시무시한 표정의 이자키 순사가 달려왔다.

"……아! 당신들이었습니까?"

그는 둘을 보자마자 너무나 당황한 표정을 지었다.

"괜찮으십니까? 하마마쓰야의 사토코 씨죠?"

하야타가 여성을 달래면서 상대가 임산부임을 확인하고 묻자, 여성도 여러 번 고개를 끄덕였다.

"습격당했나요?"

"……아, 아아."

사토코는 신음하듯 입을 벌릴 뿐 제대로 말하지 못했다.

"진정하세요. 이제 걱정하실 일은 없습니다."

"……아, 아아."

"심호흡하세요. 자, 천천히……."

그녀는 하야타가 시키는 대로 순순히 여러 번 심호흡하고 나서 말했다. "……아, 붉은 옷이요."

분명히 말했다.

"어이……."

그때 신이치가 슬쩍 하야타에게 말을 걸었다.

그가 고개를 들고 돌아보니 신이치와 이자키가 나란히 같은 방향을 보고 있었다. 두 사람은 하야타가 지나온 갈림길에서 이쪽으로 상당히 온 지점, 지금 그들이 서 있는 곳에서 보기에 왼쪽으로 구부러진 골목을 응시하고 있었다.

하야타는 일어나 다시 조금 걸어 두 사람과 같이 골목을 들여다보다가 깜짝 놀랐다.

……막다른 골목이네.

골목 끝은 막다른 곳이었다. 그래선지 여러 장의 더러운 널빤지와 함석, 여러 개의 각목과 죽간, 여러 나무 상자와 고리짝, 너덜너덜한 덮개와 천 등이 잡다하게 쌓여 있었다. 자그마한 폐자재 창고 같은 공간이 그곳에 있었다.

"사토코 씨의 비명을 듣고 나와 너, 이자키 순사님이 거의 바로 달려오지 않았어?"

"그랬지."

"하지만 우리는 여기에서 도망치는 범인과 세 사람 다 마주치지 않았어……."

하야타와 이자키가 말없이 고개만 끄덕였다.

"저쪽으로 도망쳐도 조금 움푹 들어갔을 뿐 갈 데는 없어."

신이치는 자신들이 있는 지점의 반대편이자 이자키가 온 방향을 가리켰다. 그쪽으로 곧장 가면 사당으로 보이는 조그만 건물이 있을 뿐 막다른 골목이었다. 참고로 사당 좌우에는 각각 닫힌 점포의 현관이 보인다. 순사는 그 사당처럼 보이는 건물이 있는 움푹 들어간 곳의 조금 전 골목에서 달려왔다.

"이 현장을 통과할 수 있는 곳은 우리가 달려온 세 방향뿐이야."

신이치의 확인에 하야타와 이자키는 다시 말없이 고개를 끄덕였다.

"그런데도 아무도 범인과 마주치지 않았다면 이곳에 숨어 있다는 말인데, 안 그래?"

하야타는 내내 조그만 목소리로 얘기하는 신이치를 제지하고 자신들이 있는 골목 좌우를 가리키면서 사토코에게 물었다.

"범인이 어느 쪽으로 도망쳤는지 아십니까?"

그녀는 바로 고개를 저었다. 어젯밤의 야요이와 마찬가지로 그럴 만한 여유는 없었을 것이다.

"하나밖에 없네."

신이치는 그렇게 말하고 막다른 골목으로 들어가려 했다.

"이곳은 본관이……."

이자키는 부드러운 말투였으나 단호한 태도로 선두에 섰다. 그 뒤를 신이치가 따랐으므로 하야타는 만일을 대비해 사토코를 보호하기 위해 그 자리에 남았으나 시선만은 내내 골목 안쪽에 두고 있었다.

"어이, 이제 나와!" 이자키는 낮고 박력 있는 목소리로 안을 향해 위협했다. "그곳에 숨어 있다는 거 다 알아."

그러자 골목의 폐자재 뒤에서 순사의 목소리에 반응하듯이.

……끼이익.

붉은 미로에 둥지를 튼 마물의 울음처럼 느껴질 만큼 기분 나쁜 소리가 들렸다.

……마른 폐자재가 뒤틀리며 내는 소리인가?

틀림없이 신이치와 이자키도 하야타와 똑같이 생각했을 텐데 두 사람의 걸음이 순간 딱 멈췄다. 아무래도 어떤 기괴한 분위기를 느꼈기 때문일 것이다.

조금 후 신이치가 이자키의 어깨를 톡톡 두드려 두 사람은 다시 앞으로 걸어가기 시작했다.

"어이, 이제 포기해."

이자키가 계속 말을 걸었으나 조금 전과 같은 박력은 없었다. 다만 신이치가 다시 순사의 어깨를 두드리고 자기가 앞장서겠다는 의사를 몸짓으로 전달해도 완고하게 거절한 이유는 아마도 경찰관으로서의 긍지 때문일 것이다.

그런데 갑자기…….

"아아아아악!"

영문 모를 섬뜩한 절규와 함께 안쪽 폐자재 뒤에서 검고 작은 그림자가 튀어나와 이쪽을 향한 순간, 이자키는 그만 그 자리에서 기겁하고 말았고 덩달아 놀란 신이치까지 엉덩방아를 찧었다.

하야타가 바로 도우려 했으나 막다른 골목에 모습을 드러낸 인물을 보고 저도 모르게 사토코를 돌아봤다.

"……설마 쟤였나요?"

"아뇨, 상대는 성인 남자였어요."

그녀는 우물쭈물했던 지금까지의 말투와는 달리 딱 잘라 말했다.

"……그렇죠?"

하야타가 그렇게 말한 이유는 골목에 세이이치가 우두커니 서 있었기 때문이다.

"너, 너는…… 여기서 뭘 하고 있었니?"

신이치는 쑥스러운 듯 이자키와 함께 일어나면서 살짝 노여움을 담아 물었으나 세이이치는 겁을 먹은 듯 우두커니 서 있을 뿐 아무 말도 하지 않았다.

"어서 대답해. 아이가 걸어 다닐 시간도, 어슬렁거릴 만한 곳도 아니잖아."

"자, 잠깐만." 하야타는 친구를 말리고는 세이이치에게 물었다. "혹시 너, 기사이치 기치노스케의 무죄를 증명하기 위해 붉은 옷을 잡을 생각이었니?"

"……그래?"

신이치가 놀라며 세이이치에게 다가가려고 해서 하야타는 다시 친구를 말렸다.

"너는 어젯밤 신지 씨에게 그날 일을 자세히 들었어. 그래서 오늘 밤은 자신이 직접 해보자고 생각한 거야. 안 그러니?"

세이이치가 고개를 까딱 끄덕였다. 하야타는 신이치가 괜한 소리를 하기 전에 먼저 부드럽게 소년을 재촉했고 소년은 다음과 같은 이야기를 더듬더듬 털어놓았다.

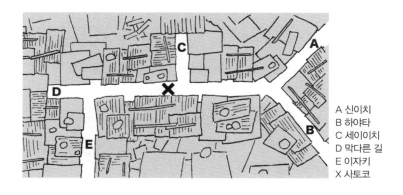

A 신이치
B 하야타
C 세이이치
D 막다른 길
E 이자키
X 사토코

세이이치는 어젯밤 야요이 사건을 듣고 역시 쇼코를 살해한 범인은 기사이치 기치노스케가 아니라 붉은 옷임을 확신했다. 또 신지도 같은 생각에 어젯밤 붉은 옷을 잡으려고 붉은 미로에 들어온 듯하다는 말을 듣고 그는 놀라면서 동시에 사무치게 깨달았다.

사실 신지는 겁이 많은 사람이다. 그런 사람이 무의식적이었다고는 해도 심야의 붉은 미로를 돌아다녔을 뿐만 아니라 정체불명의 붉은 옷에 도전하려 한 것이다.

자신도 형님의 신세를 너무나도 많이 졌다.

그런데 사타케 건으로 형님에게 또 폐를 끼치고 말았고, 게다가 기치노스케는 지금, 딸을 살해했다는 누명을 쓰고 있다. 이럴 때야말로 보은해야 하지 않을까. 다행히 신지는 오늘 밤에는 외출하지 않을 듯하다. 야요이 사건에서 느낀 공포가 아무래도 여전히 남아 있는 듯 보였다.

역시 나밖에 없어.

세이이치는 그렇게 생각했다. 신지 말로는 이자키 순사를 비롯한 파출소 경찰과, 구마가이 신이치, 아케요와 조지도 순찰한다는데 붉은 미로는 넓은 데다 일단 길을 잃기 십상이다. 겨우 네다섯 명 정도로는 충분치 않다.

물론 아이인 자기가 하나 더 붙는다고 해서 충분해지는 것도 아니다. 하지만 그건 어른이라도 마찬가지 아닐까. 어둠 속에서 붉은 미로를 그저 돌아만 다닌다고 붉은 옷을 잡을 수 있을까. 어젯밤의 신이치 일행은 그저 운이 좋았을 뿐이다.

이때 세이이치는 기가 막힌 작전 하나를 떠올렸다.

임신한 여자의 뒤를 밟자.

붉은 옷은 아무래도 임산부를 노리는 듯하다. 그 사실을 안 세이이치의 머리에 예전 쇼코에게 들은 하마마쓰야의 사토코가 떠올랐다. 쇼코와 마찬가지로 그녀는 가게 장부를 정리하느라 귀가가 늦다. 게다가 지름길이라는 이유로 가끔 그 고스트타운을 지나간다고 했다.

미끼로 딱 좋았다.

사토코에게는 미안했고 언제 붉은 옷의 표적이 될지도 모르나 오늘 밤부터 매일 감시하자……라는 나름의 계획을 세웠다.

세이이치는 신지가 얼른 잠들기를 기다렸다가 서랍장에서 낡고 주름진 보자기를 꺼내 그곳에 손전등과 쇠망치를 넣어 집을 나왔다. 손전등은 어두울 때 사용할 생각이었고, 쇠망치는 호신용이었다.

혹시나 해서 호쇼지역 앞을 피해 남쪽 빈민굴에서 붉은 미로 동남쪽으로 들어와 그곳에서 하마마쓰야로 향했다. 중간쯤 역시 길을 잃고 헤맬 뻔했으나 간신히 가게에 도착했는데 바로 사토코가 가게에서 나왔다. 조금만 늦게 왔어도 만나지 못했겠다.

사토코의 뒤를 쫓고 있는데 그녀는 한 골목 갈림길에서 갑자기 멈추더니 망설였다.

오른쪽으로 가면 고스트타운이다.

세이이치는 그녀가 망설이는 이유를 너무나 잘 알았고 그 순간 그의 마음에도 망설임이 찾아들었다. 고스트타운으로 들어가면 붉은 옷을 만날 위험이 커진다. 그러니까 덜 위험한 왼쪽 골목을 골랐으면 좋겠다…….

붉은 옷을 잡기를 바라는 한편 사토코가 무사하기를 기도하는 모순된 심리가 그를 괴롭혔다.

사토코는 오른쪽 골목으로 걸음을 내디뎠다.

거기까지는 그리 인적이 적지 않았는데 고스트타운에 들어서자마자 골목 앞뒤로 사람이 하나도 없었다. 빠르게 앞서서 걷는 사토코와 그녀를 몰래 미행하는 세이이치 두 사람만이 반쯤 폐허가 된 구획에 남게 되었다. 여기에 들어오기 전부터 이미 가게 불을 끈 곳이 많았는데 이 구획에서는 달빛밖에 의지할 게 없었다. 손전등이 있으나 상대에게 들킬지도 모르니까 정말 위험해지는 순간까지는 사용하지 않는 게 무난할 것이다.

물론 미행하는 세이이치에게 상대를 놓칠 우려가 거의 없는 상황은 그야말로 금상첨화의 상황이나 솔직히 좋아하고만 있을 수 없었다.

이런 곳에 그녀와 단둘이…….

게다가 함께 걷는 게 아니므로 상대는 세이이치의 존재를 전혀 모른다. 이래서는 그의 신변에 무슨 일이 일어나 도움을 청해도 사토코는 틀림없이 이유를 몰라 도망치고 말 것이다. 세이이치는 너무나 쉽게 그런 전개가 상상이 되어 두려움에 떨었다.

또 아무리 미행이 쉽다 해도 방심은 금물이다. 기분 탓인지 고스트타운은 골목 하나의 길이가 다른 구획보다 훨씬 짧게 느껴졌다. 사토코가 모퉁이를 돌면 세이이치도 바로 따라 돌아야 한다. 우물쭈물하고 있다가는 그녀가 다음 갈림길로 들어가 놓치는 실수를 계속하면 순식간에 혼자 남겨질 것이다.

그렇게 맞이한 몇 번째의 모퉁이였을까.

골목을 휙 돈 세이이치의 눈에 웬일로 긴 골목이 뻗어 있었다. 앞쪽 끝에는 사당 같은 게 보였고 그 너머는 막다른 길 같았다. 사당 좌우의 폐점한 가게 바로 앞 왼쪽과 조금 더 앞쪽 오른편에도 각각 골목이 있었다.

……그런데 사토코가 보이지 않았다.

어? 왜……? 그가 자리에 우두커니 서 있는데 뒤에서 그녀로 예상되는 발소리가 들려왔다.

내가 길을 잘못 든 사토코 씨를 앞질렀나 봐.

그러니까 지금은 세이이치가 앞서 있는 셈이다. 황급히 그가 오른편 골목까지 나아가 살펴보니 아무래도 상황이 이상했다. 손전등을 켜보니 그곳은 막다른 골목이었다. 안에는 폐자재가 놓여 있을 뿐 갈 만한 곳이 없었다.

여기서 위기를 넘기자.

세이이치는 쪼개진 널빤지와 함석 뒤에 숨었다. 그녀가 이 골목으로 들어오지는 않겠으나 조심해서 나쁠 건 없다.

사토코의 발소리로 여겨지는 울림이 바로 다가오더니 그가 몸을 숨긴 골목 앞을 지나갔다. 그래서 다시 뒤를 쫓으려고 할 때였다.

"꺄아아악!"

갑자기 여자의 비명 소리가 났다.

설마…….

붉은 옷에 사토코가 습격당한 게 아닐까? 세이이치는 확신하면서도 몸을 숨긴 곳에서 나오지 못하고 어둠 속에서 그저 부들부들 떨고 있을 수밖에 없었다.

그때 하야타 일행이 달려왔다……고 한다.

"그러니까 너는 붉은 옷을 보지 못했다?"

"……네."

하야타의 질문에 세이이치는 부끄러운 듯 고개를 숙였다.

"당연하지."

"여기 혼자 오다니, 그것만으로도 훌륭해."

이자키와 신이치가 저마다 칭찬했다.

"무슨 일이 있었는지 말씀하실 수 있겠어요?"

하야타가 부드럽게 질문하니 이번에는 사토코가 이야기하기 시작했다.

"……고스트타운을 지나갈까 말까 조금 망설였어요. 하지만 너무 피곤해 얼른 집에 가고 싶어 이쪽을 택했어요."

"이곳으로 들어온 뒤 이상한 기척을 느꼈나요?"

"아뇨. 별로……."

신이치와 이자키가 그녀의 대답을 듣고 감탄한 눈빛으로 세이이치를 바라봤다. 그만큼 그의 미행이 훌륭했기 때문일 것이다.

"이곳은 늘 지나가는 곳이겠네요."

"아! 이 골목으로 들어오기 전에 돌 모퉁이를 헷갈렸어요. 하지만 바로 알아차리고 이쪽으로 다시 왔죠."

"그때 당연히 여기에는 아무도 없었죠?"

"네. 그런데 반쯤 왔을 때 갑자기 뒤에서 기척이 느껴져서……."

"돌아봤다?"

"그랬더니 얼굴이 없는…… 주색으로 물든…… 붉은 옷이……."

"얼굴이 없다니 무슨 뜻이죠?"

"음." 사토코가 잠시 고민하다가 입을 열었다. "……달걀귀신처럼."

"눈도 코도 입도 없었다고요?"

그녀가 고개를 여러 번 끄덕였다.

"매끈……하다고 해야 하나 아무것도 없는 피부뿐이었다?"

하야타의 이 표현에 신이치는 끔찍하다는 듯 미간을 찌푸렸고 이자키는 엄격한 표정과 어울리지 않게 몸을 뒤로 뺐다.

"아뇨, 그렇지는 않았어요." 사토코는 의외로 고개를 저으며 말했다. "……애당초 얼굴의 형태가 거의 없다고 할까요. 전체적으로 확 부풀어 있고 빳빳한 주름이 펼쳐진 느낌……. 그 얼굴이 주색으로 은근히 빛나고 있어서……."

설명은 상당히 구체적이었으나 들으면 들을수록 그 정체의 불분명함이 더욱 두드러질 뿐인, 매우 기괴한 묘사였다.

"복장은, 어땠나요?"

"……거의 기억나지 않아요. 다만 망토를 척 걸친 듯한……."

"그 녀석을 보고 어떻게 하셨나요?"

"……너무 무서워 바로 고개를 돌리고 그 자리에 주저앉아버렸어요. 바로 도망치고 싶었는데 도무지 몸이 움직이지 않아서."

"우리 목소리는 들었나요?"

"희미하게요. 누군가가 와준다면 도망치지 않아도 되겠다……고 어렴풋하게 생각했어요."

"당신과 마찬가지로 놈에게도 우리 목소리가 들려 아무 짓도 못 하고 서둘러 도망쳤다……." 하야타가 혼잣말처럼 중얼거리고 다시 질문했다. "그런데 놈은 칼 같은 걸 들고 있지 않았나요?"

하야타의 질문에 사토코의 몸이 순간 굳어버렸다.

"……못 봤어요."

"그러고 보니 어젯밤 현장에는 식칼이 떨어져 있었지."

신이치의 지적이 신호가 되어 그와 이자키가 막다른 골목 안쪽까지 포함해 주위를 꼼꼼하게 조사했으나 어디에서도 흉기는 발견되지 않았다.

하야타는 둘이 다시 돌아오기를 기다렸다가 질문을 재개했다. "당신이 주저앉은 다음 붉은 옷이 어디로 도망쳤는지 아세요?"

"……아뇨." 사토코는 미안해하며 대답했다.

"그러면 붉은 옷은 어디서 나타났을까요?"

"그건……."

자신이 주저앉은 자리에서 뒤를 돌아본 다음 곧장 그녀는 막다른 골목을 가리켰다.

"저기일까요?" 다만 그렇게 말하고 나서 바로 덧붙였다. "하지만 이상하네요. 그곳에는 세이이치가 숨어 있어서……."

"세이이치를 아세요?"

"아뇨, 직접은 몰라요. 하지만 쇼코 씨에게……."

여기서 두 사람은 누가 먼저랄 것도 없이 서로에게 인사했는데 그다음 나란히 의아한 표정을 지었다.

하야타가 그 모습을 재빨리 알아차리고 세이이치에게 물었다.

"이 골목에 숨을 때 물론 아무도 없었지?"

"네. 틀림없어요." 세이이치가 힘차게 고개를 끄덕였다.

"그렇다면 네가 숨은 다음에 붉은 옷이 들어왔다는 얘기야. 그리고 골목에 몸을 숨기고 사토코 씨가 앞을 지나치길 기다렸다가……."

"저기요……."

하야타는 조심스레 입을 뗀 세이이치에게 바로 말하라고 권했다.

"제가 골목 안쪽에 숨고 사토코 씨가 골목 앞을 지나갈 때까지 그리 시간이 많지 않았어요. 만약 붉은 옷이 사토코 씨를 추월한 내 뒤를 따라 바로 골목에 들어왔다면 놈은 사토코 씨의 앞에서 걸었다는 얘기잖아요. 하지만 이 골목이란 게……." 세이이치는 자신들이 서 있는 골목을 둘러봤다. "나름대로 길이가 있잖아요."

"그러니까 네가 느끼기에는 사토코 씨에게 눈에 띄지 않고 그 골목에 들어오는 일은 거의 불가능하다?"

하야타가 확인하니 세이이치는 다시 힘차게 고개를 끄덕였다.

"그렇다면 놈은 도대체 어디서 나타났다는 거지?"

"그리고 그녀를 습격하고 이번에는 어디로 사라졌지?"

하야타의 뒤를 이어 신이치가 의문을 제기했다.

"어젯밤 사건에서는 후자가 의문이었는데 오늘 밤은 전자까지 늘어버렸네."

"이자키 순사님, 조금 무리한 부탁을 드리고 싶은데요." 하야타가 일단 인사부터 하고 말했다. "둘 다 피곤한 듯하니 조서는 내일 아침에 쓰면 안 될까요?"

"……알겠습니다." 이자키는 잠시 숙고한 뒤 승낙했다. "두 사람 덕분에 대강의 상황은 파악할 수 있었으니 우선 본관이 보고서를 작성하겠습니다. 순서는 반대지만 두 사람의 조서를 작성하지요."

"고맙습니다."

다음은 이자키가 사토코를, 신이치가 세이이치를, 각각 집까지 바래다주었다.

하야타는 먼저 가리에로 돌아와 오늘 밤 사건 현장의 지도를 그렸다. 신이치가 온 길을 A, 하야타가 달린 길을 B, 세이이치가 숨어 있던 막다른 골목길을 C, 사토코가 습격당한 지점을 가위표, 그녀가 있던 골목 앞쪽의 사당이 있는 막다른 길을 D, 이자키 순사가 달려온 길을 E로 표시했다.

붉은 옷은 어디로 와서, 어디로 도망쳤을까.

하야타의 앞을 가로막은 것은, 역시 막다른 골목의 비밀이었다.

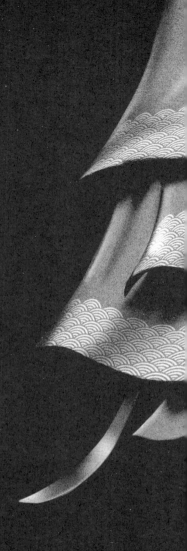

17장

장
례
식

다음 날 정오가 되기 전에, 기사이치 기치노스케가 석방되어 돌아왔다.

모토로이 하야타는 물론 부검에서 시신 반환까지 비슷한 사례와 비교해 빨랐는지 느렸는지는 알 수 없었으나 구마가이 신이치가 뒤에서 동기생들을 찾아다닌 덕분이 아닐까, 나름 추측했다.

기사이치유기장에서는 아침부터, 일단 현장이 된 종업원 휴게실을 비롯해 모든 실내를 꼼꼼하게 청소했다. 무엇보다 모든 파친코 기계를 잠시나마 다 철거하는 게 가장 힘들었으나 가게를 장례식장으로 사용하게 되어서 꼭 필요한 작업이었다.

신이치는 그날도 정보 수집 차 외출했고 세이이치는 파출소에서 조서를 작성해야 해서 하야타가 도왔다. 그보다 그가 진두지휘해야 하는 형편이었다. 원래는 신지가 해야 할 역할인데 아무래도 믿음직스럽지 못했고 그렇다고 양쭤민에게 맡길 수도 없었다. 파출소에서 돌아온 야나기다 세이이치는 말할 것도 없다. 아케요가 와준 게 정말 큰 도움이 되었다. 게다가 그녀가 후배 지요코까지 데리고 온 덕분에 부족했던 여자들의 손길도 늘어 안심할 수 있었다.

원래는 오늘 밤에는 쓰야를 하고 내일 장례식을 치러야 하는데 사건도 있었고 무엇보다 시신의 손상 정도를 고려해 하루라도 빨리 화장하는 게 좋겠다고 모두가 의견 일치를 보았다. 최종 판단은 신지에게 맡겼으나 그도 이의를 제기하지는 않았다.

하야타는 장례식을 준비하면서 신이치와 협의했던 건도 잊지 않았다. 그래서 어떻게든 양 씨와 세이이치와 이야기할 기회를 엿봤다. 하필 이럴 때 이런 짓을 하다니……라는 마음도 있었으나 이 모든 일은 사건을 해결하는 데 필요하다고 다짐했다.

장례식에는 붉은 미로와 관련 있는 많은 사람이 참례했다. 그중에는 붉은 옷의 경험담을 들려준 덴이치식당의 가즈코와 아케요의 선배 메이코, 하물며 트와일라잇의 주인 스미코까지 있었다. 야요이테이의 야요이도, 하마마쓰야의 사토코도 분향했다.

그래서 아무리 시간이 흘러도 참배객이 줄지 않았다. 그야말로 붉은 미로의 모든 사람이 조문하러 온 게 아닌가 싶을 정도로 분향이 끊이지 않았다.

그런데 하야타 일행은 이게 오히려 다행이었음을 곧 깨달았다. 왜냐하면 긴 장례식이 끝나기 바로 직전에 신이치가 갑자기 기치노스케를 데리고 쇼코의 장례식장이 된 기사이치유기장에 나타났기 때문이었다.

참배객들 사이에서 수런거리는 목소리가 흘러나오는 가운데 기치노스케는 반쯤 신이치에게 안긴 상태로 분향대까지 나아갔다. 그 자리에 있던 참배객들은 피해자의 아버지이자 용의자인 그가 눈앞에 있는 데다 그가 너무나 수척해져 있어서 술렁이지 않을 수 없었다.

당장이라도 죽을 것 같은 모습…….

바로 그런 표현이 떠오를 정도로 기치노스케의 상태는 심상치 않았다. 만약 지금이 전쟁 중이었다면 누구나 경찰의 오랜 고문을 받았다고 생각했을 것이다. 그토록 그의 얼굴은 처참했고 무시무시했다.

하야타는 기치노스케의 몸보다 정신이 더 걱정되었다. 몸은 충분히 요양하면 금방 회복될 수 있으나 정신은 어려운 법인데 눈앞의 기치노스케가 바로 그런 상태였다…….

기사이치 씨는 딸의 장례식에 참석 중임을 제대로 인식하고 있을까. 하야타가 잠시 그런 의문을 품을 정도로 기치노스케의 두 눈은 죽어 있었다. 아무것도 보고 있지 않았고 아무것도 인식하지 못하고 있었으며 아무것도 비추고 있지 않은 듯 보였다.

그 증거로 신이치의 부축을 받으며 간신히 분향을 마친 그는 그대로 응접실로 간 뒤 다시는 나타나지 않았다. 쇼코의 시신과 화장장까지의 동행은 물론 딸의 출관도 보지 못했다.

신지와 양 씨는 관과 함께 화장장으로 가고, 신이치와 세이이치는 기사이치 씨의 집까지 기치노스케를 보내고 하야타는 장례식장에 남아 뒤처리를 돕기로 했다. 얼마 후 돌아온 신이치와 교대했는데 아케요가 기사이치의 집에 머물기로 했다고 한다.

"신지 씨가 집에 돌아올 때까지 세이이치 혼자 형님을 돌보게 하는 건 좀 불안하잖아. 세이이치라면 잘할 테지만, 그래도 애니까."

신이치도 아케요의 배려에 크게 감사했다.

뒤처리가 일단락되었을 때는 이미 해가 지고 있었다. 신이치는 전화를 몇 통 건 다음 가리에에서 커피 두 잔을 타와 하야타를 기사이치 유기장 응접실로 불렀다.

"여러모로 고생했어." 하야타가 다시금 위로의 말을 건넸다.

평소의 신이치라면 "그랬지"라며 가볍게 넘겼을 텐데 이때는 어두운 얼굴로 "아아" 하고 피곤한 듯 한숨을 내쉬었다.

"그건 그렇고, 경찰은 용케 기사이치 씨를 석방했네?"

"아무래도 사나다 경부는 끝까지 반대한 모양이지만."

정말 성가신 인물이라는 듯 말하는 신이치에게 하야타가 물었다.

"자네가 직접 교섭한 게 아닌가?"

"내게 그럴 힘은 없어. 동기들 덕분이야."

"다들, 대단하네."

"감탄이나 하고 있을 때야? 좀 초조하게 생각해라. 이렇게 놀려봤자 너는 광부의 길을 택한 놈이지만."

"남 말하고 있다는 말을 건네고 싶은데?"

서로 쓴웃음을 주고받은 뒤 신이치가 계속 말을 이었다.

"역시 사토코 사건이 결정적이었어. 야요이 때는 붉은 옷과는 관계없다고 여겨졌는데 비슷한 사건이 계속 일어나니까 경찰도 관련성을 인정할 수밖에 없었다고 해."

"그러니까 쇼코 씨 살해도 붉은 옷의 소행이라고 경찰이 인정했다는 말이야?"

"그게 영 확실하지 않아." 신이치가 짜증스럽다는 듯 말했다. "하지만 임산부가 살해당한 뒤로 같은 임산부가 둘이나 습격당했어. 게다가 현장은 셋 다 붉은 미로 안이야. 쇼코 사건만 실내였다는 차이는 있으나 그렇다고 해도 세 건 다 관계가 없다고 판단하기에는 시기상조 아니겠나. 경찰 내부에서도 그런 갈등이 틀림없이 있었을 거야. 마침 그때 우수한 변호사가 등장해 삼촌의 석방을 담판한 거지."

"바로 그 기사이치 씨 말인데……."

하야타가 말을 꺼내자마자 신이치도 알아차린 듯했다.

"응. 많이 약해졌지. 그것도 정신적으로. 상황을 봐서 그쪽 병원에 입원시키는 게 좋겠어."

"신지 씨와 세이이치가 돌보기에는 너무 힘들 거야."

"이 가게를 어떻게 할지, 어쨌든 그 문제도 나오겠지. 삼촌의 회복 여부에 따라 모든 게 달렸어."

"그런데……."

이번에도 하야타가 입을 떼자마자 신이치가 바로 대답했다.

"양 씨 건이지?"

"장례식 준비가 있어서 그렇게 자세히 이야기를 듣지는 못했지만, 가족과 산 지역이 어딘지, 핵심적인 사항은 알아냈어."

"나도 시간이 없어서 삼촌의 군 경력은 간단히만 조사했어."

둘이 조사한 내용을 대조해보니 일본군 병사 기사이치 기치노스케가 징발 과정에서 양 씨 가족과 관련되었을 가능성이 전혀 없다고는 할 수 없음이 판명되었다.

"좀 더 자세히 조사할 필요가 생겼네."

"양 씨에게는 동기가 있을지 몰라."

"네가 말했듯 쇼코 살인사건이 아니라 태아 살해의……."

"다만……."

하야타가 고개를 기울이자, 신이치가 물었다.

"달리 마음에 걸리는 게 있어?"

"기사이치 씨는 전쟁 때 이야기를 전혀 하지 않는다고 전에 네가 말했잖아."

"응. 조금이나마 이야기를 들은 사람은 우리 아버지 정도일 거야. 그래도 주정뱅이잖아."

"그렇다고 해도 취하면 떠드는 타입은 아니잖아."

"상대가 아버지여서 저도 모르게 나왔을 거야."

"그렇다면 양 씨는 삼촌의 중국군 생활을 어떻게 알았을까?"

"……그렇구나. 가령 양 씨 가족 건에 삼촌이 관련되어 있다고 해도 그걸 본인과 대화하며 알아차렸을 가능성은 거의 없다는 말이구나. 아무리 생각해도 말하지 않았다는 게 오히려 자연스러워."

"보통은 숨기겠지."

"그렇다면 양 씨에게 동기가 있다고 보는 건 성급할지 모르겠군."

"게다가 범행 당시 양 씨에게 기사이치유기장은 밀실이었어."

하야타의 지적에 신이치는 신음했다.

"너무나 혐의가 옅어지는데?"

"현장이 밀실이 아닌 유일한 사람은 세이이치인데……."

"어땠어?"

"양 씨와 마찬가지로 그리 깊은 얘기는 하지 못했어. 하지만 그와 대화를 나눌수록 그런 범행을 할 수 있을 것 같지는 않아……."

"그렇지. 그 정도의 광기가 녀석에게 있다고는……."

"도무지 생각할 수 없지." 하야타는 소년과의 대화를 돌이켜봤다. "그처럼 패전 후에 나쁜 동료와 어울려 범죄에 가담해 세상을 삐딱하게 보고 어른을 전혀 믿지 않는 아이는 많을 거야. 그래도 아직 어린애니까 어른이 시간을 두고 진지하게 대하면 역시 마음을 여는 아이도 있지."

"그런 예가 세이이치라는 말이야? 녀석에게 삼촌과 쇼코는 진짜 가족 같은 거였다고?"

"쇼코 씨가 가진 아이에 대해 질투를 느끼지 않았다면 거짓말이겠지만……."

"태아 살해까지는 아니라는……."

"응." 하야타는 맞장구를 치면서도 바로 심각한 표정을 지었다. "다만 두 사람 다 불안 요소는 있어."

"천옌훙과 사타케라는 녀석?"

"그들이 양 씨와 세이이치에게 얼마만큼의 영향력을 지녔는지가 불분명해. 하지만 범행 시간대에 현장 근처에 함께 있었던 것만은 분명해."

"어째 지금은 뭐 하나 분명한 게 없네." 신이치는 투덜대면서 화제를 바꿨다. "신지의 기시 가문 건은 어때? 뭔가 알아냈어?"

"아니, 미안해. 도서관이나 신문사에 갈 시간이 없어서 아직 조사하지 못했어."

"신경 쓰지 마. 그 건은 신문사에 있는 동기에게 부탁해뒀어."

"그쪽에?"

하야타가 놀라자, 신이치는 싱긋 웃었다.

"패전 후 일본의 부흥에는 녀석들의 힘이 중요해질 거야. 나는 그렇게 생각해."

"다들, 정말 대단해."

"너도 대단해. 광부가 되어 글자 그대로 일본의 부흥을 땅속에서 지지하려 했으니까. 그렇게 생각하는 녀석은 동기 가운데 너 혼자일 거야. 혹시 생각은 했더라도 실행하지는 못했겠지."

"……흘러 다니다 어쩌다 그 남쪽 땅에 들어갔고 아이자토 씨를 만나 광부가 된 게 다야."

신이치는 담담하게 이야기하는 하야타를 흥미로운 듯 바라봤다.

"그리고 그곳에서 사건을 만나 우연히 휘말렸고 어쩔 수 없이 탐정 흉내를 냈을 뿐이고."

"흉내?" 신이치는 한마디 지적하고 싶은 표정이었으나 간신히 참고 있는 듯 화제를 돌렸다. "아까 신문사에 전화해 기시 가문의 기사가 있었는지 물어봤어."

"어땠어?"

"아직 발견하지 못했어. 대략 그 연대와 지역, 기시라는 성이 단서니까 의외로 금방 알 줄 알았는데……."

"해당하는 기사가 없어? 즉 신문에 실릴 정도의 요란한 사건이 기시 가문에 일어나지는 않았다……라는 말인가?"

"나도 그렇게 생각해. 쇼코에게 들었을 때의 느낌으로는 나름 큰 사건 같았는데."

하야타도 마찬가지 의견이었다.

"연대나 지역 중 하나가 틀렸나?"

"아니야. 그건 아닐 거야. 연대는 혹시나 해서 신지의 나이를 역산하고 거기에 1, 2년의 폭을 뒀어. 지역도 맞을 거야."

"기시라는 이름이 틀릴 리도 없고."

"그런데 찾지 못했어. 신지의 아버지가 권력자라 기사를 없앤 것도 아닐 테고."

"……이상하네."

"계속 찾아본다고 했으니 곧 연락이 오겠지."

이후 둘은 아주 늦은 저녁을 먹고 아직 10시 반 정도밖에 되지 않았으나 오늘은 피곤하니 얼른 자자고 얘기할 때였다.

……쿵쿵.

갑자기 가리에의 앞쪽 문을 두드리는 소리가 격렬하게 들려왔다.

"밤늦게 죄송합니다. 신이치 씨와 하야타 씨 계십니까?"

불안한 듯 소리치는 여성의 목소리가 났다.

"네, 누구시죠?"

신이치가 서둘러 문을 여니 아케요의 후배 지요코가 창백한 얼굴로 숨을 헐떡이며 서 있었다.

"무슨 일인가?" 놀라며 누군지 확인하던 신이치는 그녀가 대답하기도 전에 다급히 먼저 물었다. "설마, 나왔나?"

물론 붉은 옷이 나왔느냐는 소리였다.

"놈에게 습격당해 여기까지 도망쳤나?"

"아, 아뇨⋯⋯. 하지만, 나, 나왔어요."

지요코의 대답에는 모순이 있었다.

"무슨 뜻인지 모르겠는데."

"그, 그러니까⋯⋯."

"당신이 아니라 다른 누군가가 피습됐다는 말입니까?"

하야타가 옆에서 도움을 주자, 그녀는 감사의 눈빛을 던졌다.

"네, 아케요 언니가⋯⋯."

생각지도 못한 이름이 나와 신이치도 하야타도 초조해졌다.

"어, 어디서 당했는데? 지금 당장 우리를 데려가게."

"앗! 언니는 지금 고마이병원에 있어요."

"무사한가?"

"⋯⋯아, 네."

그 말을 듣고서야 신이치와 하야타는 안도의 숨을 내쉬었다.

"하지만 배를⋯⋯."

"어⋯⋯? 베, 베였나?"

지요코의 말을 듣고 신이치가 따져 물었다.

"조, 조금이요. 대단하지는 않다고, 언니는⋯⋯."

"본인이, 그렇게 말했나?"

"네. 피도 거의 안 났다⋯⋯고."

"그렇다면 괜찮을까?"

동의를 구하는 듯한 신이치의 눈빛에 하야타는 말없이 고개를 끄덕였다.

"하지만 뭔가 이상해." 안도한 것도 잠시, 신이치는 도무지 이해가 안 된다는 표정으로 말했다. "삼촌도 석방되었으니까 조지나 아케요는 붉은 미로에서 붉은 옷을 잡을 이유가 없는데."

그렇게 말하다가 퍼뜩 깨달은 듯했다.

"조지는 어디 있었지? 놈이 같이 있었는데 왜 그녀가 당했지?"

"그게⋯⋯." 지요코도 이해할 수 없다는 표정을 짓고 있었다. "언니 혼자 고스트타운에 갔던 것 같은데⋯⋯."

"뭐라고?"

신이치도 하야타도 이 대답에는 정말 놀랐다.

"이런 시간에, 게다가 혼자, 왜 고스트타운 같은 곳에?"

"⋯⋯모, 모르겠어요."

지요코는 억울하게 신이치에게 혼이 났다고 생각했는지 반쯤 울상을 짓고 고개를 살살 저었다.

"당신은 아케요의 심부름으로 이곳에 온 것 아닙니까?" 하야타가 다정하게 물었다.

"아, 네…… 신이치 씨와 하야타 씨를 바로 불러달라고 언니가 갑자기 부탁해서요."

두 사람은 서둘러 가리에의 문을 닫고 지요코와 함께 호쇼지역 북쪽에 있는 고마이병원까지 달려갔다. 하지만 면회 시간이 훨씬 지났고 경찰의 사정 청취도 끝나 아케요가 있는 병원에는 들어가지 못했다. 다만 오늘 밤은 조지로 추정되는 흑인 병사가 그녀 곁을 지킨다고 해서 그들도 일단 안심했다.

하야타와 신이치는 어쩔 수 없이 다음 날 오전 중에 다시 찾아갔는데, 둘을 기다린 것은 너무나도 불가해한 아케요의 태도였다.

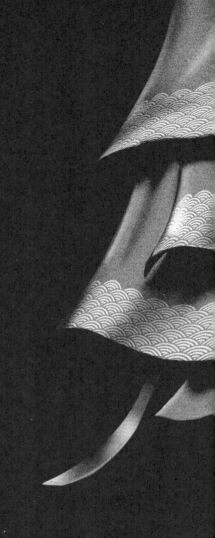

18장

붉은 옷,
또다시
나타나다

고마이병원에 입원한 아케요가 병실에서 마침 퇴원을 준비하고
있어서 하야타 일행은 놀랐다.

"어이, 벌써 일어나도 괜찮은 거야?"

신이치가 말을 걸자, 돌아본 그녀의 얼굴에 순간 그늘이 드리워진
듯 보여 하야타는 당황했다. 그 표정은 너무나 겁을 집어먹은 것 같
았는데 그 대상이 어젯밤 사건이 아니라 마치 하야타 일행 두 명인
듯 여겨졌기 때문이었다.

……우리는 환영받지 못하고 있나?

하지만 부른 사람은 아케요였다. 물론 부르지 않았더라도 둘은 병
원에 왔을 것이다. 무엇보다 그녀의 몸이 걱정되어, 다음은 붉은 옷
의 정보를 얻으려고. 두 사람은 최대한 빨리 그녀를 만나 이야기를
듣고 싶어 행동했다.

그런데…….

막상 아케요를 보니, 첫 번째 목적은 쉽게 달성할 수 있을 듯했다. 실제로 그녀는 퇴원하려고 했으니까. 그러나 두 번째는 아무래도 어려울 것 같다는 인상을 받았다.

"배를 칼로 베였다는 이야기를 들었는데 정말 문제없어?"

하야타는 걱정하는 신이치 곁에서 아케요를 관찰하며 생각했다.

"두 사람 다 일부러 와줬는데 미안해." 그녀는 정중하게 고개를 숙였다. "베였다고 해도 아주 조금이고 그것도 옷 위로……. 의사도 걱정하지 말라고."

아케요는 괜찮다고 설명하는 듯했으나 명백히 겁을 먹고 있었다. 가벼운 상처라도 임산부가 배를 베였으니 당연하겠지. 하지만 그것만이 이유가 아님을 하야타는 알아차렸다. 신이치도 알아차린 게 분명한데 그는 에둘러 표현하는 걸 싫어한다.

"무슨 일이 있었는데?"

"그러니까…….."

하야타는 아무리 봐도 아케요가 말하고 싶지 않은 듯 보였다. 그래도 신이치는 추궁의 끈을 놓지 않고 예리하게 파고들었다.

"어제저녁, 삼촌 집에 갔잖아?"

"……어. 형님을 돌봐드리고…… 필요한 물건을 사고 저녁을 짓고…… 형님과 세이이치와 같이 밥을 먹고…… 신지 씨가 돌아오기를 기다렸는데…… 늦어져서 내일 또 오겠다고 하고 나는 돌아왔어."

"이상하네."

신이치가 강한 말투로 지적하기 전에 먼저 하야타가 재빨리 판단을 내렸다.

"기사이치 씨의 집은 호쇼지역 서쪽이고 아케요 씨 아파트는 북쪽입니다. 그런데 역 동쪽인 붉은 미로, 게다가 그 동쪽의 고스트타운에는 왜 가셨나요?" 최대한 부드럽게 물었다.

"그게……." 아케요는 하야타의 배려에 명백히 감사의 눈빛을 던졌으나 곧 시선을 피하고 눈을 내리깔았다. "잘 모르겠……어."

"무슨 소리……."

하야타는 급히 나무라려는 신이치를 말리고 말했다. "왜 고스트타운에 갔는지 자신도 이상하다……는 말씀인가요?"

그녀는 어린애처럼 까딱 고개를 끄덕였다.

"그런 말도 안 되는 소리가 있나?" 당연히 신이치는 받아들이지 않았다. "세상 야무진 아케요 누님이 자신도 모르는 사이에 비틀비틀 고스트타운으로 갔다고? 이전의 붉은 옷 경험으로 삼촌 가게에서 동쪽으로는 절대 안 가겠다고 말해놓고? 도통 믿을 수가 없네."

"……불려갔는지도."

하야타의 낮은 읊조림에 신이치만이 아니라 아케요도 흠칫 몸을 굳혔다.

"어이, 이봐. 적당히 해라." 신이치는 바로 정신을 차리고 하야타에게 쓴소리를 내뱉었다. "탐정이란 논리를 중요시하는 완벽한 합리주의자일 텐데."

"넓은 세계에는 오컬트 탐정이라 불리는 존재도 있어."

"그건 네가 좋아하는 소설 속 얘기지."

"기타큐슈에서 겪은 탄광 사건 이야기를 기사이치 씨에게 했을 때 야코야마 지방에 전해지는 검은 얼굴의 여우와 관련된 괴이에는 두 손 들었다고 솔직히 밝혔어. 즉 세상에는 인간의 이성만으로 판단할 수 없는 일도 있는 법이야." 하야타는 신이치와의 대화를 중단하고 아케요에게 고개를 돌렸다. "정신을 차려보니 붉은 미로의 고스트타운에 있었나요?"

"……으응."

"그래서 어떻게 했나요?"

아케요는 하야타가 선뜻 자기 말을 받아들인 게 여전히 믿어지지 않는지 어리둥절해했다.

"놀라고 무서워서……. 일단 서둘러 나가려고…… 했는데 발소리가 터벅터벅…… 아주 가까이에서 들려서."

"순간 반대편으로 도망쳤다?"

"그런데 거기 있었어."

신이치도 지금은 그녀의 말에 완전히 빠져들었다.

"아, 그놈을 제대로 봤어?"

아케요는 천천히 고개를 끄덕였다. "……얼굴이 없었어."

하야타는 하마마쓰야의 사토코와 똑같은 증언이라 깜짝 놀랐다. 신이치도 같은 반응을 보였을지 모른다.

"달걀귀신, 말입니까?"

"매끈하고 아무것도 없는 상태가 아니라 요철이나 주름이 있었는데……. 하지만 너무 순간이라……."

"얼굴 부분은, 어두웠나요?"

"아니, 살짝 붉어서……. 아, 그건 주색……."

그것도 사토코와 같은 표현이었다.

"그래서 다음은?"

어쨌든 신이치는 앞으로 벌어질 일이 궁금한 모양이다.

"휙…… 하고 공기를 가르는 소리가 났어……. 정신을 차렸더니
옷의 배 부분이 베이고 거기서 피가 배어 나와서……. 다음은 그냥
정신없이 달렸어. 그게 다야……."

"상대의 성별이나 나이, 키 등 뭔가 알아낸 점은 없나요?"

아케요는 하야타의 질문에 잠시 생각에 잠겼다.

"아마도 남자라는 사실 외에는 딱히 아무것도……."

"감사합니다. 부디 몸조심하세요." 하야타는 인사말을 건네면서
말을 이었다. "그리고 앞으로는, 특히 날이 저물면 붉은 미로가 아닌
장소라도 최대한 조지 씨와 함께 있는 게 좋겠습니다."

그런 주의를 남기고 상당히 불만인 듯한 신이치를 몰아내듯 아케
요의 병실을 나왔다.

"무슨 생각이야?"

하야타는 신이치의 불평을 듣지 않고 바로 같은 층 간호사 대기
실로 가 몇 사람에게 같은 질문을 반복했다.

어젯밤, 아케요의 병실을 드나든 사람은 누구였나?

간호사들이 경찰도 아닌 두 사람에게 친절하게 대답한 이유는 그

들의 남자다운 용모 때문이었을까. 다만 수확은 없었다. 왜냐하면
면회 시간을 넘긴 후로도 끊임없이 밤의 여자들이 드나들었기 때문
이다. 그런 그녀들에 섞여 만약 누가 숨어들었더라도 좀처럼 알아차
리기 힘들었을 것이다. 그렇게 판단할 수밖에 없었다.

참고로 아케요는 경상임에도 본인이 자청해 입원했는데, 그녀가
너무 겁을 먹어서 어쩔 수 없이 의사도 인정했다고 한다. 또 조지가
곁을 지키라고 허락한 이유는 그가 미군 병사였기 때문이다.

"이봐, 적당히 하고 좀 알려줘."

신이치는 병원을 나오자마자 더는 못 참겠다는 듯 하야타에게 따
지고 들었다.

"아케요 씨는 어젯밤, 분명히 우리에게 전하고 싶은 이야기가 있
었어."

"그래서 지요코를 보냈지."

"그런데 오늘 아침엔 정반대의 태도를 보였어."

"왜지?"

"어젯밤에 누군가에게 협박당해서……."

"……붉은 옷일까?"

신이치는 믿을 수 없다는 표정을 짓고 있었다.

"왜 붉은 미로에 갔는지, 그건 아직 의문이야. 불려갔다……라는
해석이 이 상황에는 적당할지 모르지. 어쨌든 아케요 씨는 그곳에서
붉은 옷을 만났고 공격을 당했어. 그리고 진짜 얼굴을 정면으로 보
고 말았어. 그런데 그 인물은 그녀에게 의외의 인물이었지. 또 붉은

옷도 설마 자기가 노린 여자가 아케요 씨일 줄은 생각도 못 했어. 서로 경악하는 통에 오히려 그녀는 복부에 경상만 입고 끝났어. 붉은 옷은 도망치고 아케요 씨는 병원으로 갔지."

"하지만 붉은 옷은 아케요가 자기 정체를 떠들지 않을까 걱정했다, 그래서 병원을 찾아와 협박……했다는 말이야?"

"딱히 말을 걸 필요도 없었겠지. 슬쩍 자기 모습을…… 붉은 옷이 아닌 평소의 모습을 그녀에게 보여주는 것만으로 충분했을 거야."

"하지만 말이야, 아무리 협박하더라도 붉은 옷이 누구라고 밝혀져 경찰에 체포되면 그걸로 끝나는 얘기 아니야? 네 추리가 옳다면 아케요가 왜 말을 안 해?"

"짐작되는 이유는 범인을 감쌀…… 동기겠지."

"그럴 만한 상대는 조지밖에 없어. 사실은 놈이 잭더리퍼이자 붉은 옷이었다?"

"하지만 잭은 백인이었다는 소문이 있잖아."

"그렇다면 잭더리퍼와 붉은 옷은 역시 다른 인물이야. 그리고 붉은 옷의 정체는 흑인 병사 조지였다, 그렇게 생각할 수밖에 없어."

"어젯밤 면회자가 곧 협박범이라는 문제도 조지 씨가 범인이라면 아무런 문제가 없지."

"병실에 있었으니까."

"만약 범인이 다른 남자라면 그토록 밤의 여자들이 쉴 새 없이 드나들었으니 아무래도 눈에 띄었을 거야. 그렇다면 간호사 가운데 한 사람쯤은 여성들 사이에 섞인 수상한 남자를 기억했을 텐데."

"그렇지." 신이치는 바로 수긍했다. "야요이테이의 야요이가 습격당했을 때 조지가 도망친 방향에 마침 그를 찾으러 나섰던 아케요가 있었어. 그래서 바로 둘이 한 팀이 되어 마치 붉은 옷을 잡으려고 붉은 미로 안을 순찰한 척해서 우리를 속였다는 말인가……?"

추리하던 신이치가 스스로 고개를 저으며 부정했다.

"아냐. 하지만 하마마쓰야의 사토코 사건 때 조지는 범행이 불가능해. 그 막다른 골목에서 놈이 도망칠 곳은 어디에도 없었어."

두 사람은 이야기하며 호쇼지역까지 왔다.

"오늘도 정보 수집인가?"

"그럴 생각인데 먼저 삼촌의 상태를 보러 가려고."

"같이 가도 될까?"

"물론이지. 삼촌도 틀림없이 좋아하실 거야."

기사이치의 집을 찾아갔으나 기치노스케의 상태는 여전했다. 오히려 나빠진 듯 보이기도 했다. 신이치와 신지는 최대한 빨리 정신과 병원의 진료를 받게 하고 적당한 병원은 구마가이 조고로가 찾는다는 두 가지 사항을 그 자리에서 바로 상의해 결정했다.

기사이치의 집을 나와 호쇼지역까지 돌아오니 벌써 점심때였다. 두 사람은 역 앞 식당에서 점심을 먹고 오늘 일정을 의논했다.

"이어지는 사건을 검토하는 건, 어디서든 추리할 수 있겠지."

"응. 그렇지."

"그렇다면 나랑 같이 갈래? 틀림없이 동기들도 네 얼굴을 보면 기뻐할 거야."

신이치의 제안이 끌리기는 했으나 하야타는 뜻밖의 말을 꺼냈다.

"내키지는 않는데 아무래도 마음에 걸리는 장소가 있어."

"어딘데?"

"붉은 미로의 고스트타운……."

신이치는 새삼 무슨 말을 하느냐는 듯한 표정을 지었다가 바로 마음을 바꾸고 상당한 기대를 담은 어조로 하야타에게 홀쩍 다가왔다. "그 장소에 뭔가 짚이는 게 있어?"

"그런 건 아냐."

"그렇다면 왜?"

"……그냥 괜스레. 그곳을 무시해서는 안 된다고 해야 하나, 어쩌면 모든 일의 시작은 그 공간에 있지 않나 하는 느낌이 들어."

"그러니까 근거 없이 막연히 느껴진다는 거야?" 신이치는 완전히 두 손 들었다며 될 대로 되라는 듯 적당한 말을 내뱉었다. "뭐, 너니까 유령처럼 방황하다 보면 갑자기 진상이 떠오를지도 모르지. 마음대로 해. 동기들은 사건을 해결한 다음에 만나도 늦지는 않을 테니까."

두 사람은 식당을 나와 헤어졌다. 눈앞의 역으로 향하는 신이치와 붉은 미로의 고스트타운으로 향하는 하야타…….

하야타는 아예 바로 근처에 있는 붉은 미로로 들어가지 않고 역 남쪽에 펼쳐진 빈민굴에서 그 남동쪽으로 돌아 들어가 이틀 전 밤에 세이이치가 하마마쓰야를 향해 간 길을 따라갔다. 도중에 양쭤민의 집을 찾았으나 부재중이었는데 옆집의 나이 든 여성이 기사이치의 집에 병문안하러 갔다고 알려줬다. 이 두 집뿐만 아니라 일대의 집들은 다 조악한 판잣집이었다.

붉은 미로로 들어가서는 헤매는 일이 없도록 일단 하마마쓰야 앞까지 갔다. 그리고 사토코와 세이이치가 지나간 길을 따라 걸어 고스트타운으로 들어갔다.

아직 한낮이고 날씨가 나쁘지도 않은데 갑자기 주변이 어두워지고 공기까지 다른 것처럼 느껴졌다. 바로 전까지 등 뒤에 활기로 넘치는 가게와 북적이는 사람들이 있었는데 그게 너무나도 먼 이국의 일처럼 여겨질 만큼 이곳은 달랐다.

……다른 차원의 세계.

북적이는 암시장 구석에 나타난, 정적으로 가득한 어두운 세계.

이승이라기보다 저세상에 가깝다고 여겨질 정도의, 느낌이 드는 좁은 공간.

인간이 아닌 존재가 수없이 방황하고 있는, 결코 인간은 들어가서는 안 되는 장소.

이곳은 원래부터 그런 곳이 아니었을까…….

문득 그렇게 느껴졌다. 그런 감각에 사로잡힌 순간 자신이 무엇 때문에 이곳에 왔는지 바로 깨달았다.

그 사당이다…….

움푹 팬 막다른 골목에 있는 조그만 사당이 아무래도 마음에 걸렸다. 그 이유는 모른다. 다만 여기까지 온 이상 일단 제대로 확인해 보고 싶다는 생각을 다시금 품었다.

그곳에 가려면…….

그날 밤, 신이치와 헤어져 걸었던 길을 떠올리며 나아갔다. 하마마쓰야의 사토코의 비명을 들었던 지점에서는 그때와 마찬가지로 뛰기 시작했다. 최대한 비슷하게 움직임으로써 기억을 더 선명하게 하려는 계획이었다. 덕분에 몇 번의 갈림길 모퉁이를 왼쪽으로 돈 순간, 그 골목 앞에 자리 잡은 사당을 발견하고 하야타는 안도했다.

……헤매지 않고 찾아왔네.

하지만 기뻐한 것도 찰나였다.

그 사당 뒤에서 어떤 검은 것이 쑥 나타났기 때문이었다. 사람의 그림자처럼 보였는데 이런 곳에, 게다가 저런 사당 뒤에 왜 인간이 숨어 있을까. 아무리 생각해도 저건 인간일 리 없다. 흠칫 놀라 그 자리에 멈춰 선 하야타에게 사당 뒤에서 나온 **그것**이…….

"으악!"

의외로 비명을 질러 깜짝 놀랐다. 하야타는 놀라면서도 눈을 응시하고 그것에 천천히 다가갔다. 그러자 상대도 조심조심 이쪽으로 오는 게 아닌가.

"뭐지?"

"한숨 돌렸네요."

서로 자기가 본 게 인간임을 확인하고 보란 듯 나란히 한숨을 내쉬었다. 이는 상대가 인간이 아닌 존재……라고 생각하고 순간 겁먹은 겸연쩍음을 숨기기 위한 것이기도 했다.

"아! 저는 수상한 사람이 아닙니다."

"피차 마찬가지니까 그건 신경 쓸 필요 없지."

하야타는 예의 바르게 사과하는 상대에게 대답하면서도 예리하게 관찰하고 있었다.

"학생인가?"

"네. 그렇습니다."

동안의 청년은 아케요가 쇳소리를 올리며 요란을 떨 법한 외모를 지니고 있었고 무엇보다 품위가 있었다. 그러므로 붉은 미로의 고스트타운 안에, 복잡한 사정이 있을 법한 사당 뒤쪽에서 나타날 인물처럼은 도무지 보이지 않았다.

"그 사당 뒤에는 뭐가 있었나?"

"팽나무로 보이는 큰 나무의 그루터기가 있었습니다."

"사당은 그걸 모시고 있나?"

"그렇게 보였는데 사당 안에 위패 같은 것이 없어서 잘 모르겠습니다."

하야타는 사당에 관해서 더 물으려다가 이 청년의 신원이 궁금해졌다.

"붉은 미로에 아는 사람이라도 있나?"

"아뇨, 이번이 처음입니다." 청년은 바로 부정하고 아주 솔직하게 말했다. "여기 관계자는…… 아니신 것 같네요."

"아무래도 피차, 관계자는 아닌 듯하군."

"그런데도 저는 그 사당 뒤에 있고, 당신은 그 사당에 가려고 했죠. 어째서일까요?"

"연상의 특권으로, 먼저 자네 사정을 들어볼까?"

"좋습니다." 청년은 구김 없는 환한 목소리로 말했다. "저는 괴기담이라면 사족을 못 씁니다. 그래서 붉은 미로의 붉은 옷 이야기를 듣고는 조금 조사해보자는 마음이 들었죠. 그 과정에서 고스트타운의 존재와 이 땅의 과거를 알고 아주 큰 사연이 있다고 느껴서……."

"잠깐만!" 하야타가 서둘러 물었다. "이 땅의 과거란 고스트타운을 말하는 건가?"

"그렇습니다."

"괜찮으면 좀 알려줄 텐가?"

"예전에 감옥과 처형장이 있었다는 건 아십니까?"

"응. 그건 들어 아네."

하야타가 대답하자, 청년은 살짝 자랑스러운 목소리로 되물었다.

"그러면 이곳에서 대량의 포의胞衣 항아리가 나온 건요?"

"……포의 항아리?"

"여성이 출산하면 태아를 감싸고 있던 태반과 태막, 탯줄 등을 항아리에 넣어 그 아이가 건강하게 성장하기를 바라며 땅에 묻는 풍습이 있는데 그때 사용하는 항아리입니다."

"아아, 포의를 넣는 항아리라는 뜻이군."

"보통은 출산한 집의 봉당 같은 데 묻습니다. 그런데 왠지 이 땅에서 대량으로 발굴되었다는…… 이야기가, 실은 이곳에 감옥과 처형장을 만들 때 있었답니다."

하야타는 이때가 되어서야 임산부 쇼코 살해와 같은 임산부인 야요이, 사토코, 아케요의 습격 사건이 이 포의 항아리와 관련이 있을지 모른다는 예감에 소름이 돋았다.

하지만 청년은 아직 이야기를 끝내지 않았다.

"그런 땅에 감옥과 처형장이 만들어졌다면 조금 내력이 있을 법하지 않나요?"

"생명 탄생의 상징 같은 포의 항아리와 죄인들의 처형이라는 죽음은 완전히 정반대……라는 말인가?"

"네, 너무나 얄궂은 이야기죠."

"하지만 실제로는 맞닿아 있다……고 할 수 있지 않을까?"

"왜 그런가요?"

청년은 그렇게 되물으면서도 바로 하야타의 대답을 알아차린 듯했다.

"원래는 출산한 집 봉당 같은데 묻어야 할 포의 항아리가 이곳에서 대량으로 출토되었기 때문이지. 누가 어떤 의도로 많은 포의 항아리를 모아서 일부러 이 땅에 묻은 게 아닐까……라고 추측할 수 있어."

"그, 그러네요." 청년은 같은 뜻을 품은 동지라도 만난 듯 기뻐했다. "게다가 중국 진나라 때 얘기인데 죄인들은 '자의赭衣'라고 하는 죄수복을 입었습니다. 이게 글자 그대로 붉은 옷이죠."

하야타는 한자의 설명을 듣고 다시금 오싹해졌다.

"고사성어에 '자의의 길이 막혀 있다'라는 말이 있습니다. 이는 붉은 옷을 입은 사람이 길에 가득 있다는 표현으로, 즉 죄인이 많다는 뜻입니다."

청년은 흥분한 모습이었다.

"이미 아시겠죠? 이 붉은 미로에서 일어난 임산부 살인사건의 범인으로 여겨지는 붉은 옷은 이 포의 항아리와 자의에서 명명된 게 아닐까요? 저는 그렇게 생각합니다."

"하지만⋯⋯." 하야타는 청년의 지적에 충분히 충격을 받았으면서도 반론했다. "죄인들이 검붉은 옷을 입은 건 진나라 때 일이야. 일본과 그리고 이곳과는 거리도 시간도 너무 멀어."

"옳으신 말씀입니다. 하지만 무엇에 이름이 붙여질 때는 너무 엉성한 설명 같아도 약간의 관련성만 있으면 이름이 되는 예가 많습니다. 예전 이곳에 감옥과 처형장이 있었고, 그전에는 대량의 포의 항아리가 있었다⋯⋯라는 지역의 기억을 가지고 있고 또 붉은 옷의 지식이 있는 사람이 이 지역에 출몰하는, 무차별 폭행범의 존재에 대해 이야기를 듣고 순간적으로 '붉은 옷'이라고 명명했다 해도 과히 이상한 일은 아닙니다."

"⋯⋯그렇겠군."

"또 그 사람이, 이 사당이 팽나무 같은 큰 나무의 그루터기를 모시고 있고, 과거에 《곤자쿠모노가타리슈》헤이안시대에 편찬된 설화집 제27권 《혼초쓰케타리레이키》에 기록된 '레이제이인 히가시노토인의 소즈도노 귀신 이야기 4'를 알고 있다면 더욱 그렇습니다."

"어떤 이야기인가?"

"교토의 레이제이인 골목 남쪽과 히가시노토인대로 동쪽이 만나

는 모퉁이에는 불쑥 '소즈도노'라는 불길한 저택 터가 있었는데 그
곳은 이른바 '마가 낀 자리'였습니다. 고로 아무도 살 수 없었죠. 레
이제이인 골목 북쪽에는 조정의 최대 관직 중 하나인 사다이벤 재상
인 미나모토노 스케요시의 저택이 있었고 그곳에서는 소즈도노의
북서쪽 구석에 있는 커다란 팽나무가 보였는데 노을이 질 무렵이면
소즈도노의 침전에서 새빨간 옷이 훨훨 날아 팽나무 쪽으로 날아가
는 게 보였다고 합니다."

"팽나무와 붉은 옷……."

청년은 조금 전 사당 뒤쪽에 팽나무 같은 커다란 나무의 그루터
기가 있었다고 했다.

"홑겹 옷이었다고 합니다. 게다가 침전에서 팽나무까지 날아갔을
뿐만 아니라 슬금슬금 나무를 기어 올라갔답니다."

"거참 너무 기분 나쁜 광경 아닌가."

"그래서 인근에서는 아무도 다가가는 사람이 없었습니다. 그런데
미나모토노 스케요시의 저택에서 숙직 당번을 서는 무사가 그 옷을
'내가 활로 쏴서 떨어뜨리겠다'라고 했답니다. 동료들이 '그건 못 할
거야'라고 놀리며 선동하자 무사는 '꼭 쏘겠다'라고 장담하고 실행
에 옮겼죠. 그 결과 멋지게 붉은 옷을 맞혔는데, 그래도 옷은 나무를
기어 올라갔답니다. 땅에 엄청난 양의 피를 흩뿌리면서……."

"……붉은 옷의 선혈이라."

"무사는 저택으로 돌아와 그 광경을 동료들에게 말했습니다. 다
들 찜찜하게 생각했지요. 하지만 이미 늦은 일이었습니다. 그날 밤,

무사는 잠든 채 죽었다고 합니다."

지금까지 나온 그의 이야기에 지적할 부분은 많았다. 그런데도 하야타는 이상하게 믿음이 가는 청년의 말에 기묘한 느낌이 들었다.

재미있는 학생이군.

그래서 그도 아케요에게 들은 이야기를 들려주었다.

"왜 붉은 옷이라 불리는지, 그 계기가 된 일이나 사건이 과거에 있었나, 실은 아무것도 몰랐다고 해. 이 땅에 옛날부터 산 사람이라면 아마 뭔가 알았을 테지만 지금은 아무도 말하지 않고 있지."

"꼭 알아내고 싶네요." 청년의 두 눈이 호기심에 번쩍이기 시작했다. "옛날이야기를 알 만한 사람을 모르세요?"

"미안하지만 나도 외지인이라."

청년은 실망한 듯 보였으나 바로 마음을 다잡고 말했다. "당신은 왜 사당을 보러 왔습니까?"

"그보다 먼저 저 사당에 대해 좀 알려주게."

청년의 말로는 사당 안에 조그마한 돌이 모셔져 있는데 아무래도 사형된 자들을 공양하고 있으리라고 추측했다. 다만 돌 주위에서는 작은 항아리도 여럿 있었는데 포의 항아리와 관련이 있을 수 있겠다는 것이다.

"정말 고맙네."

하야타는 감사 인사를 건네고 다른 사람에게 말하지 말기를 당부하고 간단히 기사이치유기장 살인사건과 자신과의 관계를 말했다. 처음 만난 상대에다가 그에 대해 자세히 모르는데도 이 청년에게는 뭐든 알려줘도 상관없겠다는 느낌이 들어서였다.

"아하하, 그렇다면 당신은 아마추어 탐정인가요?"

그렇게 말할 때 청년의 음색이 너무나 이상했다. 동경하는 듯도 안됐다는 듯도 부럽다는 듯도 꺼리는 듯도 한, 너무나도 복잡한 감정이 고스란히 드러났다.

정말 불가사의한 청년이군.

하야타가 다시금 상대를 자세히 관찰하는데 그는 쑥스러운 표정으로 말했다.

"멀리서라도 사건이 해결되기를 기원하겠습니다."

그렇게 말하고 꾸벅 인사하더니 자리를 떠났다.

하야타는 패전 직후였던 그 시기, 아직 일본인은 거의 입지 않은 청바지를 익숙하게 입은 모습의 청년을 배웅하면서 다시금 그의 이야기 가운데 걸리는 게 있음을 느꼈다.

……포의 항아리와 검붉은 옷과 붉은 홑겹 옷.

모두 '옷의衣' 자가 들어간다.

그리고 검붉은 옷이라고 할 때의 자赭에도 붉을 적赤이 들어가고, 홑겹의 옷도 붉다.

이 셋을 합치니 '혁의赫衣', 곧 붉은 옷이라는 괴이가 탄생했다.

딱히 이상한 부분은 어디에도 없다. 그 청년이 지적했듯 그런 게 바로 명명이라는 과정이다. 게다가 그 대상은 정체를 알 수 없는 존재이니 이름에 불분명한 부분이 있는 게 어쩌면 당연한 일일지 모른다.

하지만…….

왠지 마음에 걸린다. 그 정체를 알아차리지 못해 너무 답답했다.

……옷과 붉은색이라.

하야타는 고스트타운에 혼자 우두커니 서서 무엇이 자기 마음을 이토록 찜찜하게 만드는지 온 마음을 기울여 생각했다.

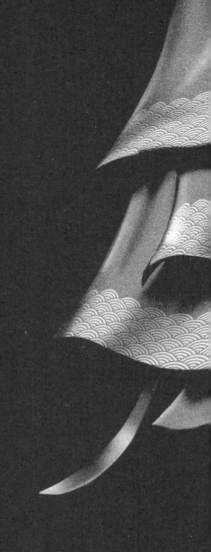

19장

어둠 속

모토로이 하야타는 가리에로 돌아오기 전에, 혹시나 해서 기사이
치유기장을 살펴봤다.

그러자 주거 공간에 기사이치 신지와 양쪄민, 야나기다 세이이치
까지 세 사람이 매우 어두운 얼굴로 앉아 있어서 깜짝 놀랐다. 이미
밝은 해가 저물었는데 아무도 불을 켤 생각도 안 하고 세 사람은 오
로지 한 곳을 응시하고 있었다.

"무, 무슨 일이 있나요?" 하야타는 절로 말을 걸 수밖에 없었다.

"……아, 모토로이 선생님." 신지가 드디어 반응을 보이더니 뜻밖
의 말을 꺼냈다. "혀, 형님이 또…… 붙잡혀갔어요."

"네? 경찰한테요?" 하야타는 힘없이 고개를 끄덕이는 신지에게
재차 물었다. "아케요 씨의 사건 용의자로? 하지만 기사이치 씨는
야요이테이의 야요이 씨와 하마마쓰야의 사토코 씨가 습격당할 때

바로 경찰 감시 아래 있지 않았습니까? 그런데 아케요 씨 건만으로 다시 체포하다니 아무리 생각해도 이상합니다."

"저, 저희도 그렇게 생각하고 가, 강하게 항의했는데……."

사나다 경부는 전혀 들으려 하지 않았다고 한다.

"이쪽에 있었네?"

그때 구마가이 신이치가 돌아왔다.

"어이, 들었어?"

하야타가 기치노스케가 다시 체포되었음을 알렸다.

"그래서 그랬나……." 신이치는 의미심장한 말투로 이야기를 꺼냈다. "내가 경찰서도 돌아봤는데 아무래도 분위기가 이상했어. 틀림없이 삼촌의 체포가 이미 결정되어 있었나 보군."

"이제 어쩔 셈이야?"

하야타가 묻자, 신이치는 복잡한 표정을 지었다.

"다시 체포할 정도니까 경찰도 자신이 있겠지. 내가 뒤에서 손을 쓴다고 어찌 될 방법은 없을 거야."

"그러니까?"

"네가 사건을 해결하는 수밖에…… 없다는 말이지."

신지와 양 씨, 세이이치, 이 세 사람이 기대를 담은 눈빛을 일제히 하야타에게 던졌다. 그에게는 그 눈빛이 너무 부담스러웠다.

"먼저 돌아갈게."

하야타는 신이치에게 말하고 가리에로 향했다. 거기서 신이치는 세 사람에게 뭔가 이야기한 듯한데 바로 친구를 따라왔다.

"나는 네가 틀림없이, 당장 삼촌 가게에 사건 관계자를 한자리에 모아놓고 한바탕 추리할 줄 알았는데."

"그야 소설 속 명탐정들 얘기지."

"너는 못 해?"

"당연하지." 하야타가 가볍게 친구를 흘겨보고 기죽은 목소리를 냈다. "게다가…… 이런저런 단서를 모았다고는 해도 내 머릿속에서 추리가 정리된 것도 아니야. 하지만 기사이치 씨가 다시 체포된 이상 태평하게 있을 수는 없지. 그러니까 갑작스럽기는 하나 너를 상대로 내 추리를 펼쳐봐야겠다고 생각했어."

"좋았어. 잠깐 기다려."

신이치는 재빨리 커피 탈 준비를 시작했고 곧 좁은 가게 안에 좋은 커피 향이 감돌기 시작했다.

"그래서, 진범은 누구야?"

하야타는 입에 머금은 커피를 내뿜을 뻔했다.

"너는 내 이야기를 제대로 안 들었어?"

"농담이야."

"좋아. 다시 사건을 정리해보자." 하야타는 기사이치유기장의 전체 구조도를 바라보면서 이야기를 시작했다. "사건 당일, 관계자 전원이 모인 시간은 신지 씨와 쇼코 씨가 돌아온 오후 8시가 넘어서였어. 이때 기치노스케 씨와 양 씨, 세이이치는 파친코 가게에서 일하는 중이었지."

"그때까지 여러모로 울분이 쌓이는 일들이 있었던 삼촌은 자신이

준비한 네 개의 봉투 가운데 세 개가 돌아오자, 횟술을 마시러 나갔어. 이게 8시 반 전이고."

"그 바로 뒤인 8시 반에, 아케요 씨가 커피를 마시러 가리에를 찾았어."

"그리고 9시 전에 천 씨와 사타케가 다시 나타나 양 씨와 세이이치를 불러내려 했고. 나는 그것도 모르고 9시에 가게 문을 닫은 후 너를 찾으러 나갔지."

"9시가 넘어 양 씨는 천 씨와 기사이치유기장 현관 옆에서, 세이이치는 사타케와 응접실 건너편 골목에서, 각각 몰래 만났어. 두 사람이 가게를 나오기 전에 종업원 휴게실에서 장부를 정리하는 쇼코 씨에게 인사했고. 이때 신지 씨도 조금 늦게 종업원 휴게실에서 주거 공간으로 이동했고."

"9시 15분경에 삼촌이 만취 상태로 돌아올 때까지 기사이치유기장 안에는 쇼코와 신지 두 사람만 있었어."

"그러나 신지 씨를 범인으로 보기에는 동기 문제가 있어."

"과거 기시 가문의 불행에 삼촌이 관련되어 있을지 모른다……라는 추리는 지금까지 입증할 신문 기사 등을 찾지 못했어."

"가령 그게 사실이더라도 신지 씨가 자기 아이를 가진 아내를, 기사이치 씨에 대한 복수를 위해서 손을 댔다고 보기에는 상당한 무리가 있어."

"……그렇지." 신이치는 어쩔 수 없다는 듯 인정했다. "삼촌과 엇갈리듯 신지는 주거 공간에서 골목으로 나갔어. 마침 그때 아케요도 가리에를 나와서 둘은 주거 공간 쪽 문 앞에서 서서 이야기를 시작했고."

"그리고 내가 9시 반경에 기사이치유기장으로 돌아와. 그때 세이이치와 사타케, 양 씨와 천 씨를 각각의 장소에서 봤어."

"즉 9시 15분경부터 반경까지 그 가게 안에는 쇼코와 삼촌 두 사람만 있었다⋯⋯."

"게다가 기사이치 씨는 완전 만취 상태인 데다 주정 부리는 버릇도 있었어. 동기가 없다는 점에서는 신지 씨와 같지만⋯⋯ 아니, 그 이상이지만, 술에 관한 문제가 경찰의 심증을 굳히게 한 게 틀림없어."

"응. 맞아." 신이치는 힘없이 맞장구쳤다. "그리고 네가 종업원 휴게실 책상 위에서 살해된 쇼코와 그 앞에서 피투성이의 태아를 양손에 올려놓고 있는 삼촌을 발견했고⋯⋯."

"그 직후, 네가 나타났지." 하야타는 구조도 세 군데를 가리켰다. "유기장 앞쪽 현관은 자물쇠가 잠겨 있었고 게다가 안쪽에서 걸쇠까지 내려져 있었어. 응접실은 열리지 않는 문과 조그만 창밖에 없고. 주거 공간 쪽 문 앞에서는 신지 씨와 아케요 씨가 서서 이야기했는데 아무도 지나가지 않았다고 증언했어."

"가게 안과 주거 공간의 모든 창은 안쪽에서 잠겨 있었어. 응접실은 열리지 않는 문과 조그만 창만 있고 그곳을 통과할 수 있는 사람은 세이이치뿐이고⋯⋯."

"하지만 그도 동기라는 면에서는 약해."

"어머니처럼 따르던 쇼코를 아기에게 빼앗긴다⋯⋯는 걱정은 실제로 했겠지. 하지만 그렇다고······."

"그 정도의 행위를 저지르려면 정신 질환이 있지 않고서는 역시 불가능해."

"그렇다면 현장은 밀실이 되고 말아."

"그래서 경찰은 더욱 기사이치 씨의 혐의를 짙게 봤지. 아무리 동기가 없더라도 만취와 주사로 일단 설명은 가능하니까."

"그래서? 이 밀실 살인사건의 새로운 추리를 이제부터 어떻게 끌어낼 건데?" 신이치는 기대와 불안이 뒤섞인 어조로 물었다.

"아니, 일단 여기서 이 문제의 검토는 포기하자."

하야타가 딱 잘라 대답하자 그는 바로 화난 표정을 지었다.

"어이, 이봐. 잠깐만. 포기하다니 무슨 소리야?"

"쇼코 씨 살해가 제일 중요한 건 확실해. 하지만 이 사건을 아무리 검토해도 진상에 다가갈 수 없다면 일단 다른 사건을 살펴보는 게 좋겠다고 생각했어."

"다른 사건이란, 야요이와 사토코, 아케요 습격 사건?"

"편의상 골목 사건이라고 명명하고 이쪽을 다시 정리해보자."

하야타는 붉은 미로의 약도 두 개를 꺼냈다.

"일단 야요이테이의 야요이 씨 사건이야. 여성의 비명을 들은 너는 스타가 있는 A 골목에서 달리기 시작했어. 그리고 첫 갈림길에서 왼편 골목의 가위표 지점에 쓰러진 그녀를 발견했어. 참고로 야요이 씨가 온 방향은 갈림길의 오른편 골목 B지. 그때 골목 C에서 신지 씨가, 가위표 지점 바로 앞에서 이자키 순사와 아케요 씨와 조지 씨

커플이 나타났어. 이자키 순사는 골목 D를, 아케요 씨와 조지 씨는 골목 E를 달려왔고."

"따라서 범인에게는 어디로든 도망칠 데가 없었을 텐데⋯⋯."

"다음은 하마마쓰야의 사토코 씨 사건이야. 신이치가 온 골목을 A, 내가 달린 골목을 B, 세이이치가 숨어 있던 막다른 골목을 C, 사토코 씨가 습격당한 지점을 가위표, 그녀가 있던 골목 앞쪽의 사당이 있는 막다른 곳을 D, 이자키 순사가 달려온 골목을 E라고 하자."

신이치는 두 개의 약도를 번갈아 수없이 바라보고 나서 입을 열었다. "⋯⋯마찬가지야. 역시 범인은 도망칠 곳이 없었어."

"혹시 너는 신지 씨를 의심하는 거 아냐?"

하야타의 질문에 신이치는 치밀어오르는 화를 참는 듯했다.

"신지를 의심하는 사람은 이자키 순사야. 무엇보다 사토코 때 신지는 그 자리에 없었으니까 순사도 더는 의심하지 않겠지."

"사토코 씨 사건 때 만약 신지 씨가 있었다면⋯⋯."

"그야 이자키만이 아니라 사나다 경부도 크게 의심했겠지."

신이치는 무슨 소리를 하느냐는 표정으로 하야타를 바라봤다.

"그런 식으로 원래는 혐의가 있는데 맹점이 되어 완전히 용의자에서 벗어난 사람이 사실 있지 않을까?"

신이치는 하야타의 말에 더 놀라는 표정을 지었다.

"그, 그게 누구인데?"

"이자키 순사야."

"⋯⋯그가, 붉은 옷이라는 말이야?"

"이자키 씨는 전쟁터에서 엄청나게 가혹한 일을 당해 지옥을 봤다고 했어."

"아니, 그래서 경찰관이 되었다고…….”

"만약 그게 우리에게 보여준 표면적인 모습이고 진짜는 붉은 옷이었다면…….” 하야타는 갑자기 입을 다물어버린 신이치에게 따지고 들었다. “야요이 씨와 사토코 씨, 두 현장에 다 있었던 인물이자 아케요 씨가 있는 고마이병원에 드나들어도 절대 의심받지 않을 인물은 이자키 순사밖에 없어."

"분명히 그렇긴 하지만…….” 신이치는 맞장구치면서도 탐탁지 않은 듯했다. “붉은 옷은 말하자면 무차별 폭행범 같은 존재잖아. 세 건의 골목 사건은 그에 해당해. 하지만 쇼코는 가게 안에서 살해됐어."

"확연히 사건의 성격이 다르다는 말이지…….?” 하야타도 순순히 수긍했다. “한편 모든 현장이 밀실이었다……라는 공통점도 있어."

"아케요 건은 아무래도 달랐던 것 같지만."

"그녀는 범인의 얼굴을 진짜 본 게 아닐까? 그러나 상대가 붉은 미로에서 장사할 때 늘 어려운 처지에 있는 사람을 도와주는 이자키 순사여서 입을 다물었다."

"……그럴 수 있을까?” 신이치는 이해한 듯했다가 바로 반론했다. “아니, 잠깐만. 그렇다면 핵심인 쇼코 살해는 어떻게 되는데? 이자키의 정체가 붉은 옷이라면 동기는 필요 없을지 몰라. 하지만 왜 가게 안에서 범행을 저질렀는지, 어떻게 밀실을 드나들었는지, 그걸 설명할 수 있어?"

"……어렵지."

하야타는 이렇게 대답하면 신이치가 바로 화를 낼 줄 알았다. 그러나 그는 친구와 마찬가지로 곤혹스러운 표정을 지을 뿐이었다.

"우리의 맹점을 짚은 괜찮은 추리였는데 말이야." 오히려 하야타를 위로하는 발언을 했다.

"골목 사건을, 특히 야요이 씨와 사토코 씨의 사건을 어디까지나 합리적으로 풀려면 이자키 순사가 범인이라는 설이 옳다고 잠시 생각했는데……."

"지금은 달라?"

하야타는 놀라는 신이치에게 의미심장한 목소리로 말했다. "사실은 마찬가지로 맹점을 짚은 다른 추리가 있어."

"뭔데?"

"이자키 순사와 마찬가지로 범인은 현장을 당당히 출입할 수 있었어."

"그게 누구인데?"

"……구마가이 신이치, 너야."

두 사람은 서로를 물끄러미 응시했는데 신이치가 먼저 파안대소했다.

"아주 의외의 인물이네."

"두 현장에 드나든 사람 가운데 둘 다 있었던 사람은 이자키 순사와 너뿐이야. 전자가 경찰관이라는 직업으로 맹점이 된 것과 마찬가지로 후자는 아마추어 탐정이라는 이유로 무의식적으로 제외되었지."

"나를 탐정 조수로 인정해주는 건가?"

"경찰이 야요이 씨와 사토코 씨의 사건을 쇼코 씨 살해와 연관 지어 진심으로 수사했다면 제일 먼저 자네가 의심받았을 거야. 그러나 경찰은 쇼코 씨 살해 범인은 기사이치 씨라고 확신하고 있어. 그러니까 그녀들의 사건은 전혀 관계가 없다고 판단했지."

"나의 쇼코 살해 동기는 요컨대 애증 문제라는 건가?"

"그걸 스스로 인정해주면 솔직히 나야 편하지. 더는 파고들고 싶지 않으니까."

"하지만 밀실 문제가 남아 있어."

"기사이치유기장 현장은 싸구려 판잣집의 밀실이라고 했잖아. 스타에 담배를 가지러 간 너는 문단속이 된 가게에 2층을 통해 몰래 들어갔어. 네가 같은 방법으로 기사이치유기장을 드나드는 일은 식은 죽 먹기 아닐까?"

"……그럴 수도 있지. 하지만 어디로 드나들어? 앞쪽은 양 씨와 천 씨, 동쪽은 신지와 아케요, 서쪽은 세이이치와 사타케의 눈이 있는데."

"나머지 북쪽의, 아주 좁은 골목이 있어. 그곳을 지나갈 사람은 아무도 없겠지."

"그렇지."

"사건 관계자 가운데 마지막으로 현장에 모습을 드러낸 사람도 너야."

"정말 의심스럽네."

"응, 하지만……."

하야타는 신이치의 말을 인정하면서도 입을 다물었다.

"하지만, 뭐?"

"네가 기사이치유기장 북쪽 골목에서 지붕으로 올라가 싸구려 판 잣집의 어딘가로 가게에 드나들었다면 경찰은 아무래도 그 흔적을 발견했을 거야."

"그런데 경찰은 그걸 간과해버렸다?"

신이치는 짓궂게 웃었으나 하야타는 진지한 표정으로 말했다.

"게다가 너를 범인으로 세우기에는 역시 동기가 너무 약해."

"실은 나도 그걸 말하고 싶었는데 네가 이상한 소리를 하는 바람에 항의할 기회를 놓쳤어."

"붉은 옷 일을 내게 부탁할 때 너는 아버지나 기사이치 씨 때문이 아니라 쇼코 씨의 신변을 걱정하는 듯 보였어."

"……."

"또 네가 진범이면 고마이병원에 드나들 수도 없고."

"왜?"

"간호사 중 누군가가 틀림없이 네 얼굴을 기억할 테니까."

"그렇게 내가 잘생겼어?"

하야타는 분위기에 어울리지도 않게 한껏 들뜬 신이치에게 심각한 표정을 지어 보였다.

"그러니까 구마가이 신이치 범인설도 있을 수 없다는 사실을 알았어."

"골목 사건의 검토도 실패라면 이쪽도 포기해야 해?"

신이치의 얼굴이 평소대로 돌아온 데 대해 하야타의 표정에는 어렴풋하게 미소가 떠올랐다.

"아니야. 이대로 추리를 계속해야만 해."

"어떻게?"

"적어도 야요이 씨와 사토코 씨 사건은 동일범이 아니다……라고 해석할 수 있지 않을까?"

"……다른 사람이라고?"

"골목 밀실을 풀려면 그렇게 생각할 수밖에 없어."

"그렇다면 야요이 사건의 범인은……?"

"신지 씨일 수밖에 없어. 사실 그가 한 일은 야요이 씨를 놀라게 하고 일부러 현장에 식칼을 떨어뜨린 것뿐이야."

"왜 도망치지 않았지?"

"아마도 네 목소리를 듣고 누가 쫓아오리라 생각했겠지. 그러면 미처 도망치지 못하고 잡히고 말아. 그래서 순간적으로 현장으로 돌아와 무고한 통행인을 연기한 거야. 그의 오산은 다른 골목에서 이자키 순사와 아케요 씨, 조지 씨가 나타나 현장 골목이 밀실이 된 거였지."

"동기는?"

신이치는 이미 알면서도 일부러 물어본 듯했다.

"기사이치 씨의 석방이지. 붉은 옷의 소행으로 여겨지는 새로운 사건을 일으키면 경찰로서도 그의 무죄를 믿을 수밖에 없으니까."

"신지는 그렇게 생각했으나 잘 풀리지 않았다?"

"그래서 다음 세이이치는 더 정교한 계획을 세웠어."

"처음부터 둘이 짰다고?"

의외라는 신이치의 반응에 하야타는 곤혹스러운 표정을 지었다.

"글쎄, 내 생각으로는 신지 씨의 행동과 의도를 알아차린 세이이치가 그래서는 효과가 없다고 생각해서 두 번째 연출에 나섰다고 생각하지만."

"두 사람은 지금 기사이치의 집에서 같이 살고 있으니까. 서로 숨기기는 정말 힘들겠지."

신이치는 바로 이해한 듯했다.

"하지만 사토코는 범인이 성인 남성이라고 증언했잖아."

"세이이치가 기사이치유기장을 찾아와 일을 구했을 때 기사이치 씨는 '네 키를 봐라, 파친코 기계에 손도 닿지 않잖아'라며 거절했어. 그러자 다음 날, 그는 작은 받침대를 가지고 나타났어. 파친코 기계 수리도 순식간에 배웠지. 그리고 근처 가게 아이가 재료만 가져오면 팽이든 죽마든 연이든 하고이타든 뭐든 만들었어."

"······세이이치는 죽마를 타고 키를 속였다고?"

"그가 숨은 골목 안에는 다양한 폐자재가 있었고 거기에는 죽간 몇 개도 있었어. 재빨리 해체해 그곳에 섞어놓으면 쉽게 찾지 못하지."

"붉은 옷처럼 보인 주색 얼굴은?"

"세이이치는 기사이치의 집 옷장에서 낡고 구겨진 보자기를 발견하고 거기서 손전등과 쇠망치를 썼다고 했어. 아마도 보자기로 얼굴을 감고 아래에서 손전등을 비췄을 거야."

"그런 한심한 속임수가……."

"평소라면 통하지 않았겠지. 하지만 장소는 붉은 미로에서도 이른바 고스트타운이고, 상대는 쇼코 씨로부터 '엄청 겁이 많다'라는 평가를 받은, 정신적으로도 불안정한 임산부인 사토코 씨였지. 세이이치도 그런 인물상을 틀림없이 쇼코 씨에게 듣고 알고 있었을 거야. 그래서 효과를 발휘했을 테고."

"붉은 옷이 입었다는 망토 같은 것도 폐자재를 재이용한 물건이라고?"

"그 골목 안쪽에는 너덜너덜한 덮개와 옷감이 있었어. 그중 하나를 사용했겠지."

"아무 대책도 세우지 않은 신지와 비교하면 세이이치가 여러모로 연구를 많이 했네." 신이치는 순수하게 감탄했다.

"게다가 세이이치는 말을 참 잘했어. 완전히 속았어."

"사토코 씨는 고스트타운에 들어오고 이상한 느낌을 받지 못했다고 했어. 왜냐하면 세이이치가 그녀를 미행한 게 아니라 앞서가서 기다리고 있었으니까. 그에게는 그런 용의주도함이 있었던 거야."

"대단한 녀석이네."

"야요이 씨와 사토코 씨가 선택된 이유는 쇼코 씨와 마찬가지로 임산부였기 때문이야. 범인은 잭더리퍼인지, 아니면 붉은 옷인지는 모르겠으나 임산부만 셋이나 습격당하면 기사이치 씨의 혐의는 흔들리지. 신지 씨와 세이이치는 그렇게 생각했어."

"세이이치는 그렇다 쳐도 신지도 다시 봤어." 신이치는 더욱 감탄한 모양이다. "그러면 아케요 건은 도대체 뭐야?"

"진짜겠지. 옷이 찢어진 데다 경상이라 해도 칼로 복부도 베였어. 이는 야요이 씨와 사토코 씨 사건에서는 볼 수 없었던 큰 특징이야."

"진짜 범인의 짓이라 그런 일을 당했다?"

"하지만 그런 것치고 너무 피해가 적어."

하야타가 지적하자, 신이치는 당혹스러워했다.

"그래도 범인이 한 짓이겠지?"

"그렇다면 범인은 왜 그렇게 어정쩡하게 공격했을까. 또 아케요 씨가 두 번 다시 가지 않겠다며 두려워한 고스트타운에 조지 씨 없이 혼자 간 이유는 무엇일까?"

"……뭔가 수상해." 신이치는 미간을 찌푸리며 말했다. "설마 아케요 그 녀석, 자작극을 연출한 게 아닐까?"

"왜?"

"……맞다. 그때 삼촌은 이미 석방되어 있었지?"

"촌극이라고 하기에는 임산부가 자기 배를 그을 필요까지 있을까? 아무래도 그건 정신적으로나 심리적으로 어려운 일이야."

"……그렇지."

"고스트타운 얘기를 하자면, 좀 이상한 청년을 만났어."

하야타는 갑자기 그 청년에 대해 신이치에게 말했다.

"세상에는 정말 호기심 많은 사람이 많구나."

"그러나 그의 이야기는 정말 큰 도움이 됐어."

"붉은 옷의 명명에 관해 어느 정도 해명된 듯해. 처음 너에게 했던 의뢰가 그대로였다면 확실히 도움이 되었겠지. 하지만 지금 네게는 살인사건의 해결이라는 과제가 놓여 있어. 그다지 관계없다고."

"왜 '빨간 의복'이나 '붉은 사람'이 아니라 '붉은 옷'인가?" 하야타는 신이치의 말에 응하지 않고 계속 말했다. "그건 '포의'와 진나라의 '붉은 옷', 그리고 '붉은 홑겹 옷'에 다 '옷의' 자가 들어갔기 때문이라고 생각할 수 있어. 그리고 '붉은 옷'에 쓰인 '혁' 자는 '붉은 옷'과 '붉은 홑겹 옷'에 포함된 '붉을 적'에서 왔다고 볼 수 있지."

"응. 그야 그런데……."

"이 청년의 해석이 왠지 머릿속에 걸려 떨어지지 않아." 하야타는 눈앞에 있는 신이치가 아니라 자신에게 말을 거는 듯했다. "지금 이렇게 사건을 검토하는 동안에도 내내 마음에 걸리는 게 있어."

"그래서 뭘 알아냈는데?"

하야타는 신이치의 질문이 들리지 않는 듯했다.

"그랬더니 천옌훙 건이 문득 뇌리를 스쳤어. 자기 이름에서 '히가시 히로히코'라는 인물을 만들어내 기사이치 씨를 속이려 했다가 오히려 역정을 산 일이……."

"응. 그래서?"

"그러자 다음으로 이 부인이 돌려보낸 세 개의 봉투에 시선을 내리고 힘없이 고개를 떨구던 기사이치 씨의 모습이 떠올랐어."

"뭐……?"

"그는 네 개의 조의 봉투를 준비했어. 거기에는 '이 신지'와 '기사이치 신지'와 '이항녕'이라는 이름과 기사이치 자신의 '기사이치 기치노스케'라는 이름이 있었어. 그런데 결국 그중 세 개가 돌아왔어. 혹시 이때 그는 깨달은 게 아닐까?"

"……뭘?"

그렇게 묻는 신이치의 목소리에 명백히 불안이 깃들어 있었다.

"그전에 일어난 천옌훙 건이 시금석이 되어 기사이치 씨는 깨달은 거야……."

"그러니까 그게 뭐냐고?"

"조의 봉투에 직접 쓴 '이항녕'의 한자 중에 이李 자는 목木과 자子로 나눌 수 있고, 그것은 '기시'라고도 읽을 수 있어. '기시貴市'라는 한자와 읽기가 똑같고."

"……."

"그리고 '항녕恒寧'이라는 두 한자에는 저마다 '마음 심心'이 들어 있어. 따라서 마음 심이 두 개 있으니 '신지心二'라고 표현할 수 있다는 사실을……."

"……."

"신문을 뒤져서 기시 가문의 사건을 아무리 조사해도 나오지 않는 이유는 애당초 기시 가문이 존재하지 않았기 때문 아닐까. 아니면 기시 가문은 존재하지만, 기사가 될 만한 사건은 일어나지 않았거나."

"그러니까 신지는 이 씨 부부의 진짜 아들인 이항녕이었다? 그 사람이 기시 신지라는 가공의 인물이 되어 기사이치유기장에 고용되었다는 말이야?"

하야타가 고개를 끄덕이자, 신이치는 곧장 따졌다.

"왜? 어째서 그런 짓을?"

"기사이치 씨가 이 씨 부부와 이야기했을 때 이 씨는 '일본 패전 후, 제삼국인은 점령군으로부터 특별 취급을 받아 자유롭지 못한 일본인과 달리 들떠 있는데 그런 대우는 곧 사라지고 다시 입장이 뒤바뀔 게 빤하니까 이 나라에서 우리가 살아남으려면 열심히 일하는 게 제일'이라고 했다지. 그러므로 아들을 처지가 역전될 쪽의 인간으로 만들자고 한 거지. 이 일본에서 차별 없이 살도록……."

"기시 가문의 사건은?"

"만든 얘기지. 기시 신지의 과거를 더는 파헤치지 않도록 일부러 어떤 사건이 있었다고 여겨지게 했어. 보통은 오히려 상대의 관심을 끌 테지만, 기사이치 씨 부녀는 그냥 내버려두자고 판단할 게 분명하니까."

"신지는 조선인에서 일본인이 되었다……는 말이야?" 신이치는 경악하다가 곧 고개를 크게 저었다. "아니, 아니야. 그건 무리야. 호적은 어떡하려고?"

"일본인의 호적도 거듭된 공습으로 다 소실됐어. 그 후로는 자진 신고니까 누구든 만들 수 있었다는 건 너도 잘 알잖아."

"그야 그럴지도 모르지만……." 신이치는 그렇게 말을 걸려다가 흠칫 몸을 움직였다. "서, 설마……."

"신지 씨의 정체를 깨달은 순간, 기사이치 씨에게는 동기가 생기게 되었어…….”

“…….”

“물론 쇼코 씨가 아니라 배 속의 태아에 대한 동기가…….”

“…….”

“돌아온 조의 봉투 세 개를 보고 신지 씨의 비밀을 알아차린 기사이치 씨는 둘이서만 이야기하고 싶다고 했어. 그런데 의외로 두 사람의 이야기는 바로 끝났지.”

“……그랬지.”

“왜냐하면 기사이치 씨의 의혹에 대해 신지 씨가 솔직히 인정했기 때문이 아닐까?”

“그 녀석이라면 틀림없이 그랬을 거야.”

“횟술을 마시러 가기 전 기사이치 씨의 모습을 신지 씨는 ‘슬프신 것 같다’라고 표현했어.”

“……응.”

“또 신지 씨는 만취해 돌아온 기사이치 씨가 옮겨놓은 조의 봉투를 본 듯하다고 증언했어. 어디까지나 추측에 불과하지만 그게 태아 살해에 나서는 마지막 계기가 되었을 거야.”

“그렇다면 수면제는 미리 준비해왔단 소리야?”

“어쩌면 만취해 돌아오는 길에 어디선가 조달했을지 모르지. 그리고 경찰은 고생 끝에 그 가게를 알아냈어. 그래서 다시 체포에 나섰다……라고 생각할 수도 있어.”

“자, 잠깐만…….” 신이치는 너무나 절망적인 표정을 지으며 말했다. "……아케요를 공격한 사람도 삼촌이라고?"

"쇼코 씨, 야요이 씨, 사토코 씨, 아케요 씨 네 사람은 두 조로 나눌 수 있어."

하야타가 갑작스러운 말을 꺼냈음에도 신이치는 당연한 듯이 응했다.

"셋은 일반인이고 아케요는 밤의 여자지."

"그와 다른 분류야."

신이치는 잠시 고개를 숙이고 생각하다가 갑자기 고개를 들었다.

"……설마, 아이 아버지가?"

"야요이 씨와 사토코 씨의 아이 아버지는 다 일본인이겠지. 우리는 이와 관련된 정보를 모르지만 자연스럽게 생각하면 그런 결론이 나오지."

"만약 미군 병사였다면 그런 소문이 흘렀을 테니까."

"그러나 쇼코 씨와 아케요 씨의 아이 아버지는 일본인이 아니야."

"그래서 삼촌이……?"

신이치는 부정하려고 하면서도 각오를 다진 듯한 표정을 지었다.

"실제로는 맞았지만 신지 씨가 일본인이 아니라고 오해하고 기사이치 씨는 쇼코 씨와의 결혼을 무척 고민했어. 그래도 딸이 그를 좋아한다면…… 된다고 생각하고 둘을 축복해줄 마음이었지. 그런데 신지 씨는 원래 일본인이었다는 사실을 알았어. 물론 거짓말이었지만. 그런데 기사이치 씨는 역시 그게 아니었음을 깨달았어. 그것을 본인에게 따졌더니 당사자도 인정했고. 그날은 화나는 일이 참 많았

어. 게다가 다 제삼국인이 관련된 일이었지. 절로 횟술을 마신 기사
이치 씨는 만취해 주정을 부리는 나쁜 버릇이 나왔어. 아마도 범행
당시, 기사이치 씨는 심신상실 상태였을 거야. 그래서 태아만 처리
하자는, 외과 의사도 아닌 일반인은 불가능한, 있을 수 없는 생각에
사로잡혔어."

"그래서 수면제를……."

"그토록 벼랑 끝까지 몰린 정신 상태였음에도 마음 깊은 곳에서
는 쇼코 씨에게 고통을 주고 싶지 않다고 생각했겠지. 그게 수면제
를 사용한 행동으로 나타났어."

"……적어도 그랬길 바라네."

"하지만 범행 후 문득 정신이 돌아온 순간이 있었어. 나와 신지
씨, 아케요 씨가 들었던 그의 절규야. 자신이 무슨 짓을 저질렀는지,
너무나도 끔찍한 현실을 깨달은 기사이치 씨는 그 자리에 무너져버
렸다……고 생각해. 석방 후에도 그의 정신 상태는 변함이 없었지.
그래서 병문안을 온 아케요 씨를 보고 그녀의 태아도 처리해야 한
다……는 생각에 사로잡혔어."

"그러니까 아케요가 습격당한 건 고스트타운이 아니라 삼촌 집에
서 돌아가는 길이었다, 그런 말이야?"

"그때 그녀는 범인의 정체를 알고 놀랐어. 그런데도 기사이치 씨
를 감싼 걸 보면 동기까지 알아차리고 동정했을 거야."

"삼촌이 얘기했을까?"

"범행을 저지르려고 하면서 그 이유를 말했을지도 몰라. 아니면

범행에 실패한 후 아케요 씨에게 설득당해 말했을지도 모르고. 어느 쪽이든 지리멸렬한 이야기를 그녀가 애써 이해했을 거야."

"확실히 아케요는 이제까지 삼촌 신세를 많이 졌어. 하지만 밤의 여자라는 편견 속에서 살았고…… 이대로 일본에서 아이를 낳으면 더 많은 편견에 시달릴 걸 알면서도…… 삼촌의 광기 어린 살해 동기를 동정했다고?"

신이치의 너무나 비통한 어조에 하야타는 우울한 목소리로 대답했다.

"그런 직업을 가진 여성들이라 오히려 다른 이의 고통을 자기 일처럼 느끼지 않을까?"

"……그런가? 그런 거였나?"

"신지 씨의 비밀을 알고 난 기사이치 씨의 마음은 어쩌면 패전 후 일본의 비참한 상황과 비슷했을지 몰라."

"무슨 소리야?"

"……명분과 진심 말이야."

"……."

"기사이치 씨가 중얼거렸던, 그 의미 불명의 말들 말인데……."

"……뭔가 떠올랐어?"

"세 가지 중 '가부'와 '기리'의 순서를 바꾸면 '기리가부' 즉 '그루터기'라는 단어가 된다는 걸 깨달았어."

"응? 그게……?"

"하마마쓰야의 사토코 씨가 습격당한, 실제로는 습격당한 게 아니지만, 고스트타운의 막다른 골목에 보인 그 사당 뒤에 있는 팽나무 그루터기일지도 몰라."

"아, 그거? 그렇다면 '호라'는?"

"아마 기사이치 씨는 '호코라' 그러니까 사당이라고 중얼거렸는데 그게 '호라'라고만 들렸을지 몰라."

"그렇구나." 신이치는 일단 수긍한 다음 물었다. "하지만 삼촌과 그 사당, 그리고 그루터기에 도대체 무슨 관계가⋯⋯?"

"⋯⋯그건 나도 몰라." 하야타는 힘없이 고개를 흔들고 신이치에게 물었다. "기사이치 씨는 그 사당의 존재를 알고 있었을까?"

"붉은 미로 안의 일이라면 일단은 알았을 게 분명하지만 그런 사당까지 기억했을지는⋯⋯."

"어떤 관계가 있었다는 말은⋯⋯."

"아니, 없지 않았을까?"

"그렇다면 다음은 우연히 그 골목을 지나가다 관심이 생겨서⋯⋯."

"어이, 잠깐!" 신이치는 서둘러 하야타의 말을 끊었다. "그것과 이번 사건이 무슨 관계야?"

"직접적으로는 없을지 모르지. 하지만 붉은 옷이 탄생한 배경에 혹시 포의 항아리가 관련되어 있다면 사건의 피해자가 임산부였다는 점이 조금 걸려서."

"⋯⋯천벌이라고 말하고 싶은 거야?"

"아냐. 하지만 이상한 관계라고 느껴져서 일단 알려둬야겠다 싶어서⋯⋯."

"……그래."

"그렇다고 해도 기사이치 씨가 저지른 죄에 어떤 새로운 해석이 생길 일도 없으니까 괜한 지적일지 모르지만……."

"……아냐, 괜찮아."

두 사람 사이에 오랜 침묵이 아주 무겁게 떨어졌고 그 상태가 한동안 이어졌다.

"그거, 나도 좀 해볼까?"

하야타는 완전히 낙담한 신이치를 지나쳐 카운터 안으로 들어가 어눌한 손놀림으로 커피를 끓이기 시작했다. 그러곤 신이치에게 권했다.

"자, 마셔."

"……음, 너는 안 되겠다."

신이치는 커피를 한 모금 마시자마자 지적했다.

"그렇다면 다른 일을 찾을게."

"응. 그게 좋겠어." 신이치는 투덜대면서 커피를 마셨다. "삼촌은 어떻게 될까?"

"지금 같은 정신 상태라면 일단 기소는 무리겠지."

"……입원시켜야겠지?"

"그렇게 되면 경찰은 사건을 어떻게 처리할까……."

"미궁에 빠진…… 셈인가?"

"그럴 수도 있겠네."

그러나 두 사람의 예상은 반쯤 빗나가고 반쯤 맞게 된다.

왜냐하면 기사이치 기치노스케가 구치소에서 수건을 찢어 목을 매 자살했기 때문이다. 경찰은 '진범이라 스스로 목숨을 끊었다'라고 봤으나 그것을 증명할 도리는 없었다. 즉 미궁에 빠진 셈이다.

이리하여 붉은 미로의 붉은 옷 살인사건은 그 막을 내린다.

20장

새
로
운
길

모토로이 하야타는 기사이치 기치노스케의 장례식에 참석한 뒤 붉은 미로를 떠났고, 구마가이 신이치는 기사이치유기장의 장래를 모색하려고 당분간 남기로 했다.

그 후, 붉은 미로에서는 두 가지 소문이 흘렀다.

그중 하나는, 역시 기사이치 기치노스케가 모든 사건의 범인……이었다는 소문.

다른 하나는, 쇼코 살해 범인은 그였으나 다른 사건은 붉은 옷의 소행……이었다는 소문.

후자가 진실에 더 가까웠으나 그 동기까지 아는 사람은 물론 없었다. 모두 기치노스케의 주정 탓이라고 생각했기 때문이다. 다만 그에게만 책임이 있는 게 아니라 그 이면에는 붉은 옷의 존재가 있었다……는 꼬리가 붙었다.

사실 앞의 소문에서도 당연히 붉은 옷이 관여한 듯 소문이 나돌았다. 기치노스케라는 사람이 저지르기에는 무리한 범행이라는 점에서 자연스럽게 붉은 옷의 소행으로 여겨졌다.

"……결국은 의뢰를 제대로 처리하지 못했네."

하야타는 호쇼지역 앞까지 배웅 나온 신이치에게 말했다.

"붉은 옷 말인가?"

"결국은 수수께끼인 채로 남았잖아."

신이치는 잠시 침묵하고 말했다. "쇼코가 살해되지 않았다면 어땠을까? 붉은 옷의 정체를 제대로 밝혀냈을 것 같아?"

"아니, 무리였을 거야."

하야타가 즉시 답하니 신이치가 싱긋 웃었다.

"그렇다면 됐잖아?"

"된 건 아니지. 일로 의뢰를 받은 거니까."

"너는 진짜 지나치게 성실하다니까." 신이치는 졌다는 표정을 지었다가 바로 걱정스러운 얼굴로 말했다. "우리 집에 원하는 만큼 있어도 되는데. 앞으로 어쩔 셈이야?"

"역시 나는, 광부처럼 패전한 일본의 부흥을 밑바닥에서 지탱하는 일을 하고 싶어."

"너 같은 남자가 아깝게……."

신이치는 대놓고 투덜댔으나 하야타의 결심이 굳건하다는 사실을 깨달았는지 더는 뭐라고 하지 않았다.

"살 곳이 필요하면 우리 아버지와 의논해."

"고마워. 꼭 그렇게."

두 사람은 곧 만나자고 약속하고 헤어졌으나 신이치는 예상보다 훨씬 오래 붉은 미로에 머물러야 했다.

기사이치유기장은 기사이치 신지와 야나기다 세이이치, 양쭤민 세 사람이 다시 문을 열었으나 사건의 영향 때문인지 손님이 줄어 결국엔 다른 사람에게 넘기고 말았다. 그 결과 신지는 이 씨 부인 곁으로 돌아가 신주쿠 곱창 가게를 돕게 되었고, 세이이치는 붉은 미로의 다른 가게에서 일하게 되었다.

그런데 세이이치는 얼마 후 가게를 그만두고 붉은 미로에서 자취를 감췄다고 한다. 신이치는 사타케의 관여를 의심하고 크게 걱정했는데 세이이치의 행방은 끝내 알 수 없었다.

야요이테이의 야요이와 하마마쓰야의 사토코는 무사히 출산했다. 야요이가 아들, 사토코가 딸인데 산모와 아이 모두 건강했다고 한다. 그리고 덴이치식당의 가즈코는 요리사 청년과 경사스럽게도 결혼했다.

몰래 매춘한다는 의심을 산 트와일라잇은 경찰 단속으로 순식간에 폐업했다. 동업자들은 비슷한 일을 당하지 않을까 두려워했고 가게 주인인 스미코는 붉은 미로에서 자취를 감췄다.

아케요는 귀국하는 조지와 함께 미국으로 건너가 미국에서 아들을 낳았다. 이 '언니의 미국행'에 맞춰 그녀의 후배 지요코는 밤의 여자에서 손을 씻었는데 새로운 직장은 신이치가 소개해줬다고 한다.

이자키 순사는 여전히 호쇼지역 앞 파출소에서 근무하고 있고 지요코와 사이좋게 지낸다는 소문도 있으나 진짜인지는 모른다.

모토로이 하야타는 신이치가 보내주는 편지를 통해 관계자의 소식을 들으면서 자기가 나아가야 할 새로운 길을 모색했다. 그런 그가 관심을 가진 일은 해상보안청의 항로표식직원이었다. 이른바 '등대지기'라고 하는 직무였다. 등대지기는 해상을 항해하는 선박의 안전을 짊어지고 있다. 패전 후 일본 경제를 다시 세우는 데 필요한 해운과 수산을, 그야말로 배후에서 지탱하는 역할이라 할 수 있다.

천직을 발견한 것인지 모른다.

하야타가 매우 흡족해하며 부임한 등대에서는 너무나도 비밀스럽고 기괴한 사건이 그를 기다리고 있었다……

그러나, 그것은 또 다른 이야기가 된다.

옮긴이의 말

민중의 생명력을 상징하는
'암시장' 속 근현대사의 비극

《붉은 옷의 어둠》은 패전 후 일본을 무대로 기이한 괴담과 살인이 뒤섞인 사건을 해결하고 다니는 아마추어 탐정 '모토로이 하야타' 시리즈의 세 번째 작품이다. 《검은 얼굴의 여우》에서 탄광 속과 탄광 주택에서 벌어진 기이한 살인사건을 해결한 하야타는 《하얀 마물의 탑》에서는 등대지기로 변신해 자신의 정신세계마저 무너지는 기이한 경험을 한다. 이번 작품은 전작에서 잠시 언급했던 이야기가 등장하는 스핀오프 같은 작품이다.

탄광에서 검은 얼굴의 여우로 불리는 괴기와 밀실 살인을 해결한 하야타는 그가 몸담았던 만주 건국대학의 동창 신이치의 초대로 도쿄에 와 불가해한 현상을 규명해달라는 제의를 받는다. 통칭 '붉은 미로'라 불리는 비좁고 복잡한 암시장에서 여성들을 뒤쫓는 '붉은 옷'이라는 정체불명의 괴인이 존재한다는 소문이 퍼지고 있다는 것. 친구는 이 암시장을 좌지우지하는 상인 조합의 보스인 삼촌에게 하야타를 명탐정으로 소개해 그를 이 암시장의 괴이에 휘말리게 한다.

정체 모를 소문의 정체를 파헤친다는, 알아내기는 어렵지만 풀지 못한다고 해서 그다지 문제가 될 것도 없는 일을 의뢰받은 하야타는 패전 후 배운 민속학 지식을 활용해보자는 가벼운 마음으로 '붉은 미로'의 골목길을 돌아다닌다. 그런데 일을 의뢰한 두목의 파친코 가게에서 끔찍한 살인사건이 벌어지며 하야타는 다시 살인사건, 그 것도 밀실 살인의 해명에 쫓기는 신세가 된다.

이야기를 따라가다 보면 일본 근현대사를 압축한 듯한 생활상이 암시장을 중심으로 펼쳐진다. 극심한 식량난에 암시장이 서기까지 의 과정이 그려지고 그 가운데 살아남으려는 민중의 다부진 생명력 이 고개를 든다. 특히 미국의 주둔과 함께 일본 정부가 내세운 공창 제도의 성립 부분을 읽다 보면 우리나라의 현대사를 읽는 듯한 착각 에 빠진다. 그들이 우리에게 했던 일을, 그들은 그들 국민을 대상으 로도 스스럼없이 했다는 사실에 놀라고, 우리 역시 '양공주'라는 이 름의 성매매 시스템을 오랫동안 용인했다는 뼈아픈 사실을 다시금 되새긴다.

전쟁의 희생양은 또 있다. 아이들이다. 전쟁과 공습으로 부모를 잃은 아이들은 국가의 보호를 받아야 할 대상이나 그들은 곧 사회의 어른으로부터, 나라로부터 버림받고 거리를 헤매다 개죽음을 당해 야 하는 신세로 전락한다. 그 아이들의 처절한 생활상 역시 너무나 생생하게 그려져 그 대표적인 인물인 극 중 세이이치의 미래를 기도하는 심정으로 지켜보게 되고 만다.

여기에 그 혼돈의 사회에 남게 된 제삼국인, 징병과 징용으로 일본으로 끌려갔다가 남게 된 우리나라 사람과 중국인들의 이야기가 뒤섞이면 암시장은 그야말로 근현대사의 축소판 같은 장소가 되어 버린다. 그곳에 여자를 쫓는 붉은 옷이라는 괴인, 창부들을 잔인하게 죽인다는 잭더리퍼의 소문이 퍼지고, 실제로 밀실 살인사건과 임산부 피습 사건까지 잇따라 발생하며 공포의 기운이 암시장을 뒤덮는다. 과연 하야타는 이번에도 붉은 옷의 괴이와 세 개의 밀실을 풀어내고 범인을 특정할 수 있을까?

작가 미쓰다 신조는 통상적인 경제 시스템이 붕괴한 전후 상황에서 급성장한 '암시장'을 '자유 경제 시장의 맹아'로 보고 하야타가 활동할 세 번째 장소로 낙점했다. 작가가 되었을 때부터 유곽, 탄광, 등대 등 특정 장소를 작품 무대로 쓰고 싶었다는데 탄광과 등대 등은 닫힌 공간이라는 특유의 폐쇄성 탓에 그의 대표 캐릭터이자 탐정 직함을 달고 있는 도조 겐야가 진입하지 못하는 장소라 모토로이 하야타라는 새로운 인물을 만들고 그 인물을 직접 그곳에 취직시켜 아마추어 탐정으로 활동하게 만들며 새로운 시리즈를 탄생시켰다.

그리하여 민속학에서 활로를 찾으려던 그는 방랑 여행에 나섰다가 탄광을 경험한 후 다시 대도시로 돌아왔다가 역시 일본을 바닥부터 지키는 일을 해야겠다는 마음에 이번에는 등대지기로 전직한다.

전작인 《하얀 마물의 탑》은 미스터리 요소보다 민속학적 지식을 풍부하게 담은 환상적인 분위기가 강했는데 《붉은 옷의 어둠》은 괴담으로 시작해 논리성을 더 강하게 내세우고 있으며, 나아가 한국인의 현대사와도 직접 연결된 모티프가 녹아 있는 작품이기에 한국 독자들의 마음을 울릴 것이다.

탄광과 등대에 이어 도쿄의 암시장을 경험한 하야타는 이제 새로운 길을 모색하고 있다. 작가가 이미 새로운 무대를 낙점했다고 하니 _{요미모노 2021년 12월 29일자 인터뷰} 곧 하야타의 새로운 이야기가 우리에게 도착할 듯하다.

민경욱

《일본고전문학전집 곤자쿠모노가타리슈 4 日本古典文学全集 今昔物語集 四》, 마부치 가즈오, 구니사키 후미마로, 곤노 도루 주석 · 번역, 쇼가 쿠칸, 1976.

《런던의 공포 잭더리퍼와 그 시대 ロンドンの恐怖 切り裂きジャックとその時 代》, 진카 가쓰오, 하야카와쇼보, 1985.

《현대민화고7 학교 現代民話考 7 学校》, 마쓰타니 미요코, 릿푸쇼보, 1987.

《숨겨진 전쟁 기록 슬픈 군대 전기 秘めたる戦記 悲しき兵隊戦記》, 이토 게이이치, 고진샤NF문고, 1994.

《도쿄 암시장 흥망사 東京闇市興亡史》, 이노 겐지, 후타바라이후신서, 1999.

《성의 국가관리 매매춘의 근현대사 性の国家管理 買売春の近現代史》, 후 지노 유타카, 후지출판, 2001.

《풍속영업 단속 風俗営業取締リ》, 나가이 요시카즈, 고단샤선서메치 에, 2002.

《환상의 암시장을 걷는다 도쿄 뒷골목 '그리운' 식기행 まぼろし闇市 をゆく 東京裏路地〈懐〉食紀行》, 후지키 TDC, 브라보 가와카미, 미리온출판, 2002.

《아무도 모르는 국가 매춘 명령 みんなは知らない国家売春命令》, 고바야

시 다이지로, 무라세 아키라, 유잔가쿠, 2008.

《데키야 가업의 전승ﾃｷﾔ稼業のﾌｫｰｸﾛｱ》, 아쓰 가나에, 세이큐샤, 2012.

《종전 직후의 일본, 교과서에 실려 있지 않은 점령하의 일본終戦直後の日本 教科書には載っていない占領下の日本》, 역사미스터리연구회 편, 사이즈샤, 2015.

《암시장闇市》, 마이클 몰라스키 편, 신초문고, 2018.

《불타버린 벌판의 암시장 노게의 양지, 신임 형사가 본 요코하마 노게의 사람들やけあと闇市野毛の陽だまり 新米警官がみた横浜野毛の人びと》, 이나 마사시, 이나 마사토, 하베스트사, 2015.

《환락가는 암시장에서 탄생했다 증보판盛り場はﾔﾐ市から生まれた·増補版》, 하시모토 겐지, 하쓰다 고세이, 세이큐샤, 2016.

《도쿄 전후 지도 암시장 터를 걷는다東京戦後地図 ﾔﾐ市跡を歩く》, 후지키 TDC, 지쓰교노니혼샤, 2016.

《'암시장' 문화론〈ﾔﾐ市〉文化論》, 이카와 미쓰오, 이시카와 다쿠미, 나카무라 히데유키 편, 히쓰지쇼보, 2017.

〈전후 0년 도쿄 블랙홀戦後ｾﾞﾛ年 東京ﾌﾞﾗｯｸﾎｰﾙ〉, NHK스페셜, 니혼방송협회, 2017.

《일본현대괴이사전日本現代怪異事典》, 아사자토 이쓰키, 가사마쇼엔, 2018.

《NHK 스페셜 전쟁의 진실 시리즈① 본토 공습의 모든 기록NHK ｽﾍﾟｼｬﾙ 戦争の真実ｼﾘｰｽﾞ① 本土空襲全記録》, NHK스페셜취재반,

KADOKAWA, 2018.

〈"역의 아이"의 싸움~이야기하기 시작한 전쟁고아 "駅の子"の闘い〜語り始めた戦争孤児〉, NHK스페셜, 니혼방송협회, 2018.

《'명예로운 아이'와 전쟁 애국 프로파간다와 아이들「誉れの子」と戦争愛国プロパガンダと子どもたち》, 사이토 도시히코, 주오코론신샤, 2019.

《도쿄의 암시장東京のヤミ市》, 마쓰다이라 마코토, 고단샤학술문고, 2019.

《사토 하루오 타이완소설집 여계선기담佐藤春夫台湾小説集 女誡扇綺譚》, 사토 하루오, 주코문고, 2020.

《중국 전선, 한 일본인 병사의 일기 1937년 8월~1939년 8월 침략과 가해의 일상中国戦線、ある日本人兵士の日記 1937年 8月〜1939年 8月 侵略と加害の日常》고바야시 다로 저, 가사하라 도쿠시, 요시다 히로시 편·해설, 신니혼출판사, 2021.

붉은 옷의 어둠

1판 1쇄 인쇄 2024년 4월 23일
1판 1쇄 발행 2024년 4월 30일

지은이 미쓰다 신조 **옮긴이** 민경욱
펴낸이 박강휘
편집 정혜경 **디자인** 조명이
마케팅 이헌영 **홍보** 박상연

발행처 김영사
주소 경기도 파주시 문발로 197(문발동) 우편번호 10881
등록 1979년 5월 17일(제406-2003-036호)
주문 및 문의 전화 031)955-3100 **팩스** 031)955-3111
편집부 전화 02)3668-3289 **팩스** 02)745-4827 **전자우편** literature@gimmyoung.com
비채 블로그 blog.naver.com/viche_books
인스타그램 @drviche @viche_editors **트위터** @vichebook
ISBN 978-89-349-4634-2 03830 책값은 뒤표지에 있습니다.

비채는 김영사의 문학 브랜드입니다.

붉은
옷의
어둠